Der Autor: Frank Stanislawowitsch, Jahrgang 1970, studierte Agrarwissenschaften und war viele Jahre als Exportmanager in Russland und Weißrussland unterwegs. Er lebt mit seiner Familie auf einer kleinen Farm in Norddeutschland.

für
Annette,
Ben, Paul, Leo & Ida

Frank Stanislawowitsch

Keine Frauen
Keine Kinder

Roman

www.tredition.de

© 2019, Frank Stanislawowitsch
Autor: Frank Stanislawowitsch
Umschlaggestaltung, Illustration: tredition GmbH
Titelfoto: Frank Stanislawowitsch

Verlag & Druck: tredition GmbH, Halenreie 40-44,
22359 Hamburg
978-3-7497-6369-6 (Paperback)
978-3-7497-6370-2 (Hardcover)
978-3-7497-6371-9 (e-Book)

Bibliografische Information der Deutschen Nationalbibliothek:
Die Deutsche Nationalbibliothek verzeichnet diese
Publikation in der Deutschen Nationalbibliografie; de-
taillierte bibliografische Daten sind im Internet über
http://dnb.d-nb.de abrufbar.

1

Als Tobias Morchel die Augen öffnete, wusste er nicht, wo er war. Erst der dröhnende Schmerz in seinem Schädel erinnerte ihn daran, dass er einen gewaltigen Schlag auf den Hinterkopf bekommen hatte. Es war passiert, nachdem er seine Wohnungstür in Bonn Ermekeil aufgeschlossen und den schmalen Korridor seines 2-Zimmer-Apartments betreten hatte. Seine Wohnung - ein Schlag - Dunkelheit. Und jetzt saß er auf einem Stuhl und seine Hände waren mit Klebeband an der Rückenlehne und seine Knöchel an den Stuhlbeinen gefesselt. Trotz der Kopfschmerzen schaffte er es, seinen Kopf ein wenig zu drehen, um festzustellen, dass er sich in einem Schuppen befand, in dem Heu- und Strohballen gelagert waren. Die Holzbretter der Seitenwände waren durch Wind und Wetter geschrumpft, so dass viele Lücken und Risse entstanden waren, durch die jetzt die Sonne schwache Strahlen schickte. Dann vernahm er Stimmen, das große Scheunentor wurde ächzend und knarrend aufgeschoben und zwei Männer betraten den Raum. Während der eine das Scheunentor wieder zuschob, baute sich der andere vor Tobias Morchel auf und schaute ihn an. Tobias erkannte die Männer und spürte wie kalte Schweißperlen auf seine Stirn traten. Vor ihm stand Tschingis Rigatschow in Begleitung seiner rechten Hand Boris und Tobias war schlagartig klar, dass er in ernsthaften Schwierigkeiten steckte.

„Solche Zusammenkünfte sind mir immer sehr unangenehm", begann Rigatschow. „Verstehen sie das,

Tobias?" Tobias' Mund war ausgetrocknet und seine Zunge schien am Gaumen festzukleben, deshalb nickte er nur sachte, bevor Rigatschow fortfuhr: „Sie wissen, dass wir unsere Mitarbeiter beobachten. Zugegeben, manchmal lassen wir die Zügel ein wenig schleifen, aber dann nehmen wir sie wieder ein wenig genauer unter die Lupe." Wieder nickte Tobias und beobachtet aus den Augenwinkeln, wie sich Boris langsam vom Scheunentor aus in seine Richtung bewegte. Rigatschow sagte: „Wissen sie Tobias, ihre Telefonate mit dem Dezernat für Wirtschaftskriminalität haben mich persönlich sehr enttäuscht. Und sie sehen sicher ein, dass wir nicht zulassen können, dass sie zu diesem Treffen mit dem Kommissar fahren, dass sie gestern Abend vereinbart haben." Tobias schluckte angestrengt, wollte etwas sagen, aber Rigatschow hielt seinen Zeigefinger vor die geschürzten Lippen und gab einen Zischlaut von sich.

„Sagen sie nichts Tobias. Profane Ausreden und Lügen bringen sie doch nur um ihre Würde." Boris stand jetzt genau hinter Tobias Morchel. Tobias sah ihn nicht, aber er spürte seine Nähe. Er bekam eine Gänsehaut und zitterte. Ihm wurde übel und er fühlte, dass Körper und Geist in Begriff waren, in eine schützende Ohnmacht zu entfliehen. Eine schallende Ohrfeige Rigatschows holte ihn unbarmherzig zurück ins Jetzt und er vernahm Rigatschows Stimme: „Wir müssen uns von ihnen trennen, Tobias. Aber vorher möchte ich, dass sie mir noch eine Frage beantworten: Können sie uns jemanden aus ihrer Dienststelle sozusagen als ihren Nachfolger empfehlen?" Tobias Morchel räusperte sich und versuchte Speichel in seinem trockenen Mund zu sammeln. Dann murmelte er einen Namen. Rigatschow beugte sich nach vorn und sagte: „Entschuldigen sie, ich habe sie nicht verstanden." Er schaute Tobias Morchel auffordernd an, bis dieser endlich noch einmal deutlich sagte: „Rufus Bloch." Rigatschow richtete sich auf, nickte Boris zu, drehte sich um und ging. Boris legte von hinten seine rechte Hand auf die Stirn seines Opfers, umfasste mit der linken sein Kinn und riss den Kopf Tobias Morchels ruckartig nach links. Das Genick brach und im Bruchteil einer Sekunde sackte der leblose Körper schlaff auf dem Stuhl zusammen. Boris durchschnitt die Fesseln und schleppte die Leiche zu dem Sportwagen, in dem sie Tobias Morchel hierher gebracht hatten. Die Straßen in den luxemburgischen Ardennen waren sehr kurvig und tödliche Autounfälle waren keine Seltenheit.

Etwas schlug in regelmäßigen Abständen gegen seinen Kopf. Die Schläge waren nicht schmerzhaft, es waren eher sachte Stöße. Doch ihre Regelmäßigkeit weckte Rufus Bloch schließlich auf. Er richtete sich in seinem Sitz auf und sah, dass seine Stirn einen fettigen Fleck auf der Scheibe der Beifahrertür hinterlassen hatte. Der ganze Wagen bebte unter den regelmäßigen Stößen und Rufus bemerkte, dass die schlechte Fahrbahn Ursache dieser Erschütterungen war. Sie passierten ein Hinweisschild, dass die Ausfahrt Vechta ankündigte und Rufus erinnerte sich, dass er und sein Freund Igor unterwegs waren auf der A1 in Richtung Bremen. Ihr Chef hatte sie von Bonn, ihrem Dienstsitz, nach Bremen geschickt, um einen Koffer in Empfang zu nehmen. Igor hatte sich wie ein Kind über den Auftrag gefreut. Er hatte noch nicht viel von Deutschland gesehen und war für jede Abwechslung, die ihn aus dem Rheinland herausbrachte dankbar. Für Rufus war es der erste „out of area" Einsatz und er hatte ein merkwürdiges Gefühl bei dieser Koffersache.

Bis vor einem halben Jahr war er ein ganz normaler Beamter des Hauptzollamtes in Bonn gewesen. Er hatte sich eine BAT II a Stelle erarbeitet mit geregelter Arbeitszeit, 30 Tagen Urlaub im Jahr und vollem Pensionsanspruch. Alles schien auf ein beschauliches Beamtenleben hinauszulaufen, wenn da nicht diese latente Panik gewesen wäre, die sich schleichend in seinem Alltag einnistete. Abends war es am schlimmsten, wenn er satt und träge in seinem Sessel lag und in seinen Fernseher glotzte. Dann wurde ihm plötzlich bewusst, dass er zwar die optischen und akustischen Signale des Fernsehgerätes registrierte, sein Gehirn sich aber offensichtlich weigerte die eingehenden Informationen zu verarbeiten. Stattdessen schien sein gesamter Denkapparat in einer Art Standby-Modus zu verharren, während ein Scanner seine Gehirnströme nach den letzten Zuckungen von Kreativität, Phantasie, Neugierde und Abenteuerlust durchsuchte. Aber seine Gedankenwelt war eingehüllt von einem Schleier aus Trauer. Gerade als er anfing sich ernsthaft über eine Therapie Gedanken zu machen, brachte der plötzliche Tod eines Kollegen die entscheidende Wende. Tobias Morchel arbeitete in der Ausfuhr-Abteilung und war an einem sonnigen Samstag mit seinem Cabrio auf offener Landstraße in den Ardennen von der Fahrbahn abgekommen. Er wurde in 80 Meter Entfernung von seinem zertrümmerten Wagen mit gebrochenem Genick gefunden. Anfangs gab es noch viel Gerede über seinen luxuriösen Lebensstil - angeblich hatte ihm eine Erbschaft ein kleines Vermögen beschert - aber es gab nie irgendwelche offiziellen Ermittlungen. Rufus erhielt ein neues Büro sowie sämtliche Akten und Klienten des Verstorbenen. Die neue Aufgabe lenkte Rufus zunächst von Trübsal und Sinnkrisen erfolgreich ab, bis er eines Morgens beim Studium der Akte „Spedition Lebed" auf einige Ungereimtheiten stieß. Die erste Hälfte des Ordners war gefüllt mit Vermerken über Zollvergehen von Firmenangehörigen. Abgesehen von den für osteuropäische Länder nicht seltenen Fällen von Alkoholschmuggel gab es auffallend viele Devisendelikte – einige Male waren größere Mengen von Dollarnoten bei der Ausreise von Mitarbeitern beschlagnahmt worden - und mehrmals war versucht worden, illegal Handfeuerwaffen einzuführen. Anscheinend wurden aber nie Ermittlungen aufgenommen und schließlich wurden die Eintragungen weniger bis sie ganz verschwanden. Stattdessen füllte sich der Rest des Ordners mit ganz normalen Ein- und Ausfuhrbescheinigungen. Tobias Morchel hatte sämtliche Transaktionen der Spedition in seine Obhut übernommen und das ganze roch förmlich danach, dass er dabei finanziell nicht schlecht gefahren war. Rufus hatte zunächst überlegt mit der Sache zu seinem Vorgesetzten zu gehen, aber der Reiz der Illegalität zog ihn magisch an und so behielt er seine Erkenntnisse für sich. Bis ihm schließlich ein Antrag auf Einfuhr einer Antiquität auf den Schreibtisch gelegt wurde mit der Spedition Lebed als Empfänger. Angehängt war ein Antrag auf Gestellung der Ware außerhalb des Amtsplatzes, was nichts anderes hieß, als dass der Zoll sich die Ware, wenn er sie denn sehen wollte, direkt bei der Spedition ansehen konnte. Er akzeptierte den Antrag, vereinbarte telefonisch einen Termin und wies freundlich daraufhin, dass sein Besuch mit entsprechenden Gebühren verbunden sein würde. Die Spedition hatte ihren Sitz im Gewerbegebiet Bonn West. Nach einer etwa 30 minütigen Fahrt mit dem öffentlichen Nahverkehr erreichte Rufus die Spedition, meldete sich im Foyer an, trug sich in eine Besucherliste ein und wurde nach kurzer Wartezeit von einem freundlichen jungen Mann in den ersten Stock begleitet. Er versuchte einen gelassenen Eindruck zu

machen, auch wenn der Kunststoffgriff seiner Aktentasche in seiner verschwitzten Hand unangenehm hin und
her rutschte. Im ersten Stock führte der junge Weißrusse
Rufus bis vor eine der zahlreichen Bürotüren, klopfte
kurz, öffnete die Tür einen Spalt, wechselte einige
Worte auf Russisch mit jemanden in dem Raum, gab der
Tür einen sanften Stoß und verabschiedete sich mit einem breiten Lächeln. Bevor Rufus eintrat, konnte er
noch das Türschild lesen auf dem der Name des Büro-
herrn stand: Tschingis Rigatschow. Eben dieser erhob
sich nun aus seinem schweren Ledersessel, ging um seinen Schreibtisch herum und streckte Rufus seine Hand
entgegen. „Herr Bloch, ich heiße sie willkommen. Mein
Name ist Tschingis Rigatschow. Das ist mein Mitarbeiter Boris Ilischin". Rufus hatte Herrn Ilischin bis jetzt
nicht bemerkt, da er in einer Raumecke neben der Tür
stand. „Setzen sie sich." Ihm blieb gar keine andere
Wahl, da Boris ihm sanft einen Stuhl in die Kniekehlen
drückte. Auch Rigatschow hatte wieder Platz genommen. Hinter ihm an der Wand hing eine überdimensio-
nierte Fahne der Republik Belarus und darüber war ein
etwa ein Meter langer Säbel befestigt, in dessen glän-
zende Klinge einige kyrillische Schriftzeichen eingraviert waren. Ansonsten befanden sich in dem Raum
mehrere Bücherregale, eine Minibar und ein großes Gemälde, dass eine Kosakenhorde im Kampf zeigte. Rufus
fand, dass dieses Bild gut zu Herrn Rigatschow passte,
der mongolische Gesichtszüge hatte und einen schmalen Schnäuzer trug, dessen Enden bis hinunter zum
Kinn reichten. Rufus dachte unwillkürlich an Tschingis
Kahn. Sein Haar war pechschwarz und kurzgeschoren.

Rigatschow war um die 45 Jahre alt und trug einen eleganten dunkelbraunen Anzug. Boris schien auch zum Inventar zu gehören, denn er hatte sich wieder in der Zimmerecke aufgebaut. Er trug einen hellgrauen Anzug mit einem sehr weit geschnittenen Sakko, durch das sich die mit übertriebenen Muskeln bepackten Schultern deutlich abzeichneten. Rufus hielt ihn für eine Art Bodyguard, was sich auch als zutreffend herausstellen sollte.

Rigatschow ergriff das Wort: „Herr Bloch, ich möchte ihnen mein Bedauern ausdrücken über den Tod ihres Kollegen. Wir haben mit ihm gerne zusammengearbeitet und sind tief erschüttert über sein tragisches Ende." Rufus fand, das war ein wenig dick aufgetragen, aber er nickte verständnisvoll. „Aber ich bin sicher, Herr Bloch, dass die Zusammenarbeit mit ihnen ähnlich erfolgreich verlaufen wird." Schweigen – Rufus spürte, dass er jetzt an der Reihe war: "Herr Rigatschow, ich komme wegen der Einfuhr, die sie angemeldet haben. Wenn ich dann die Ware jetzt begutachten dürfte."

„Ich sehe, sie kommen direkt zur Sache!" Rigatschow warf Boris einen kurzen Blick zu, der griff hinter sich und kam mit einem schwarzen Aktenkoffer auf Rufus zu und legte ihm diesen auf den Schoß, um sich dann sofort wieder in seine Ecke zurückzuziehen. Rufus beeindruckte diese Präzision. „Bitte, Herr Bloch, öffnen sie!" Rigatschow lehnte sich zurück und beobachtete Rufus, der die Verschlüsse des Koffers öffnete und den Deckel aufklappte. Bei dem, was Rufus nun sah, stockte ihm der Atem und irgendetwas trat in seinem Gehirn auf ein Gaspedal und beschleunigte seine Gedanken auf eine Geschwindigkeit, der er nicht folgen konnte. Er atmete hörbar aus und begann abzuwägen, wie er auf das hier reagieren sollte. Schon auf dem Weg hierher hatte er diese Ahnung, dass ihm hier irgendetwas Unerwartetes begegnen würde und er hatte sich auf Überraschungen eingestellt, aber mit so etwas hatte er nicht gerechnet. In dem Koffer auf seinem Schoß lag eine fast drei Pfund schwere Desert Eagle Kaliber 44 Magnum Schusswaffe, eingebettet in rotem Samt und in Begleitung von zwei mit je 8 Patronen gefüllten Magazinen. Seine Augen suchten hektisch, wo auf der Waffe REPLICA eingraviert war, aber es war nichts zu sehen. Die Waffe schien echt zu sein und ihr Anblick war für Rufus schockierend aber auch irgendwie unwiderstehlich. Die rauchige Stimme von Rigatschow holte ihn aus seinen Gedanken zurück und ihm wurde langsam klar, dass die Entscheidungen, die er in den nächsten Minuten zu treffen hatte, sein Leben grundlegend ändern könnten. Er schloss den Koffer und versuchte sich wieder ganz unter Kontrolle zu bekommen.

„Herr Bloch, kennen Sie sich mit Antiquitäten aus?"

„Eher weniger", Rufus war gespannt, was jetzt folgen würde.

„Umso besser. Was sie dort gerade gesehen haben ist ein Strelitzen-Dolch aus dem achtzehnten Jahrhundert. Heute nur noch zu gebrauchen als Brieföffner." Rufus brachte ein unsicheres Lächeln auf seine Lippen: „Ach tatsächlich?"

„Glauben sie an das, was sie sehen, Herr Bloch?

Halten sie es für möglich, dass sich in dem Koffer eine moderne Schusswaffe befindet, eine wie sie Bankräuber und Auftragskiller benutzen und das in einem

9

ganz normalen Transportunternehmen mitten in Deutschland?"

Rufus war sich nicht sicher, ob er dieses Spiel mitspielen sollte, aber es fing an ihm zu gefallen und so antwortete er: „Das hört sich kaum realistisch an, Herr Rigatschow."

„Was ist schon realistisch Herr Bloch? Die Realität ist, dass wir hier ein Land repräsentieren, an dessen Spitze ein ehemaliger Kolchos-Vorsitzender steht, der jetzt seine Regierungsbeamten wie damals seine Melker und Futtermeister führt. Die Bevölkerung akzeptiert ihn nach außen hin und genau wie die Kühe den Gang auf die Weide liebt das Volk die Ausflüge in seine Datschas, wo es für die Wintervorräte an Tomaten und Kartoffeln sorgt.

Das ist die Realität. Wissen sie, Herr Bloch, früher dachte ich immer, es gibt nur zwei Möglichkeiten: Man kann die Realität akzeptieren, oder sie bekämpfen. Heute weiß ich, dass es noch eine dritte Möglichkeit gibt: Man kann sie ignorieren und sich eine eigene schaffen. Auch sie haben diese drei Möglichkeiten Herr Bloch und sie haben jetzt die Möglichkeit zu wählen."

Rufus wusste, dass es hier nur zwei Alternativen gab: Er konnte dieses Spiel mitspielen und seinem Leben eine komplett neue Richtung geben oder aber er kehrte zurück in sein bisheriges Leben, das wie ein löchriger Kahn im Ozean aus Trauer und Erinnerung langsam unterging. Daher kostete es ihn keine große Überwindung eine Entscheidung zu fällen, denn zunächst wollte er dieses Gebäude möglichst schnell und unversehrt wieder verlassen. Er klappte den Koffer zu, stellte ihn auf dem Fußboden ab, erhob sich und sagte: „Herr Rigatschow ich beglückwünsche sie zu diesem wunderbaren Dolch und wünsche ihnen viel Freude damit." Rufus übergab den Koffer an Boris. Dann holte er seinen Zollstempel mit dem Bundesadler und das Einfuhrpapier aus seiner Aktentasche und bestätigte die Einfuhr dieser Antiquität. Rigatschow begleitet ihn zur Tür, gab ihm die Hand und sah ihm in die Augen. „Herr Bloch, sie hören von uns."

Als er zu Hause angekommen war, fand er ein Kuvert in seiner Aktentasche, in dem ein 1000 Markschein steckte. Er wusste nicht wann und wie, aber sicher war, dass Boris ihm den Schein zugesteckt haben musste. Sein Hemd war verschwitzt, er roch seinen eigenen Schweiß und beschloss zu duschen. Anschließend trocknete er sich ab und erwischte sich dabei, wie er sich im Spiegel über seinem Waschbecken betrachtete. Er sah einen Mann Anfang dreißig mit müden blauen Augen aus denen das jugendliche Strahlen längst verschwunden war. Sein Haaransatz war auf dem Rückzug, dafür drängten sich kleine drahtige Härchen aus Nasenlöchern und Ohren ans Tageslicht. War es nicht zu früh, den Verfall einzuläuten? Sein momentaner Alltag dimmte seine Lebensgeister herunter wie der Lautstärkeregler an seiner Stereoanlage es mit seinen Hardrock-CDs tat. Sollte das alles gewesen sein? Er schaute in seine Augen. Irgendwo darin loderte noch die Flamme und vielleicht konnten Leute wie Rigatschow sie wieder aufflammen lassen. Wahrscheinlich würden sie ihn in ein neues unbekanntes Leben stoßen, aber er war bereit, diesen Weg zu gehen. Er wollte aus seinem sinnentleerten Beamtendasein ausbrechen und endlich aus diesem

11

Tal von Trauer und Melancholie entfliehen. Dessen war er sich sicher und er würde diese Chance nutzen, egal mit welchen Gefahren sie verbunden war. In dieser Nacht konnte er wieder nicht schlafen, wie so oft in den letzten fünf Jahren, seitdem er seine große Liebe verloren hatte. Er hatte Matilda auf der Zollakademie in Velen kennengelernt. Sie war ein Mädchen, das jeden Raum, den sie betrat mit Sonne erfüllte. Rufus verliebte sich sofort in ihr Lächeln und ihre stets strahlenden blauen Augen. Nach der Ausbildung bekam sie eine Anstellung in Gelsenkirchen und er in Bonn. Sie beschlossen sich zusammen eine Wohnung auf halbem Weg in Düsseldorf zu nehmen. Sie heirateten und wünschten sich nichts sehnlicher als Kinder zu bekommen. Matilda wurde schwanger, aber bei den Vorsorgeuntersuchungen wurde festgestellt, dass sie an einer fortschreitenden Herzmuskelschwäche litt. Sie verlor das Kind und kam auf eine Warteliste für Spenderherzen. Da sie mit A Rhesus negativ eine nicht so häufige Blutgruppe hatte, bereitete sie der Arzt darauf vor, dass es durchaus zwei Jahre dauern könne, bis ein passendes Herz gefunden sei. Schon nach gut einem halben Jahr dieser Frist starb Matilda und ließ Rufus in einer Welt aus Trauer und Wut zurück. Er distanzierte sich von Freunden und Kollegen. Oft verbrachte er seine Mittagspause allein auf einer Bank im Park und beobachtete die Passanten, Spaziergänger und Jogger. Wie viele von ihnen hatten Blutgruppe A Rhesus negativ? Warum lebten sie mit einem gesunden Herzen in der Brust, während seine Matilda sterben musste? Nachts lag er oft wach in seinem Bett und starrte an die Decke. Insomnia, Schlaflosigkeit hatte sein Arzt gesagt, sei ganz normal nach einem traumatischen Erlebnis. Die Seele fürchtet sich vor den Träumen der Erinnerung. Rufus wusste, dass er so nicht weiterleben konnte. Er wusste, dass er ausbrechen musste, aber wie und wann, darüber war er sich nicht im Klaren. In den folgenden Wochen ging er ganz normal seiner Zöllnertätigkeit nach, während er immer ungeduldig auf den nächsten Auftrag der Spedition Lebed wartete. Er hakte nun alle Ein- und Ausfuhren ab, auch ohne die Ware gesehen zu haben. Irgendwie schien Rigatschow, ein System aufgebaut zu haben, dass alle Grenzkontrollen entschärfte und ihm durch ihn, Rufus Bloch, freie Bahn für alle Im- und Exporte schaffte. Rufus hatte während dieser Zeit keinen persönlichen Kontakt mehr zu Rigatschow oder sonst wem aus der Firma, aber er fand regelmäßig Umschläge mit Bargeld in seinem sonst leeren Briefkasten.

Igor und Rufus betraten das Kopfsteinpflaster des Bremer Bahnhofsvorplatzes. Sie hatten ihren BMW auf dem Cinemaxx Parkplatz hinter dem Überseemuseum geparkt und waren dann wie geplant um 07:14 Uhr in die Straßenbahn Linie 16 Richtung Steintorviertel eingestiegen. In der Bahn sollten sie einen Mann finden, der einen schwarzen Aktenkoffer bei sich hatte. Einer von beiden sollte sich neben ihn setzen. Der Mann stand dann an der nächsten Haltestelle auf und stieg aus, den Koffer ließ er zurück. An der folgenden Haltestelle stiegen dann auch Igor und Rufus samt Koffer aus und damit war die Übergabe abgeschlossen. Der Plan erfüllte sich exakt wie eine Prophezeiung ohne irgendwelche Zwischenfälle. Sie waren mit dem Koffer ein wenig spazieren gegangen, und ohne Hektik zurück zum Bahnhof geschlendert. Dort angekommen bemerkten sie, dass der ganze Einsatz nur etwa eine halbe Stunde gedauert hatte und Igor fiel auf, dass sie noch nichts gegessen hatten.

„Wir haben noch jede Menge Zeit, wie wäre es mit einem Frühstück?"

„Ich könnte einen Kaffee gebrauchen. Gehen wir in den Bahnhof." Sie überquerten den Platz und gingen in die Bahnhofshalle. Sie entschieden sich für ein Stehcafe, das zwischen einem Zeitungskiosk und einem Blumenladen eingeklemmt war. Igor stellte am Tresen das Frühstück zusammen, während Rufus einen geeigneten Tisch aussuchte, von dem er einen ungestörten Blick auf das Treiben in der Bahnhofshalle hatte. Igor brachte für ihn einen Kaffee und ein Schoko-Croissant. Für sich selbst hatte er drei Mettbrötchen und eine Tasse Tee besorgt. Den Koffer platzierte er unter dem Tisch und klemmte ihn zwischen seine Beine.

„Ich frage mich, Rufus, warum hat uns mein Onkel nicht einfach einen Schließfachschlüssel gegeben? Der Koffer hätte leicht in einem Schließfach deponiert werden können. Wir kommen mit dem Schlüssel, holen den verdammten Koffer raus und das war's."

„Du hast Recht, das ist leicht. Aber noch leichter ist es für die Cops. Sie müssen sich nur hier hinsetzen und abwarten bis einer kommt und den Schlüssel in das bestimmte Fach steckt. Hast du diesen amerikanischen Film gesehen, in dem John Travolta einen Schlüssel hat für ein Fach in dem 300.000 Dollar auf ihn warten. Er geht also zum Flughafen und setzt sich erst einmal in sicherer Entfernung hin und checkt die Lage. Dabei entdeckt er mindestens drei FBI-Leute. Das bedeutet, in dem Moment, in dem du den Schlüssel in das verdammte Schloss steckst, drücken sie auch schon dein Gesicht gegen die Tür und drehen dir die Arme auf den Rücken."

„Rufus, das hier ist kein Gangsterfilm, warum sollten hier Cops sitzen."

„Gute Frage, das hängt natürlich davon ab, was in dem Koffer ist. Aber dein Onkel wird uns ja wohl kaum seine alten Unterhosen anvertraut haben." Igor prustete laut los und versprühte Brötchenkrümel und Mettbröckchen auf dem Tisch und dem Sakko seines schwarzen Anzugs.

„Nein verdammt, das wird Onkel Wowa kaum tun!" Rufus fand es immer wieder irritierend, wenn Igor seinen Chef Onkel Wowa nannte, denn das passte kaum zu

15

dem Mann, den er vor vier Monaten in Minsk kennengelernt hatte.

Nach seinem Erlebnis in der Spedition Lebed und dem regelmäßigen Abfertigen von Ein- und Ausfuhren für Rigatschow vergingen einige Wochen, in denen er nichts von Rigatschow oder Boris hörte. Dann eines Abends erhielt er einen Anruf von Boris, der ihm kurz und knapp mitteilte, dass er sich am nächsten Morgen um 9 Uhr im Büro von Rigatschow einzufinden habe. Rufus freute sich über diese Nachricht und schlief in dieser Nacht ohne ein einziges Mal aufzuwachen. Am nächsten Morgen frühstückte er und rief dann in seinem Büro an, um sich krank zu melden. Um Punkt neun stand er vor dem Anmeldungs-Schalter im Speditionsgebäude und wurde dieses Mal von Boris persönlich die Treppe hinaufbegleitet. Rufus fiel auf, dass im Gebäude hektisches Treiben herrschte und auf den Fluren standen Kartons in denen Computer und Aktenordner verpackt wurden. Rigatschow öffnete die Tür.

„Wie schön sie wiederzusehen, Herr Bloch. Kommen sie herein". Rufus betrat den Raum gefolgt von Boris, der sich sofort in seine Ecke zurückzog. Auch hier sah es nach Umzug aus. Die große Fahne lag bereits zusammengerollt auf dem Schreibtisch, das Bücherregal war ausgeräumt, nur der Säbel und das Gemälde hingen noch an ihren angestammten Plätzen.

Rufus fragte: „Ziehen sie um?"

„Ja, wir verlegen das Hauptquartier. Wir gehen nach Berlin." Bei diesen Worten durchzuckte Rufus die Angst, dass alle Hoffnungen auf einen Ausbruch aus seinem verkümmerten Dasein nun zerstört würden, aber er versuchte, diesen Gedanken zu verdrängen und sagte verunsichert: „Dann wird in Zukunft eines der Hauptzollämter Berlins für sie zuständig sein, also brauchen sie mich nicht mehr." Rufus war sich selbst nicht sicher, ob das eine Frage oder eine Feststellung war. „Auf den ersten Blick ist das richtig, Herr Bloch. Aber erlauben sie mir eine Frage: Mit welchen Erwartungen sind sie heute Morgen hierhergekommen. Dachten sie es geht wieder um eine lächerliche Zollangelegenheit? Nein, denn sie wurden nicht aufgefordert irgendwelche Papiere mitzubringen. Also, was dachten sie?"

Rufus antwortete ehrlich: „Ich habe mir gewünscht, dass sie irgendeine neue Aufgabe für mich haben."

„Das höre ich gern, Herr Bloch. Sie haben Recht. Sie bekommen eine neue Aufgabe, aber nicht von mir". Rigatschow zog eine Schublade seines Schreibtisches auf und holte einen Umschlag hervor. Er ging auf Rufus zu, der daraufhin instinktiv aufstand. Rigatschow drückte ihm das Kuvert in die Hand und sagte: „Hier ist ein Flugticket nach Minsk, Abflug morgen 12.30 ab Köln/Bonn. Boris wird sie nach Hause bringen. Dort geben sie ihm ihren Reisepass, den er ihnen morgen samt Visum zurückgeben wird. Er wird sie zwei Bahnstationen vor dem Flughafen absetzen, den Rest schaffen sie alleine. In Minsk werden sie abgeholt und dann treffen sie Wladimir Lipkow."

„Ist das der Chef der Organisation?"

„Nein, nennen wir ihn Abteilungsleiter für Deutschland und Polen. Den Chef werden sie nicht sehen, noch nicht. Aber bitte Organisation ist nicht das geeignete Wort. Ich halte es mehr für ein mittelständisches Unternehmen. Ich liebe solche Begriffe der deutschen Sprache, sie sagen so viel aus. Wissen sie was ein mittelständisches Unternehmen ist?"

„Ich denke schon." Noch während Rufus über eine Erklärung nachdachte, fuhr Rigatschow fort: „Ein reicher Chef und Mitarbeiter, die nicht sicher sind, ob für sie noch Kündigungsschutz besteht oder nicht. Diese Definition gefällt mir am besten."

Rigatschow lachte herzlich über seinen eigenen Witz, während Rufus ihm ein dünnes Lächeln schenkte.

„Jetzt gehen sie und kündigen ihren Job. Falls sie eine Kündigungsfrist einhalten müssen besorgen wir ihnen ein Attest für die verbleibende Zeit. Sagen sie Boris, an welcher Krankheit sie leiden möchten. Sie lassen sich in ihrem Büro nicht mehr blicken. Zur Abholung ihrer Sachen schicken sie einen Boten. Ich hoffe, wir werden uns bald wiedersehen, Rufus. Ich darf sie doch Rufus nennen?"

„Von mir aus gerne."

„Übrigens den Namen Rufus habe ich noch nie gehört. Warum heißen sie so?"

„Weil meine Eltern das so wollten, nehme ich an."

Rigatschow lachte: „Schlagfertigkeit ist eine Tugend, Rufus." Dann begleitete er Rufus zur Tür, die Boris ihm bereits aufhielt. Er stieg die Treppe hinab und verließ das Bürogebäude, das nach und nach ausgeräumt wurde. Boris hatte scheinbar einen anderen Ausgang benutzt, denn als Rufus auf dem Gehweg angekommen war, hielt eine schwarze Mercedes-Limousine vor ihm, deren Beifahrertür nun aufgestoßen wurde. Boris nickte ihm zu und Rufus stieg ein. Während der Fahrt

19

grübelte Rufus über die plötzliche Wendung seines Lebens. Er sah keine Gefahren und keine Angst vor der Illegalität, nein, er nahm die Möglichkeit, die Rigatschow ihm bot an, denn sie war der Ausweg aus seinem versickerndem Leben. Er existierte, atmete, stand morgens auf, aber er lebte nicht. Nur ein radikaler Schritt versprach den Zugang zu einem neuen Leben. Diesen Schritt war er bereit, zu gehen. Die Aufforderung zu kündigen empfand er als Erlösung. Als Boris den Wagen vor Rufus' Wohnung stoppte, öffnete Rufus seinen Sitzgurt und sagte: „Ich glaube, ich leide an fortgeschrittener Schizophrenie."

„Das ist nicht zu empfehlen, sie könnten entmündigt werden und bringen unseren Arzt in Schwierigkeiten. Krebs ist auch schlecht, erregt zu viel Aufsehen."

„Aha verstehe, wie wäre es dann mit einem Bandscheibenvorfall?"

„Ist gut. Sie bekommen das Attest morgen früh und schicken es zusammen mit ihrer Kündigung ab. Ich erwarte sie um 7 Uhr 30 hier vor ihrer Tür, und jetzt holen sie ihren Reisepass." Rufus lief ins Haus, stolperte über das Durcheinander von Schuhen in seinem kleinen Flur, stieß die Tür zu seinem Arbeitszimmer auf und durchwühlte die drei Schubladen seines Schreibtisches aus Eichenholz, den er als vorzeitiges Erbe von seinen Eltern übernommen hatte. Unter einem Stapel alter Kontoauszüge fand er schließlich seinen Pass, den er vor zwei Jahren für einen Betriebsausflug nach Bratislava beantragt hatte, so dass er jetzt noch acht Jahre gültig war. Rufus eilte wieder auf die Straße, wo Boris bei geöffneter Beifahrertür und laufendem Motor noch hinterm Steuer saß. Boris warf einen kurzen Blick in den

Pass, nickte Rufus zu, ließ die Kupplung ruckartig los und trat das Gaspedal durch. Die Tür flog zu und Rufus schaute ihm noch hinterher, bis er an der nächsten Kreuzung abbog. Irgendwie störte es Rufus, dass Boris, wenn er nicht in seiner Ecke stand, den gleichen Ton anschlug wie sein Chef. Aber es stand ihm nicht zu, Mitarbeiter seiner neuen Firma zu kritisieren. Nachdem ihm ein Pizza-Service eine Margarita ins Haus gebracht hatte, breitete er neben dem aufgeklappten, fettigen Pizzakarton einen Briefbogen aus und schrieb seine Kündigung. Als Begründung nannte er gesundheitliche Gründe und er war sich sicher, dass das Attest dafür sorgen würde, dass es keine Nachfragen gab. Richtige Freunde hatte er im Zollamt keine mehr, so dass ihn wahrscheinlich niemand wirklich vermissen würde. Er wusste nicht, ob er deswegen traurig sein sollte.

Am nächsten Morgen stand Rufus pünktlich um halb acht vor seiner Wohnung auf dem Bürgersteig. Er hatte sich für einen grauen dreiteiligen Anzug und einen dunklen Wollmantel entschieden. In eine kleine Reisetasche hatte er einige Kleidungsstücke gepackt, wobei ihm aufgefallen war, dass er kein Rückflugticket bekommen und Rigatschow mit ihm auch nur über den Hinflug gesprochen hatte. Das hatte ihn ein wenig stutzig gemacht, aber so sehr er auch überlegte, er fand keinen Grund, warum sie ihn irgendwo in Belarus töten und verschwinden lassen sollten. Zwei Minuten nach halb fuhr Boris vor. Rufus legte seine Tasche auf den Rücksitz und stieg vorne ein. Er wollte nicht hinten sitzen, da er bei Boris nicht den Eindruck erwecken wollte, er hielte ihn für seinen Chauffeur.

„Haben sie alles?"

Rufus konnte es nicht vermeiden mit „Jawoll" zu antworten, bevor er Boris den Umschlag mit der Kündigung reichte. Boris zog den Briefbogen aus dem Umschlag, las die Kündigung, nickte zufrieden und schob das Papier zusammen mit dem Attest wieder zurück. Rufus war etwas irritiert über das Misstrauen, sagte aber nichts. Während der halbstündigen Fahrt sprachen sie nicht. Boris setzte Rufus am Bahnhof Köln-Porz ab. Von dort fuhr Rufus per Schienenersatzverkehr mit dem Bus zum Flughafen. Er begab sich direkt zum Check-In Schalter und gab seine Tasche auf. Er frühstückte, schlenderte durch die Shops und hob pünktlich um 12 Uhr 30 ab. Es war ein sonniger Januartag mit gutem Flugwetter. Die Landung in Minsk war holprig, was an der reparaturbedürftigen Betonpiste lag. Für eine europäische Hauptstadt war es auf dem Flughafen sehr ruhig. Es standen abgetakelte Aeroflot-Maschinen herum und an den Gates hatte nur ein Flieger der Austrian Airlines angedockt. Nach dem Verlassen des Flugzeugs wurde jeder Schritt von Uniformierten aufmerksam beobachtet. An jeder Wegkreuzung stand ein Milizionär und wies einem grußlos den Weg. An der Passkontrolle bildete sich eine lange Schlange. Jeder Reisende musste eine kleine Holzbaracke betreten und einen Grenzpolizisten direkt anschauen. Als Rufus an der Reihe war, erwartete er einen griesgrämigen Stalin-Verschnitt ansehen zu müssen, aber zu seiner Überraschung blickte er in die blauen Augen einer blonden Schönheit, die ihm bei der Rückgabe seines Passes sogar ein Lächeln schenkte. Die Gepäckausgabe klappte reibungslos und beim Zoll wurde er einfach durch gewunken. Schließlich stand Rufus etwas unsicher in der Ankunftshalle, denn niemand hatte ihm gesagt, wie es von hier aus weiter gehen würde.

„Sie müssen Rufus Bloch sein".

Rufus fuhr herum und sah vor sich einen schlanken jungen Mann. Er trug einen schwarzen Anzug, ein weißes Hemd, dazu eine schwarze Krawatte und hätte mit Hut und Sonnenbrille einer von den Blues Brothers sein können.

„Ja das bin ich und wer sind sie?"

„Sergej. Bitte folgen sie mir." Rufus folgte, was hätte er sonst auch machen sollen. Draußen auf dem spärlich besetzten Parkplatz erreichten sie eine schwarze Wolga-Limousine und Sergej hielt Rufus die Wagentür auf. Diesmal saß Rufus hinten und er nahm an, dass es sich bei Sergej tatsächlich nur um einen Chauffeur handelte. Sie fuhren 40 km über eine zweispurige Autobahn, die dieselben Verfallsprobleme hatte wie die Landebahn des Flughafens. Dann erreichten sie die ersten Vororte von Minsk. Sie kamen an Plattenbau-Wohnblocks vorbei und passierten einen Kreisverkehr in dessen Zentrum ein überdimensionaler Obelisk in den Himmel ragte. Sergej erklärte Rufus bereitwillig, dass es sich um ein Kriegsdenkmal handelte. Sergej kommentierte hin und wieder Denkmäler, Gebäude oder Straßenzüge bis sie schließlich auf einen großen Platz kamen, in dessen Mitte wiederum ein Kriegsdenkmal mit dazugehörigem ewigem Feuer platziert war.

„Das ist der Platz des Sieges, unser Ziel." Sergej hielt vor dem Haus mit der Nummer 152. Die schicke

Marmorfassade erweckte den Eindruck eines Bankgebäudes, aber es war keine Aufschrift angebracht. Durch eine Drehtür gelangten sie ins Innere und wurden von zwei Wachleuten in Empfang genommen. Es folgte ein Security-Check wie am Flughafen und einer der Wachmänner tastete Rufus gründlich ab, während ihn der andere mit einer Kalaschnikow im Anschlag misstrauisch beäugte. Nachdem sie auch Rufus' Reisetasche durchsucht hatten, führte Sergej ihn zu einem Aufzug. Sergej gab einen Nummerncode ein und die Türen schlossen sich. Rufus fiel auf, das die direkte Anwahl einer Etage nicht möglich war. Es war lediglich ein Nummerblock wie auf einem Taschenrechner vorhanden sowie ein Telefonhörer. Irgendwann hielt der Aufzug und die Türen öffneten sich lautlos.

„Sie steigen hier aus, folgen dem Gang nach rechts und melden sich im Büro am Ende des Ganges."

Rufus nickte, verließ den Lift und ging ein wenig unsicher den von zittrigem Neonlicht beleuchteten Gang hinunter. Er fühlte sich, als ob er zu einer entscheidenden Examensprüfung ginge und merkte, dass er feuchte Hände bekam. Bis hierher war alles glatt gegangen, aber nun hoffte er, dass sein neuer Weg nicht doch etwas zu ungewohnt für ihn war. Er klopfte an die beschriebene Tür und Sekunden später strahlten ihn zum zweiten Mal an diesem Tag zwei große blaue Augen an.

„Guten Tag Herr Bloch, wir haben sie schon erwartet, treten sie bitte ein, Herr Lipkow wird bald Zeit für sie haben. Mein Name ist Nadja Grigorewna, setzen sie sich doch, möchten sie einen Kaffee?"

„Ja gerne vielen Dank." Beim Anblick von Nadja schaltete Rufus' Gehirn für einen Moment komplett auf die ausschließliche Verarbeitung optischer Reize um. Sie war etwa eins achtzig groß, ihre langen Beine waren in schwarzes Perlon getaucht, um ihre schlanke Taille hüllte sich ein schwarzer Minirock. Darüber trug sie eine weiße Bluse und ein rotes Halstuch. Ihre langen blonden Haare wurden von einem Haarband zusammengehalten und ihre sinnlichen Lippen waren knallrot bemalt, was Rufus für absolut überflüssig hielt.

„Herr Bloch, möchten sie Zucker oder Milch?" Anscheinend hielt Nadja ihm schon einige Sekunden Zuckertöpfchen und Milchkännchen hin und Rufus war es peinlich, dass sie ihn bei seinem kleinen Blackout ertappte.

„Nur Milch, Danke".

„Wie war ihr Flug?"

„Ruhig und angenehm". Allmählich kam er wieder zu sich, obwohl er nach wie vor die Augen nicht von ihr lassen konnte. Auch sie sprach ein hervorragendes Deutsch, wie er es auch schon bei Rigatschow, Boris und Sergej bemerkt hatte. Er rührte lautlos in seinem Kaffee, während Nadja hinter ihren Schreibtisch ging und Papiere sortierte. „Aus welcher Stadt in Deutschland kommen sie?"

„Aus Bonn, der früheren Hauptstadt."

„Oh ja, ich habe viel darüber gehört. Leider war ich noch nie in Deutschland."

„Dafür, dass sie noch nie dort waren, sprechen sie ein hervorragendes Deutsch!"

„Wenn man in Herrn Lipkows Abteilung aufgenommen wird, bekommt man Privatunterricht."

„Aha, sprechen sie polnisch auch so gut?"

„Nein überhaupt nicht. Polen bearbeitet meine Kollegin."

Dann klingelte ihr Telefon. Nadja nahm ab, horchte, antwortete ein kurzes „Da" – Rufus hatte inzwischen mitbekommen, dass „Da" Ja hieß – sie legte auf, zeigte auf die Tür rechts neben sich und sagte: „Herr Lipkow erwartet sie jetzt. Sie können ihre Tasche hier bei mir stehen lassen."

Rufus stand auf und bemerkte beim Berühren der Türklinke, dass seine Hände immer noch feucht waren. „Bleib cool", dachte er sich, richtete seinen Anzug und trat ein. Er betrat ein helles Büro, dessen Fensterfront ein beeindruckendes Panorama über den Platz des Sieges gewährte. Hinter dem Schreibtisch erhob sich ein Mann im grauen Anzug, den Rufus auf Anfang vierzig schätzte – Wladimir Lipkow. Er hatte glatte blonde Haare, die er mit einem Seitenscheitel trug. Die strahlend blauen Augen hatten einen Blick, der Rufus als bohrend in Erinnerung blieb. Lipkow trug keinen Bart und sein Kinn glänzte. In der rechten Raumecke neben der Tür, durch die Rufus hereingekommen war, stand eine Art Boris, der ihn aufmerksam beobachtete. Wladimir Lipkow kam lächelnd auf Rufus zu streckte seine Hand aus und begrüßte Rufus mit einem kräftigen Händedruck.

„Herr Bloch, ich freue mich, dass sie den weiten Weg aus Deutschland auf sich genommen haben, um uns hier im kargen Minsk zu besuchen." Lipkow hatte etwas Beruhigendes und auch der Bär in der Ecke irritierte Rufus nicht so sehr wie es damals Boris getan hatte und so verschwand die Aufregung und Rufus' Gedanken wurden wieder ganz klar. Er hatte sich vorgenommen einen zielstrebigen und selbstbewussten Eindruck zu machen und sagte: „Es ist mir eine Ehre, aber ich hatte nicht den Eindruck als hätte ich die Einladung ablehnen können." Lipkow setzte sich und bedeutete auch Rufus mit einem Handzeichen Platz zu nehmen. Es verstrichen einige Sekunden angespannten Schweigens und Rufus war sich nicht sicher, ob er nicht einen zu forschen Einstieg in sein „Vorstellungsgespräch" gewählt hatte. Aber ein Lächeln auf den Lippen Lipkows löste die Spannung. „Herr Bloch, dass sie jetzt hier vor mir sitzen, ist der untrügliche Beweis dafür, dass sie sich aus freien Stücken für diesen Besuch entschieden haben. Zwang spielt bei der Auswahl unserer Mitarbeiter grundsätzlich keine Rolle. Was glauben sie, Herr Bloch, warum wir sie ausgewählt haben?" Rufus war sich nicht sicher, was Lipkow hören wollte, deshalb riet er: „Weil sie einen Nachfolger für meinen verunglückten Kollegen brauchten?" Lipkow lachte: „Ihr Beamten seid so herrlich naiv." Er hatte sich in seinem Ledersessel zurückgelehnt und wippte vergnügt mit der Lehne. Ihm schien das hier Spaß zu machen. Rufus entschied, nicht mehr darüber nachzudenken, worauf Lipkow hinaus wollte, sondern wie schon bei Rigatschow auf spontane Antworten zu setzen. Lipkow beendete seine Heiterkeit abrupt und setzte nach: „Nun mal im Ernst, Herr Bloch, für unsere Geschäfte brauchen wir keine Formulare oder Stempel der deutschen Zollbehörden. Das Ganze war gefaked, wie man so schön sagt. Wir haben ihnen einen Köder ausgelegt und sie haben angebissen. Sie haben die Unstimmigkeiten in der Akte ihres Kollegen nicht gemeldet, sie sind in die Spedition gekommen

27

und haben sehr professionell - wie mir Tschingis Rigatschow berichtete - auf unseren kleinen Test reagiert. Anschließend haben wir noch ihr Privatleben beobachtet, bei dem es allerdings nicht viel zu beobachten gab - keine Frauen, keine Kinder - und nun sitzen sie hier." Rufus' Illusionen über seine Bedeutung für diese Organisation platzten wie Seifenblasen. Er fühlte sich, als ob er in seinem Stuhl schrumpfen würde und bevor er ganz weg sein würde, musste er die Initiative ergreifen: „Wenn ich sie richtig verstehe, Herr Lipkow, war das Ganze bis jetzt nur eine Art Test. Aber was wollen sie dann tatsächlich von mir?" Er fand, das hörte sich sehr energisch an. „Wir brauchen Leute, die bereit sind alles aufzugeben, um für uns zu arbeiten. Wir tun nichts anderes als denjenigen, die im Strom ihrer langweiligen und bedeutungslosen Leben dahintreiben, den rettenden Ast hinzuhalten. Die meisten ignorieren ihn, manche muss man ein paar Mal anstupsen, ehe sie zugreifen, aber einige stürzen sich auf ihn und lassen ihn nicht mehr los. Sie, Herr Bloch, gehören zu der letzten Gruppe." Rufus erkannte, dass sein Gemütszustand für diese Leute anscheinend wie ein offenes Buch war und er musste zugeben, dass man keine treffenderen Worte hätte finden können, als die, die Lipkow gewählt hatte. Er wusste, dass es keinen Sinn hatte, diesen Leuten hier irgendetwas vorzumachen. Er war jetzt ganz er selbst und saß wieder in voller Größe auf seinem Stuhl. „Ich gebe zu, sie haben Recht. Aber wie haben sie mich gefunden?"

„Ihr Kollege hat ihren Namen genannt, als wir ihn fragten, ob noch jemand aus seinem Kollegenkreis für eine Zusammenarbeit in Frage käme. Wir legten die Köder aus und sie haben jeden bereitwillig angenommen.",,

Das scheint mir ein sehr aufwendiges Verfahren zu sein."

„Aufwendig aber effektiv. Glauben sie mir, wir wissen, wo wir suchen müssen. Überall dort, wo stumpfsinnige Routine die Menschen in die Unzufriedenheit treibt, strecken wir unsere Fühler aus. Jede Tätigkeit, die Kreativität, Entscheidungsfreiheit und Eigeninitiative unterdrückt, erzeugt in einem intelligenten Gehirn eine unbändige Energie, die sich immer wieder blitzartig als Ausbruchwille entlädt und die wir schließlich komplett entfesseln und für uns nutzen. Ein positiver Nebeneffekt ist, dass sie die entsprechenden Personen mit großer Loyalität an uns bindet."

„Aber nicht jeder Unzufriedene ist ein potentieller Gangster", wandte Rufus ein. „Da haben sie Recht. Manche lassen sich von uns wecken, kommen aber nicht zu uns. Rigatschow hat mir zum Beispiel von einem Fließbandarbeiter erzählt, der Wohnung und Auto gegen ein Motorrad eintauschte und jetzt durch die Sahara fährt. Für uns ist das kein Verlust, aber wir freuen uns, dass wir eine Seele befreit haben. Bei ihnen, Herr Bloch, kommt aber noch ein entscheidender Punkt dazu: Trauer." Rufus schluckte und sagte: „Sie haben ihre Hausaufgaben gemacht."

„Ja, das haben wir. Aber es gibt auch wesentlich unkompliziertere Wege, in die Organisation zu gelangen. Zum Beispiel durch Verwandtschaft." Lipkow stand auf und winkte den Mann aus der Ecke heran. „Das ist Igor, mein Neffe. Er arbeitet seit zwei Jahren für mich, spricht inzwischen ganz gut Deutsch und wird ihr Freund und Begleiter werden." Auch Rufus erhob sich und gab Igor die Hand. Er war ein breitschultriger etwa eins achtzig großer Mann Ende zwanzig mit pechschwarzen kurzgeschnittenen Haaren. Igor lächelte ihn freundlich an und Rufus registrierte ein jungenhaftes Funkeln in seinen schwarzen Augen. Alle drei blieben stehen und Lipkow sagte: „Igor fliegt mit ihnen zurück. Im Flugzeug wird er ihnen alles Weitere erklären. Sie werden ein gleichberechtigtes Team sein, das gemeinschaftlich entscheidet. Aufträge bekommen sie von Rigatschow oder direkt von mir. Die Ausführung bestimmen sie selbst und tragen dafür die Verantwortung. Verhaltensregeln in bestimmten Situationen sprechen sie im Team ab. Noch Fragen?" Rufus war erstaunt wie reibungslos Lipkow von philosophischem Diskurs zu militärischer Befehlsausgabe wechseln konnte. Da war noch etwas, das Rufus unter den Nägeln brannte: „Warum musste mein Ex-Kollege sterben?" Lipkow zögerte einen Moment und suchte nach einer passenden Antwort. Dann erklärte er: „Im Grunde war sein Tod überflüssig. Er wurde überheblich, fing an überhöhte Forderungen zu stellen, dann begann er Kontakte zur Polizei zu knüpfen und wurde dadurch zu einem Risiko. Der Tod ereilte ihn, als ich noch über die Reaktion auf sein unpassendes Verhalten nachdachte. Drücken wir es so aus: Es gibt unterschiedliche Auffassungen in dieser Organisation, wie man die Kündigung eines Mitarbeiters gestaltet. Aber lassen wir das Vergangene, konzentrieren wir uns auf die Gegenwart. Ihr Flugzeug wartet nicht auf sie." Er nickte Igor zu, der nahm den etwas perplexen Rufus an den Arm und führte ihn hinaus. Igor

30

nahm Nadja auch Rufus' Tasche ab und dann schob er seinen neuen Partner durch die Tür zurück auf den Gang. Rufus machte einen etwas weggetretenen Eindruck und Igor sah ihm in die Augen und sprach ihn an: „Ist alles in Ordnung, Rufus Bloch?" Rufus schüttelte sich, als ob er in eine Zitrone gebissen hätte und kam wieder zu sich. Bevor er antwortete, wurde die Tür neben der, durch die sie gerade gekommen waren, aufgestoßen. Wladimir Lipkow trat auf den Gang. In seinem Mundwinkel steckte ein Zigarillo, er bat Igor um Feuer, nahm einen tiefen Zug und blies den Rauch an die Decke. Dann wandte er sich noch einmal an Rufus: „Da ist noch eine Regel: Keine Frauen, keine Kinder. Und wenn ich ihnen zum Schluss noch einen Rat geben darf: Entscheiden sie spontan, bewahren sie stets die Ruhe, reagieren sie entschlossen und im Zweifelsfalle: Tun sie das Unerwartete."

Rufus' Gehirn brauchte eine Zeit lang, um diese letzten Hinweise Lipkows zu verarbeiten und er kam erst wieder zu sich, als hinter Lipkow die Tür ins Schloss fiel. Igor erkundigte sich, ob alles in Ordnung mit ihm sei. Rufus nickte und ließ sich von Igor sanft zum Aufzug schieben. Unten angekommen nickten sie den Gorillas am Eingang zum Abschied freundlich zu und kehrten zurück ans Tageslicht. Vor dem Gebäude mussten sie einige Minuten warten, ehe Sergej mit dem Wolga vorfuhr. Sie stiegen ein und fuhren wieder in Richtung Flughafen. Die ganze Aktion hatte nicht einmal eine Stunde gedauert und Rufus hatte nicht bemerkt, dass er die ganze Zeit über von hoch oben beobachtet worden war. Zwei Stockwerke über dem Büro von Wladimir Lipkow stand der ehrenwerte Victor I-wanowitsch am Fenster. Zwei seiner dicken Finger spreizten die Lamellen der Jalousie, so dass er der davonfahrenden Wolga-Limousine nachsehen konnte. Schwerer Zigarrenrauch hüllte den massigen kahlen Kopf des obersten Chefs der Minsker Organisation ein, als er fragte: „Wie lange arbeiten wir schon zusammen, Juri?" Diese Frage richtete sich an einen etwa ein Meter neunzig großen, hageren Mann von Mitte fünfzig, der mitten in dem großen Palast ähnlichen Raum stand und mit auf dem Rücken verschränkten Händen seinen Chef beobachtete. Auch sein Kopf war kahl geschoren. Von den Schultern hing ein knielanger schwarzer Ledermantel und auf der Nase klemmte eine feine Nickelbrille, deren eines Glas schwarz eingefärbt war. Sein linkes Auge hatte er durch einen Messerstich verloren. Das verlieh dem Mann nicht nur ein furchteinflößendes Aussehen, sondern machte ihn auch zum begnadeten Scharfschützen. Nebenbei hatte ihm diese Brille den Beinamen „der Professor" eingebracht. Seine schmalen Lippen öffneten sich kaum als er antwortete: „Das müssten jetzt etwa 18 Jahre sein, Victor Iwanowitsch.",

Ja, Juri, 18 Jahre. Und was hast du alles für mich getan?"

„Gestohlen, gefoltert und getötet."

„Richtig, Juri, erst wenn man zusammen einen Menschen hat sterben sehen, ist man für immer aufeinander angewiesen und kommt nicht mehr voneinander los."

„Das ist wohl so."

„Ja, der Tod schafft Vertrauen. Aber die Zeiten sind verkommen. Wladimir rekrutiert Personal auf diese psychologische Tour und meint auch so Loyalität zu schaffen. Die gesamte Organisation verweichlicht nach und nach. Westliche Sitten sind uns noch nie gut bekommen." Bei diesen Worten blies Victor Iwanowitsch eine große Rauchwolke aus, die sanft in Richtung der fünf Meter hohen Stuckdecke schwebte. Er ging hinter seinen massigen Schreibtisch und ließ sich dort in den Sessel fallen. Dieser ächzte unter seinem Gewicht. Der nur etwa ein Meter fünfundsechzig große Mann war gut 120 kg schwer und ähnelte Nikita Chrustschow, den er übrigens tatsächlich verehrte. Wenn er in Moskau war, verpasste er es nie, am Grab seines Vorbildes auf dem Friedhof beim Neujungfrauen-Kloster ein paar Blumen abzustellen. Hinter seinem Schreibtisch strahlte eine fünf Meter breite und vier Meter hohe feuerrote Fahne der Sowjetunion. Diese war nicht unbedingt ein Symbol für Parteitreue, sondern einfach ein Zeichen der Nostalgie. Das Gespräch zwischen Lipkow und Rufus hatte Victor Iwanowitsch über seine Abhöranlage mitverfolgt. Er war sehr misstrauisch und hatte praktisch das ganze Gebäude verwanzen lassen. Der Code im Fahrstuhl, der einen in sein Stockwerk brachte, wurde täglich gewechselt und in seiner isolierten Etage arbeiteten Sekretärinnen, Köche, ein Arzt und ein Friseur, der allerdings mehr mit den Frisuren der Damen als mit der Glatze des Chefs beschäftigt war. Victor kratzte sich am Bauch und winkte Juri zu sich heran. „Juri, falls Wladimir seinem Neffen und diesem neuen Deutschen irgendeinen ernsthaften Auftrag geben sollte, möchte ich, dass du hinfährst und die beiden im Auge behältst. Wir können uns keine Anfängerfehler leisten. Unsere Moskauer und Kiewer Freunde beobachten uns." Juri nickte nur

kurz und mit einem Wink wurde er von Victor Iwanowitsch verabschiedet. Der Professor war nur Victor I-
wanowitsch unterstellt. Alle die ihn in der Organisation
kannten, mieden ihn. Er war gefürchtet und man erzählte sich Schauergeschichten über ihn. Tatsächlich
hatte er den Instinkt eines Raubtieres und war immun
gegen Gewissensbisse und Gefühlsregungen jeglicher
Art. Nun verschwand er wieder und niemand außer Victor Iwanowitsch wusste, wo man ihn erreichen konnte.

Im Flugzeug erklärte Igor, dass Rufus nun als Mana-
ger eines russischen Restaurants mit Namen „Sankt Pe-
tersburg" in Bonn Ermekeil arbeiten würde. Er selber
würde eine Discothek leiten. Seine Wohnung konnte
Rufus zunächst behalten. In seinem Restaurant behan-
delten ihn die Angestellten alle sehr zuvorkommend
und höflich, aber distanziert. Er verbrachte dort zwei
Abende und bemerkte, dass seine Anwesenheit offensichtlich als überflüssig und störend empfunden wurde.
Von da an zog er es vor in Igors Disco zu gehen, wo die
Atmosphäre wesentlich entspannter war und außerdem
mochte er Igors herzliche Art. Igor hatte sich sein Büro
auf einer Brüstung oberhalb von Tanzfläche und Bar
eingerichtet und dort prüfte Rufus die Abrechnungen
seines Restaurants und übernahm auch Igors Büroar-
beit. Rufus liebte es hin und wieder durch die Lamellen
der Jalousie zu schauen und die schwitzenden Leiber
auf der Tanzfläche zu beobachten und ihm gefiel wie
die Brüste der Mädchen zum Wummern des Beats auf
und ab hüpften. Rufus und Igor fingen an, auch ihre
Freizeit gemeinsam zu verbringen und so trafen sie sich

öfters, um zusammen am Rheinufer zu joggen. Während Rufus mit seinen 75 kg recht athletisch gebaut war, hatte Igor bei 90 kg mit ein wenig Übergewicht zu kämpfen. So liefen sie zwei-dreimal pro Woche locker etwa 10 km, unterhielten sich über ihre Arbeit und Frauen und amüsierten sich über die anderen Sportsleute und die, die es sein wollten. Besonders oft begegnete ihnen ein schwitzendes, dickes Männchen, das keuchend seine Bahnen zog. Nach einiger Zeit, nachdem sie sich im Geschäft etabliert hatten und auch bei der Konkurrenz nicht mehr als Lehrlinge galten, wurde ihnen das Joggen von Rigatschow verboten, da sie beim Laufen zu leicht angreifbar waren. Das schwitzende Männchen aber entdeckten sie eines Tages im Fernsehen. Es hatte etwa 20 kg abgenommen und war jetzt Außenminister der Bundesrepublik Deutschland. Igor und Rufus wurden echte Freunde auch wenn sie vom Typ her sehr unterschiedlich waren. Igor war ein aufbrausender Charakter. Wenn er ein paar Gläser Wodka getrunken hatte, wurde er reizbar und aggressiv. Nicht selten betätigte er sich in seiner Discothek selbst als Rausschmeißer und verwickelte sich in handfeste Schlägereien. Rufus beobachtete dabei stets besorgt, mit welcher Brutalität sein Freund zuschlug. Rufus dagegen war durch nichts aus der Ruhe zu bringen. Gewalttätigkeiten ging er geschickt aus dem Weg. Konflikte konnte er durch reden lösen und Igor akzeptierte, dass Rufus der intelligentere von beiden war und entwickelte einen Beschützerinstinkt für seinen Freund. Dann irgendwann nach vier Monaten bekamen sie diesen Koffer-Auftrag.

5

Jetzt standen sie im Bremer Bahnhof und beendeten ihr Frühstück. Sie überquerten den Bahnhofsvorplatz Richtung Übersee-Museum, liefen über den Busbahnhof und am Cinemaxx vorbei und erreichten schließlich ihren BMW, der immer noch auf dem Kinoparkplatz auf sie wartete. Igor trug den Koffer, er öffnete den Kofferraum des Wagens schon auf gut 10 Meter Entfernung per Fernbedienung und warf den Koffer nicht gerade sanft in die schwarze Tiefe des Kofferraums. Dabei sprang ein Verschluss des Koffers mit einem leisen aber deutlichen Klicken auf. Das passte Rufus gar nicht: „Hey, bist du wahnsinnig? Keiner von uns weiß, was in diesem verdammten Koffer ist und ich verlange, dass du entsprechend vorsichtig mit ihm umgehst. Vielleicht ist er randvoll mit Sprengstoff oder es sind unbezahlbare Ming-Vasen aus der vierten Dynastie darin. Geht das in deinen Schädel rein?" Igor war ein wenig überrascht, dass sein Freund sich wegen so einer Kleinigkeit aufregte, wo ihn doch sonst nichts aus der Ruhe brachte, aber er hatte wahrscheinlich Recht. „Ist ja gut, tut mir leid. Sieh mal, eine Schnalle ist aufgegangen." Igor brachte den Koffer wieder zurück ans Tageslicht. Der linke Verschluss des Koffers war aufgesprungen, obwohl es ein Zahlenschloss gab. Die beiden beschlossen, sich die Sache näher anzusehen. Igor nahm auf dem Fahrersitz Platz während Rufus den Koffer auf seinem Schoß auf dem Beifahrersitz untersuchte. Der eine Verschluss war auf und Rufus schob nun vorsichtig seinen Daumen gegen die Verriegelung des anderen Schlosses. Klick. Igor und Rufus zuckten synchron zusammen und

ihre Blicke klebten gespannt auf der schwarzen Leder-
hülle des Koffers. Rufus schob nun seine Fingerspitzen
zwischen Ober- und Unterschale des Koffers und hob
den Deckel langsam an. Modriger Banknotengeruch
breitete sich im Wagen aus und Igor und Rufus blickten
mit offenem Mund auf eine unüberschaubare Menge
von Dollarbündeln. „Mann, wie viel mag das sein?"
fragte Igor. „Wir werden es zählen", beschloss Rufus.
Igor griff in seine Innentasche und holte eine Schachtel
Zigaretten hervor: „Zähl du, ich brauche jetzt erst mal
eine Zigarette." Er stieg aus, lehnte sich an den Wagen,
rauchte und beobachtete instinktiv die Umgebung.
Rufus zählte 100 Bündel mit je 50 Einhundertdollarno-
ten und kam auf 500.000 Dollar. Igor trat den Rest seiner Zigarette aus und stieg wieder ein. Rufus teilte ihm
das Ergebnis mit. Igor zog voller Respekt die Stirn in
Falten: „500 Riesen Rufus, nicht schlecht für den ersten
Auftrag."

„Ja das ist mir wesentlich lieber, als wenn wir Heroin
oder Plutonium in dem Koffer gefunden hätten. Nur
eins macht mich stutzig."

„Was?"

„Warum war der Koffer nicht verriegelt?"

„Gute Frage, vielleicht ist es ein Test?"

„Du meinst, um unsere Loyalität zu prüfen?"

„Was auch immer, Rufus, es ist jetzt 8.30 und um 14
Uhr sollen wir diesen Koffer in Groningen im Stadtmuseum übergeben. Was meinst du, wie lange fahren wir
bis Groningen?"

„Woher soll ich das wissen?"

„Du bist in diesem Land geboren."

„Ich bin Rheinländer frag mich, wie lange du von Bonn nach Köln fährst, ok, aber woher soll ich wissen, wie lange man hier im Norden von einem Kuhstall zum anderen fährt?"

„Ich verstehe euch Deutsche nicht. So ein kleines Land und ihr kennt euch nicht aus." Rufus klappte den Koffer zu und legte ihn auf dem Rücksitz ab. Igor ließ den Wagen an und sie rollten langsam vom Kopfsteinpflaster des Parkplatzes auf die Straße, fädelten sich in den Verkehr ein und nahmen die B75 in Richtung Oldenburg. Auf der Bundesstraße waren 70 km/h vorgeschrieben und da sie auf keinen Fall in Kontakt mit der Polizei kommen wollten, hielt Igor sich brav an dieses Tempolimit. Der Wagen brummte ungeduldig vor sich hin so, als ob die 220 Pferdestärken es kaum erwarten konnten, endlich los zu galoppieren. Sie überquerten die Weser und kamen an der Becks Brauerei vorbei, was Igor in wahre Begeisterung versetzte: „Hey Mann, wird dort echt das Becks Bier gebraut?" Rufus als alten Kölsch-Trinker ließ das relativ kalt.

„Sieht ganz so aus."

„Dieses Becks habe ich sogar schon in Omsk in einem unserer Restaurants getrunken. Der Kellner war ziemlich stolz darauf, auch wenn das Haltbarkeitsdatum schon abgelaufen war."

„Ja sie verkaufen das Zeug auf der ganzen Welt", entgegnete Rufus lahm.

„Was ist los mit dir Rufus? Du solltest stolz sein auf dein Land, eure Autos rollen überall, euer Bier trinkt die ganze Welt!"

„Stolz? Du hast ja keine Ahnung. Die angeblich schönsten Jahre meines Lebens habe ich unter der Herrschaft Helmut Kohls verbracht. Das bedeutet Langeweile, Eintönigkeit, stumpfes Vor-sich-hindämmern. Geburt-Schule-Arbeit-Rente-Tod. Das sind die Ideale unserer Generation. Nicht, dass ich irgendwie Revolutionen oder Kriege vermisst habe, aber ein bisschen Abwechslung und Risiko braucht der Mensch."

„Ist das der Grund, warum die Strategie von Onkel Wladimir so erfolgreich ist bei euch? Biete den Menschen Abwechslung und Risiko und sie folgen dir?"

„Ich schätze ja, obwohl sich die große Mehrheit im Dunst des Spießerdaseins sehr wohl fühlt."

„Ja Rufus, du bist jetzt ein Gangster und Abwechslung und Risiko gibt es in diesem Job reichlich. Aber wie weit würdest du gehen?"

„Was meinst du? Ich führe ein Restaurant, betreibe Geldwäsche und erledige Kurierdienste."

„Wir könnten in Situationen geraten, in denen Gewalt eingesetzt werden muss. Prügeleien, Schießereien, Verhöre."

„Dafür wurde ich nicht ausgesucht. Ich trage nicht einmal eine Waffe." Rufus war empört, diese Kehrseite seines neuen Jobs hatte er bisher nie betrachtet. Igor machte das nervös: „Was heißt hier nicht ausgesucht? Wie stellst du dir das vor? Du fährst mit mir durch die Gegend und wenn es brenzlig wird, gehst du einfach nach Hause? Nein, du hast dir dieses Business ausgesucht und jetzt bestimmt es dein Leben, mit allen Konsequenzen." Igor war wütend, er wusste welche Gefahren auch mit einem noch so harmlosen Auftrag verbunden sein konnten und er hatte den Verdacht, dass Rufus ein wenig zu blauäugig in dieses Geschäft eingestiegen war. Er glaubte zwar, dass er sich, wenn es darauf ankam auf seinen neuen Freund verlassen konnte, aber seine Unerfahrenheit konnte sie beide in Gefahr bringen. Rufus schwieg. Er hatte sich bisher noch keine Gedanken darüber gemacht, welche Gefahren und Unannehmlichkeiten auf ihn zukommen könnten. Aber Igor hatte Recht. Wahrscheinlich würde er sich an den Gedanken gewöhnen müssen, dass ihn sein neuer Job in gewalttätige und brutale Situationen bringen konnte. Diese Erkenntnis war zwar beunruhigend, aber Rufus würde damit zurechtkommen und außerdem lief im Moment ja alles vollkommen unspektakulär. Er beschloss, diese Gedanken zunächst einfach zu verdrängen, was ihm mit einem wesentlich unkomplizierteren Bedürfnis nicht gelang: „Kannst du beim nächsten Parkplatz rausfahren? Ich muss mal dahin, wo auch der Gangster zu Fuß hingeht."

„Kein Problem." Igors spontaner Zorn auf seinen Freund hatte sich wieder gelegt. Sie fuhren inzwischen auf der A28 in Richtung Oldenburg und kamen gerade an der Ausfahrt Hude vorbei. Ein Parkplatz mit WC wurde in drei Kilometern Entfernung angekündigt. Als die letzten 300 m bis zum Parkplatz angezeigt wurden, ließ Igor den BMW ausrollen, schwenkte auf die Bremsspur und stoppte den Wagen in dem für PKWs ausgewiesenen Bereich. Es war ein kleiner Parkplatz mit nur einem Parkstreifen, einem kleinen verklinkerten WC-Häuschen, und einigen Betonbänken und –tischen. Der Rastplatz wurde durch einen zwei Meter hohen Zaun begrenzt, der langsam aber sicher in Büschen und Schlingpflanzen zu verschwinden schien. Nur wenn man nahe genug an den Zaun heranging, konnte man noch einen Blick von den dahinterliegenden Ackerflächen erhaschen. Dort erstreckten sich Stoppelfelder, die jetzt nach der Getreideernte auf ihre weitere Bearbeitung warteten. Aber wen interessierte das schon? Rufus stieg aus, ließ das WC-Häuschen links liegen und ging zielstrebig über die Rasenfläche auf das Gebüsch am Zaun zu. Igor nahm den Koffer - in seiner Heimat wurden nie wertvolle Dinge im Auto zurückgelassen – ging zu einer der Beton-Sitzgruppen, setzte sich und schob den Koffer zwischen seine Beine unter den Tisch. Dann zündete er sich eine Zigarette an. Außer ihnen war niemand sonst auf dem Parkplatz. Rufus machte einen sichtlich erleichterten Eindruck als er zurückkam. Igor musterte ihn von oben bis unten und stellte fest: „Rufus, wozu haben sie dieses Häuschen da drüben hingestellt, wenn du doch ins Gebüsch pinkelst und dir deine Schuhe nass machst?" Rufus Schuhe waren tatsächlich besprenkelt, aber er ließ sich nicht provozieren. „Ich weiß nicht wofür sie diese Buden aufstellen, vielleicht damit die Fliegen nicht nass werden, wenn es regnet. Auf jeden Fall setze ich keinen Fuß in diese Pinkelhöhlen." Igor schüttelte den Kopf: „Ihr Deutschen habt echt keine Kultur. Wenn du zum Beispiel mit dem Bus durch Sibirien fährst und der Fahrer hält an einem Kiosk, dann laufen alle in das WC-Häuschen, hocken sich dort gemeinsam hin, unterhalten sich, treffen vielleicht Passagiere eines anderen Busses und tauschen Erfahrungen über die letzte Kartoffelernte aus. Das ist besser als die Fernsehnachrichten."

„Das mag sein, aber wir sind hier in Deutschland und da bevorzugt der Mann das Pinkeln unter freiem Himmel. Aber tu was du nicht lassen kannst."

„Darauf kannst du wetten." Igor warf den Rest seiner Zigarette weg und machte sich auf den Weg zum WC. Rufus blieb kopfschüttelnd zurück und wischte sich den Schweiß von der Stirn. Die Sonne stand hoch am Himmel und es war bestimmt schon um die 25 Grad warm. Er trug immer noch seine schwarze Lederjacke, aber jetzt zog er den Reißverschluss auf, ging zum Wagen und warf sie auf den Rücksitz. Dann lehnte er sich mit dem Rücken an den Wagen, öffnete die Knöpfe seines schwarzen Hemdes an den Handgelenken und schob die Ärmel bis über die Ellenbogen zurück. Er blickte in Richtung der Parkplatzeinfahrt und sah jetzt einen silbernen Kombi kommen. Der Wagen fuhr an ihm vorbei und hielt in etwa 20 Metern Entfernung in Reichweite einer weiteren Beton-Sitzgruppe. Durch die Heckscheibe konnte Rufus sehen, dass der Wagen bis unter das Dach vollgepackt war. Da auch Kinderschaufeln und anderes Spielzeug unter der Kofferraumklappe eingeklemmt waren, vermutete Rufus, dass es sich um eine Familie auf Urlaubsreise handelte. Der Wagen trug ein Oldenburger-Nummernschild, die Familie war also entweder gerade erst los gefahren oder bald wieder zu Hause. Fahrer- und Beifahrertür öffneten sich fast gleichzeitig. Links stieg ein etwa ein Meter achtzig großer, blonder Typ in Shorts und T-Shirt aus. Rechts quälte sich die dazugehörende Frau aus dem Sitz. Sie war offensichtlich hoch schwanger, trug eine Leggins und ein weites weißes T-Shirt. Sie hatte schulterlange braune Haare und ein hübsches Gesicht. Rufus schätzte

42

beide auf Mitte dreißig. Sie gingen synchron zu den Hintertüren des Wagens, öffneten diese und beugten sich in das Wageninnere, um ihre beiden Söhne, die auf ihren Sicherheitssitzen festgezurrt waren, zu befreien. Die Jungs kletterten von ihren Sitzen und wurden vorsorglich von ihrer Mutter ermahnt: „Wir sind zwar gleich zu Hause, aber wir machen hier ein paar Minuten Pause, weil Mama nicht mehr sitzen kann. Ihr könnt ein bisschen auf dem Rasen spielen, aber bleibt von der Straße weg." Die beiden stürmten eilig auf den Rasen, umkreisten die Maulwurfshaufen und spielten Fangen. Die Mama stemmte ihre Hände in die Hüften und streckte den mächtigen Bauch vor. Rufus konnte hören, wie sie zu ihrem Mann sagte: „Max, ich glaube Tim hat die Hose voll, machst du das bitte? Ich laufe hier ein bisschen auf und ab, meine Beine sind ganz geschwollen." Max antwortete: „Natürlich Schatz, ich greife mir den Kleinen gleich." In diesem Moment rief einer der Jungs: „Papa, ich muss Pipi!" Es war der Größere der gerufen hatte und es schien wirklich ein dringendes Bedürfnis zu sein, denn er tänzelte wild hin und her. Der Papa lief zu ihm und führte ihn an der Hand bis zum Gebüsch am Zaun. Dort zog er dem Jungen die Hose runter und wartete bis der letzte Tropfen abgeschlagen war. Dann zog er die Hose wieder hoch und ließ den Jungen laufen. Jetzt wandte er sich dem Kleineren zu: „Tim, komm her, du bist stinky, du brauchst eine neue Windel." Der Kleine wehrte sich: „Nein, ich bin nicht stinky."

„Komm her oder ich pack dich!" Der Papa machte jetzt Krallen wie ein Raubtier, bückte sich und pirschte sich an den Kleinen heran. Der jauchzte laut auf, lief

weg, wurde aber bald von den Klauen des Vaters eingefangen. Beide lachten und der Vater trug den Jungen
zum Wagen. Dort öffnete er die Heckklappe und begann
irgendetwas zu suchen. Rufus beobachtete die Szene
und unwillkürlich legte sich ein melancholisches Lächeln auf seine Lippen. So etwas hatte er sich mit seiner
Matilda erträumt. Eine nette, harmonische Familie.
Aber Rufus verscheuchte diese Gedanken, er wehrte
sich gegen die Erinnerung an sein verlorenes Kind,
seine verlorene Liebe, sein verlorenes Herz. Er versuchte einfach ein neutraler, ungerührter Beobachter zu
sein. Der Familienvater hatte jetzt anscheinend gefunden, wonach er suchte. Er breitete eine Decke auf einer
Betonbank aus, legte den kleinen Tim darauf und zog
ihm seine Hose über die strampelnden Füße aus. Rufus
war erleichtert, dass ihm die Rückenlehne der Bank die
Details des Windelnwechselns ersparte. Der ältere Tom
hatte sich inzwischen einen Ball aus dem Kofferraum
geholt und spielte mit ihm auf der Rasenfläche. Die
schwangere Mama kam jetzt wieder in die Nähe des
Wagens und rief: „ Tom pass bitte auf, dass der Ball
nicht auf die Straße rollt! Und schieß ihn nicht in das
Gebüsch!" Rufus registrierte anerkennend, dass die
Frau die Bedeutung des Gebüsches auf diesem Parkplatz richtig einschätzte. Aber ihre Mahnung war ver-
geblich. Nach einem heftigen Kick prallte der Ball am
Zaun ab und blieb im Grünzeug liegen. „Tom Porling,
was habe ich gerade gesagt?" Tom schaute ängstlich zu
seiner Mutter und kaute verlegen auf zwei Fingern seiner rechten Hand. Rufus konnte sich ein Grinsen nicht
verkneifen. „Tom, du bleibst da stehen und rührst dich
nicht von der Stelle!"

„Aber Mama, mein Ball."

„Papa holt ihn dir." Der hatte den Hosenwechsel beim kleinen Tim erfolgreich abgeschlossen und ging auf Tom zu. Beruhigend redete er auf ihn ein: „Ist nicht so schlimm Tommi. Wir finden den Ball schon wieder. Mama will nur nicht, dass du schmutzig wirst." Tom ließ sich trösten und der Vater hüpfte nun auf Zehenspitzen durch die Büsche. Schließlich fand er den Ball und beförderte ihn mit einem Tritt zurück auf den Rasen. In diesem Moment kam Igor aus dem WC-Häuschen und schüttelte seine noch vom Händewaschen feuchten Hände. Rufus schaute ihn an und bemerkte plötzlich, dass Igor zusammenzuckte und erschrocken in Richtung Parkplatzeinfahrt starrte. Er beschleunigte seine Schritte, ohne jedoch zu rennen und kam zielstrebig auf den BMW zu. Rufus blickte sich um und sah, wie langsam ein Streifenwagen heranfuhr. Er öffnete ganz ruhig die Beifahrertür und setzte sich. „Nur die Ruhe bewahren", dachte er. Igor wuchtete sich in den Wagen, startete den Motor und wartete bis sich die Polizisten eine Parkbucht ausgesucht hatten. Als sich die Türen des Streifenwagens öffneten, fuhr Igor langsam an, rollte gemächlich bis zur Beschleunigungsspur und trat dann das Gaspedal durch. Igor atmete hörbar aus: „Was wollen denn die verdammten Bullen auf dem gottverlassenen Parkplatz?"

„Vermutlich dasselbe wie wir. Ich möchte nur zu gern wissen, ob sie in das Häuschen gehen oder ins Gebüsch pinkeln." Igor schüttelte lächelnd den Kopf, auch Rufus grinste. Igor beschleunigte den Wagen bis auf Tempo 180 und wechselte auf die Überholspur. Rufus sah Igor an und konnte so plötzlich mit verfolgen, wie das Lächeln auf Igors Gesicht von einer auf die andere Sekunde verstarb. Die Farbe wich Igor aus dem Gesicht, er wurde bleich wie ein Toter, drehte langsam seinen Kopf und sah Rufus mit großen Augen an. Rufus erschrak beim Anblick seines Freundes und fragte besorgt: „Igor, ist dir schlecht? Was ist los?" Dann trat Igor das Bremspedal durch die Bodenplatte und schrie:

„DER KOFFER!"

Der Wagen machte eine Vollbremsung, Rufus griff in das Lenkrad und der BMW kam mit dampfenden Reifen auf dem Standstreifen zum Stehen. Ein LKW rauschte mit dröhnendem Nebelhorn vorbei. Igor umklammerte das Lenkrad so fest, dass seine Knöchel weiß wurden. Er sah Rufus an, Rufus sah ihn an, beide drehten ihre Köpfe in Richtung Rückbank und sahen dort Rufus' Lederjacke - und keinen Koffer.

6

Für Max Porling hatte dieser Tag begonnen, indem feine punktförmige Sonnenstrahlen durch die kleinen Öffnungen der Jalousien drangen und sich solange auf seiner Bettdecke ausbreiteten, bis einige sich direkt auf seinen geschlossenen Augenlidern niederließen. Dort verharrten sie, bis sich die Helligkeit bis in das Bewusstsein von Max vorgearbeitet hatte und er aufwachte. Es war zwar erst sechs, aber Max hatte nichts dagegen auf diese angenehme Weise geweckt zu werden. Neben ihm lag seine Frau Anita. Ihre langen braunen Haare waren wild auf dem Kopfkissen verteilt und ihre beiden Hände hatten die Decke bis unter das Kinn gezogen und hielten sie dort umklammert. Ihre stilvoll geschwungenen Lippen waren zu einem leichten Schmollmund verzogen und sie sah einfach niedlich aus, wie sie so dalag. Max schlich aus dem Zimmer und pirschte an der geöffneten Tür des Kinderzimmers vorbei, in dem seine beiden Söhne Tom und Tim immer noch friedlich schliefen. Er huschte über die Holzdielen bis in die kleine Küche. Dort öffnete er die Tür zur Veranda und trat in die Morgensonne. Der Sand auf dem Holzfußboden kitzelte an seinen Fußsohlen, aber daran hatte er sich inzwischen gewöhnt. Schließlich ging inzwischen die zweite Woche des Familienurlaubs auf der Nordseeinsel Spiekeroog zu Ende und jetzt brach der Tag der Heimreise an. Am Horizont kämpfte sich die Sonne aus dem Meer. Der Wind der letzten Tage hatte sich gelegt und Max genoss die Ruhe. Er hatte den Urlaub genutzt, um sich einmal richtig zu entspannen. Deshalb hatten sie sich auch Spiekeroog ausgesucht, weil es hier nichts außer

Sand, Dünen und Gras gab. Für die beiden Jungs war das Spielen am Strand als Freizeitbeschäftigung absolut ausreichend und seine Frau Anita liebte es am Strand zu liegen und ihren ölig glänzenden Bauch der Sonne preiszugeben. Sie war im achten Monat schwanger und auch ihr tat ein wenig Entspannung gut. Sie arbeitete freiberuflich als Architektin und hatte sich in ihrem gemeinsamen neuen Haus ein schickes Büro eingerichtet, in dem sie trotz der Schwangerschaft nach Max' Meinung immer noch viel zu viel Zeit verbrachte. Max war Lehrer an einem Gymnasium in Bremen. Dort unterrichtete er Englisch und Deutsch. Er war mit seinen 34 Jahren bereits verbeamtet und auch wenn er es vor anderen leugnete so liebte er seinen Beruf auch, weil er spätestens alle acht Wochen durch Ferien unterbrochen wurde. Für Anita gab es dagegen nur Urlaub, wenn man sie in ein Auto schleifte und mit ihr von zu Hause wegfuhr. Sie liebte ihre Kinder und ihren Job und sie hatte in den letzten zwei Jahren auch noch die komplette Planung ihres eigenen Hauses übernommen und den Hausbau überwacht. Vor sechs Wochen waren sie eingezogen und dieser Urlaub war für Anita die erste echte Erholung nach all dem Stress. Max dagegen ließ sich von dem Trubel nicht aus der Ruhe bringen. Alles was den Hausbau anging überließ er Anita. Lediglich die Finanzierung behielt er im Auge, damit nicht bei all der architektonischen Selbstverwirklichung seiner Frau die finanzielle Realität aus den Fugen geriet. In seinem Beruf als Lehrer konnte er sich nicht unbedingt als ehrgeizig beschreiben. Gut, er unterrichtete die Jugendlichen gerne in deutscher und englischer Literatur, aber genauso gerne war er zu Hause bei seinen Jungs und Anita und er spielte mit Tim und Tom, las ihnen Geschichten vor und baute gigantische Bauklotztürme, während Anita oft bis spät in die Nacht an ihrem Computer saß, und die Häuser fremder Leute plante. Schließlich hatte sie auch durchgesetzt, ihren Laptop mit auf die Insel zu nehmen. Max hatte den schwarzen Lederkoffer, in dem Anita den Rechner transportierte, ganz unten im Kofferraum ihres Passats verstaut und dort war er auch den ganzen Urlaub über geblieben. Manchmal hatte er mit seiner ruhigen lieben Art eben doch noch Einfluss auf sie. So stand Max nun da, blickte auf die glatte Nordsee und beobachtete die Flugkünste der Möwen, bis er die tapsigen Schritte kleiner nackter Füße hinter sich wahrnahm. Diese Schritte kamen näher und eine kleine Hand zupfte an den Shorts seines Pyjamas. Tom der fünfjährige hielt den kleinen zweijährigen Tim an der Hand und beide schauten zu ihrem Vater auf. Beide Jungs hatten kurze strohblonde Haare und sahen sich wirklich ähnlich. Tom war schon hellwach, während Tim noch einen etwas verschlafen Eindruck machte. Max hockte sich hin und nahm die beiden in den Arm. Tom machte sich los und sagte: „Papa, wir sind schon wach."

„Das sehe ich."

„Spielst du mit uns?"

„Na klar spiele ich mit euch. Aber wollen wir uns nicht lieber zuerst anziehen und dann das Frühstück vorbereiten?"

„Na gut."

Tom gab sich damit zufrieden während Tim immer noch müde sein Gesicht an der Schulter seines Vaters rieb. Der nahm die beiden mit ins Badezimmer, um sie zu waschen und anzuziehen. Eine halbe Stunde später saß die ganze Familie am Frühstückstisch. Anita hatte den Tisch auf der Veranda gedeckt. Es gab Brot mit Ei, Wurst, Käse und Marmelade. Die Kinder tranken Milch, Max hatte für sich und Anita Kaffee vorbereitet. Anita schmierte für Tom ein Wurstbrot, Max für Tim eins mit Marmelade. Tim legte Wert darauf, dass sein Brot in kleine Stücke geschnitten wurde, die er dann mit einer kleinen Kuchengabel aufspießte und verschlang. Als Anita sich für ihr Brot eine Scheibe Käse von dem Block Edamer abhobelte, zog sie ihre Stirn in Falten und daran erkannte Max, dass sie intensiv über etwas nachdachte und er fragte: „Anita, wie sieht die Planung für heute aus?"

„Da denke ich gerade drüber nach. Ich schlage vor, du gehst mit den Kindern noch einmal zum Strand, dann kann ich hier in Ruhe alles sauber machen und unsere Sachen packen. Wenn ihr zurückkommt, essen wir noch eine Kleinigkeit, nehmen unsere Sachen und laufen zur Fähre."

„Das hört sich gut an", sagte Max und war tatsächlich zufrieden, denn er war froh, dass er nicht in den Hausputz eingreifen musste. Nachdem sie den Frühstückstisch abgeräumt hatten, packte Max Getränkeflaschen und eine Ersatzwindel für den kleinen Tim in einen Rucksack, klemmte sich eine Liegedecke unter den Arm und machte sich mit den beiden Rackern auf den Weg zum Strand. Als er sich in 200 Meter Entfernung vom Haus noch einmal umdrehte, sah er, dass die Stühle auf der Veranda schon mit den Beinen nach oben auf dem Tisch standen und Anita mit einem Besen kleine Staubwolken aufwirbelte. Sie arbeitete schnell und effektiv und das mochte er an ihr. Er wusste, dass sie seine

Arbeitsweise eher lahm fand und deshalb ging er ja auch zum Strand und sie fuhr den Raumpflegereinsatz. Tim und Tom waren schon vorgelaufen und trippelten gerade über die Spitze einer Düne, so dass Max die beiden kurzzeitig aus den Augen verlor. Aber das war das Schöne an dieser Insel: Es gab keine Autos, so dass dieses Unfallrisiko für die Kleinen von vornherein ausgeschlossen war. Als sie am Strand angekommen waren, breitete er die Decke aus, hockte sich darauf und öffnete den Rucksack. Tom und Tim tänzelten ungeduldig um ihn herum.

„Papa, gib die Schaufel! Ich baue mit Tim eine Burg mit Deich."

„Ich baue auch eine Burg", ergänzte Tim eilig. Sie rissen ihrem Vater die bunten Schaufeln aus der Hand, liefen ein paar Schritte in Richtung mehr und begannen mit den Bauarbeiten. Max hatte den beiden die Sandalen ausgezogen. Sie liefen barfuß durch den Sand und trugen T-Shirts und Shorts. Er selbst machte es sich auf der Decke bequem und ließ langsam seinen Kopf auf den Kissenersatz sinken, den er aus dem Rucksack und einem Handtuch geformt hatte. Es kam jetzt darauf an, dass er sich möglichst unauffällig verhielt. Machte er eine plötzliche Bewegung und sprach die Jungs vielleicht sogar an, konnte es passieren, dass sie ihn aufforderten mitzubauen und dann müsste er schaufeln und buddeln, bis die beiden mit dem Bauwerk zufrieden sein würden. Dazu kam, dass die Bauarbeiten immer wieder verzögert wurden, da die Bauherren sich oft nicht über die exakte Ausführung einig waren. Außerdem kam es vor, dass der kleine Tim unbeabsichtigt seinen Fuß in einen frisch errichteten Burgturm stellte, was zu kleineren Handgreiflichkeiten führen konnte. Nicht dass Max nicht gerne mit den beiden im Sand spielte, aber genauso gerne lag er da, ließ sich von der Vormittagssonne wärmen und beobachtete sie einfach nur. Alles lief gut, die Jungs bauten eifrig ohne größere Streitereien und Max lag da und schaute den beiden zu, bis sich plötzlich eine junge Frau in sein Blickfeld drängte. Bisher hatten sie diesen Abschnitt des Strandes allein für sich gehabt. Die nächsten Badegäste tummelten sich ein paar hundert Meter weiter entfernt, aber jetzt breitete diese Frau ihre Strandmatte in gut 15 Meter Entfernung von Max aus. Wenn er jetzt auf seine Söhne schaute, hatte er automatisch auch die Frau im Blick und er musste zugeben, dass es ein lohnender Anblick war. Sie war ungefähr ein Meter siebzig groß, hatte lange rotblonde Haare, trug beige Leinenshorts und darüber eine weiße Bluse, die ihre Körperkonturen sanft verschleierte. Sie legte sich ihre Strandmatte zurecht, schlüpfte aus ihren Sandalen und knöpfte ihre Shorts auf. Max wurde von einer spontanen Pupillenlähmung befallen und konnte seine Blicke jetzt nicht mehr abwenden. Er wusste, dass er sich auf Tim und Tom konzentrieren sollte, aber er nahm sie nur noch als bunte Punkte am Rande seines Blickfeldes wahr. Max schätzte die Frau auf Ende zwanzig. Sie schüttelte sich die heruntergelassenen Shorts von den Füßen und zupfte mit ihren Fingern das Bikini-Unterteil zu Recht. Dann fingen dieselben Finger an, die Bluse aufzuknöpfen. Sie ließ die Bluse von den Schultern gleiten, fing mit dem Daumen den Träger ihres Bikini-Oberteiles auf und schob ihn wieder zurück auf die Schulter. Sie trug einen sportlich geschnittenen himmelblauen Bikini, legte sich auf die Ellbogen gestützt auf den Rücken und sah sich jetzt zum ersten Mal um. Sie lächelte als sie Tim und Tom ansah und nickte auch Max lächelnd zu, der genauso freundlich zurückstrahlte. Tom kam angelaufen und rief: „Papa komm mal, die Burg ist fertig. Das musst du dir ansehen." Er sprang mit seinen sandigen Füßen auf die Decke, schnappte sich die rechte Hand seines Vaters und zog daran.

„Ist ja gut, ich komme mit." Max schwang sich auf und trottete hinter seinem Sohn her. Bei der Burg hockte er sich nieder und ließ sich das Bauwerk erklären. Es war ein großer runder Sandhaufen umgeben von einem Graben und einem Schutzwall.

Max kommentierte: „Die Burg müsst ihr aber noch ein bisschen ausbauen."

„Dabei sollst du uns helfen", konterte Tom und Max sah ein, dass das der falsche Kommentar gewesen war."

„Ich leih dir meine Schippe", sagte der kleine Tim und hielt Max die grüne Plastikschaufel entgegen. Doch bevor Max sie nehmen konnte, erreichte eine Welle den Schutzwall, riss ein tiefes Loch in ihn und überspülte den Graben. Tom brüllte Alarm und beide machten sich daran den Deich zu reparieren. An den Ausbau der Burg war nicht mehr zu denken und so wurde Max wieder entlassen. Er richtete sich auf und bewegte sich wieder in Richtung Decke, als er von einem „Entschuldigung" angehalten wurde. Er drehte sich um und sah, dass die Rothaarige sich aufgerichtet hatte und ihn heranwinkte. Max schaute sich sicherheitshalber um, ob auch wirklich er gemeint war, er entdeckte aber niemanden sonst und ging auf die Schönheit zu. Sie hatte ihre Knie zu sich herangezogen und die Arme darumgelegt und lächelte Max entgegen. Sie war makellos. Schlank und durchtrainiert. Da Max nicht von oben herab mit ihr reden wollte hockte er sich hin und sagte freundlich: „Hallo."

„Hallo, ich frage mich, ob sie mir den Rücken eincremen könnten?" Sie zückte eine Plastikflasche mit Sonnencreme, hielt sie Max entgegen und schaute ihn erwartungsvoll an. Max blickte sich kurz zu seinen Söhnen um, die immer noch eifrig die Folgen der Sturmflut beseitigten.

„Natürlich kein Problem!" antwortete er lächelnd. Er nahm die Flasche und schraubte die Kappe ab. Dann sah er wie die beiden schlanken Arme der Frau um ihren Körper herum nach hinten fuhren und dort offensichtlich den Verschluss des Bikinis lösten. Die Arme schnellten wieder nach vorne und durch diese Bewegung hüpften die Träger des BH' bis zu den Ellbogen hinunter. Die flinken Finger zupften noch einmal an den Trägern und dann hüpften die beiden Brüste aus den Körbchen. Sie waren perfekt und Max musste daran denken, wie er kurz vor den Ferien in seiner Oberstufenklassen einen Jungen mit den Händen unter dem T-Shirt seiner Tischnachbarin erwischt hatte. Er hatte den Übeltäter nach dem Unterricht zu sich zitiert und um eine Erklärung gebeten. Der Junge berichtete vollkommen selbstverständlich, dass er nur einen Bleistifttest durchgeführt habe. Max fragte nach und der Junge erklärte, dass bei diesem Test ein Bleistift unter die Brust gehalten wird. Diese wird dann leicht angehoben und wieder los gelassen. Fällt der Bleistift runter, handelt es sich um zu kleine oder gut trainierte Brüste. Bleibt der

Bleistift sitzen, ist man eher mit zu großen beziehungsweise Hängebrüsten konfrontiert. Da die Mitschülerin die Freundin des Schülers war und nicht protestiert hatte und der Junge sonst ein ordentlicher Schüler war, beließ Max es bei ein paar ermahnenden Worten. Allerdings dachte er seitdem öfter an diesen Test, wenn er sich Frauen ansah.

Die Frau, die jetzt vor ihm saß, registrierte Max' bewundernde Blicke leicht amüsiert, drehte sich auf den Bauch und Max begann ihre weiche Haut einzureiben. Er kniete neben ihr und ließ seine Handflächen hingebungsvoll über die empfindliche Haut gleiten. Die Frau hatte ihr Gesicht auf ihre Hände gelegt und die Augen geschlossen. Gerade als Max sich innerlich auf das Einreiben der Vorderseite vorbereitete, wurde er unterbrochen.

„Papa, was machst du da?" Neben ihm stand der kleine Tim und schaute auf den ergiebig eingeölten Rücken.

„Äh, ich creme das hier ein."

„Warum kann die Frau das nicht alleine?"

„Weil man sich am Rücken so schlecht eincremen kann." Unnötigerweise mischte sich die Dame jetzt ein und sagte: „Nimm deinen Papa ruhig mit. Ich glaube es ist jetzt genug. Ich bekomme bestimmt keinen Sonnenbrand mehr. Vielen Dank." Sie nahm Max die Cremeflasche aus der Hand, zwinkerte ihm zu und legte sich wieder auf den Bauch. Max stand auf und ging mit Tim zur Sandburg zurück. Es gab jetzt keine Rettung mehr. Die Flut stieg weiter und sie mussten die Burg aufgeben. Inzwischen war es auch schon acht Uhr und Zeit, zum Ferienhaus zurückzugehen. Max faltete die

Decke zusammen und schaute noch einmal zu der Schönheit auf der Strandmatte. Dann zogen sie los und Max hoffte, dass das, was er gesehen hatte, sicher in seinem Gedächtnis untergebracht war.

7

An diesem Montagmorgen begann für Malermeister Henrik Miwitzki die letzte Arbeitswoche vor den Betriebsferien. Er hatte sich vor fünf Jahren selbstständig gemacht, beschäftigte zwei Gesellen und zwei Lehrlinge, war ledig und 38 Jahre alt. Er saß am Schreibtisch in seinem kleinen Büro, dass er sich im Haus seiner Eltern eingerichtet hatte. Seine Eltern waren beide im letzten Jahr gestorben und es hatte lange gedauert, bis er sich endlich entschlossen hatte, eine Haushälterin einzustellen. Frau Schmidt war sehr fleißig, sie kam jeden Morgen um neun, räumte den Frühstückstisch ab und begann im Haus für Ordnung zu sorgen. Sie war etwa 60 Jahre alt und trug ihre Haare in diesem grau-bläulichen Dauerwellenlook, auf den die Männer in dieser Altersklasse abzufahren schienen. In nur knapp zwei Wochen hatte sie die Junggesellenunordnung im Haus beseitigt. Sie hatte ein sehr mütterliches Wesen und sorgte jeden Tag für eine warme Mahlzeit. Miwitzki hatte mitbekommen, dass sie fünf Kittelschürzen besaß und wenn er sie morgens an seinem Büro vorbeihuschen sah, wusste er spätestens beim Anblick der Farb- und Musterzusammenstellung des jeweiligen Kittels, welcher Wochentag war. Heute war der blau-gelb geblümte Wochenanfang, daran bestand kein Zweifel. Henrik Miwitzki nahm einen Schluck aus der Kaffeetasse und starrte auf das Durcheinander auf seinem Schreibtisch. Das ganze Büro war nur etwa neun Quadratmeter groß und war früher das Bügelzimmer seiner Mutter gewesen. Die Wände hatte er mit Regalen verkleidet, die mit Aktenordnern vollgestopft waren. Auf einem antiken

Teewagen stand ein japanisches Fotokopiergerät und er saß hinter dem Schreibtisch, den er sich bei einem Bürofachmarkt bestellt hatte. Er trug seine weiße Malerkluft. Weiße verstärkte farbundurchlässige Jeans, ein rotweiß kariertes Hemd und eine weiße Jeansjacke. Die ganze Tracht war mit Farbklecksen übersät, von denen jeder zu einem der Aufträge der letzten zwei Jahre gehörte, die Henrik selbst bearbeitet hatte. Er war besser mit dem Pinsel als mit dem Kugelschreiber und so vernachlässigte er seine Buchführung, aber eine Bürokraft war ihm momentan einfach zu teuer. Er schlug seinen Terminkalender auf und fand als erste Eintragung für den anbrechenden Tag die Mobilnummer einer Architektin. Wenn er daran dachte, bekam er eine Gänsehaut. Er hatte die Malerarbeiten in dem Neubau der Frau übernommen und dabei hatte die Furie ihm und seinen Leuten penibel auf die Finger geschaut. Die Frau hatte keinen Respekt und er nahm es ihr übel, dass sie ihn wegen Kleinigkeiten vor seinen Leuten zurechtgewiesen hatte. Schließlich wurde aber alles zu ihrer Zufriedenheit abgewickelt und die Rechnung pünktlich bezahlt. Dann hatte die Frau ihm aber noch einen Auftrag für das Streichen der Holzfenster am Haus ihrer Eltern vermittelt. Die Fenster sollten vom alten Anstrich befreit und dann grün gestrichen werden. Seine Leute waren vor 14 Tagen mit dem Auftrag fertig geworden. Die alten Leute hatten sich freundlich bedankt, aber irgendetwas schien nicht zu stimmen, denn einer der Gesellen hatte gesagt, dass er die Architektin unbedingt anrufen solle. Ihr Name war Anita Porling. Eine selbstbewusste resolute Frau, deren Mann wahrscheinlich nicht viel zu sagen hatte. Miwitzki richtete sich in seinem

Drehstuhl auf, zupfte seine Jacke zu Recht und räusperte sich, als ob das Telefonat live im Fernsehen übertragen würde. Dann wählte er die Nummer und wartete auf ein Freizeichen. Der Klingelton des Handys erwischte Anita Porling beim Kofferpacken. Sie hatte den Hausputz hinter sich gebracht und räumte nun die Schränke aus und versuchte, durch geschicktes Sortieren und Packen sämtliche Wäsche in den beiden kleinen Reisekoffern unterzubringen. Das Schließen der Koffer musste dann ihr Mann übernehmen, wenn er vom Strand zurück sein würde. Ihr Handy lag auf dem Nachtschränkchen neben ihrer Bettseite und sie musste einmal um die zwei Meter breite Schlafstätte herumgehen, um es zu erreichen. Das kleine Telefon hatte den gesamten Urlaub über geschwiegen und jetzt am Abreisetag läutete es die Rückkehr in den Alltag ein. Anita ließ sich auf der Bettkante nieder und spreizte leicht ihre Beine, so dass ihr gewaltiger Bauch sanft in ihren Schoss sinken konnte. Sie schnappte sich das Handy, drückte die Rufannahmetaste, hielt das winzige Ding an ihr rechtes Ohr und meldet sich mit ihrem Namen: „Anita Porling."

„Ja Miwitzki hier. Ich sollte sie anrufen wegen der Fenster ihrer Eltern."

„Ah der Malermeister, das ist aber schön, dass sie sich melden." Miwitzki war sich nicht sicher, was er da heraushörte, war es Ironie oder Geringschätzung? Er versuchte möglichst souverän aufzutreten, aber diese Frau irritierte ihn irgendwie.

Er fragte vorsichtig: „Gibt es irgendein Problem mit der Arbeit?" Für Anita Porling klang diese Frage etwas zu unschuldig.

„Und ob es ein Problem gibt. Könnten sie bitte einmal für mich nachschlagen, was in meinem Auftrag an sie geschrieben steht?" Miwitzki wurde nervös, seine linke Hand begann in dem Papierhaufen auf dem Schreibtisch zu wühlen. Ein Stapelpapier rauschte zu Boden und verteilte sich in einzelnen Blättern auf der Auslegeware.

„Äh ich habe die Unterlagen gerade nicht vor mir liegen, aber der Auftrag lautete, die Fenster zu schleifen und grün zu streichen, wenn ich mich recht erinnere."

„Erinnern sie sich auch daran, welches Grün wir uns gewünscht hatten?" Jetzt hatte sie ihn, verdammt, er wusste, dass mit dem Grün was faul war. „Gestrichen haben wir in laubgrün." So kleinlaut wie er das in den Hörer flüsterte, wusste er, dass das einem Schuldbekenntnis gleichkam.

„Ja das haben sie, Herr Miwitzki, aber der Auftrag lautete auf moosgrün. Ich brauche ihnen wohl nicht den Unterschied zwischen moosgrün RAL 6005 und laubgrün RAL 6002 zu erklären oder?"

Miwitzki verfluchte den Tag, an dem irgendein Marketing-Heini die RAL-Kennnummern für Farbtöne unter das gemeine Volk gebracht hatte.

„Nein das brauchen sie nicht." Jetzt hatte sie ihn fest im Griff und brauchte nur noch zu zudrücken. Er versuchte die Wogen zu glätten: „Aber laubgrün ist doch ein sehr erfrischender Farbton, finden sie nicht?"

„Erfrischend? Ist das ihr Ernst? Laubgrün streicht man vielleicht das Gitterbett im Kinderzimmer, aber nicht die Fenster am Haus meiner Eltern. Die beiden gehen auf die 70 zu und sie verpassen ihnen Fenster wie für Kermit den Frosch."

Das war's, Friedensangebot abgelehnt, jetzt gab es für ihn nur noch die bedingungslose Kapitulation.

„Was gedenken sie nun zu tun, Frau Porling?" Anita Porling hatte ihn erlegt, aber wahre Größe erreicht man durch Gnade. „Meine Eltern sind sehr gutmütige Leute und sie finden das Grün eigentlich gar nicht so schlecht. Aber wir beide wissen, was für ein grober Fehler ihnen da unterlaufen ist. Selbstverständlich erwarte ich eine Korrektur der Rechnung. 15% Nachlass sollte ihnen das Wert sein. Schließlich habe ich noch öfters Aufträge an Maler zu vergeben." Sie horchte gespannt in den Hörer. Wenn sie diesen Miwitzki richtig einschätzte, willigte er ein.

„Na gut, Frau Porling. Ich schicke morgen eine neue Rechnung raus. Aber damit ist die Sache erledigt."

„Ok, Herr Miwitzki, wir müssen jetzt zwar mit den Froschfenstern leben, aber wir wollen nicht undankbar sein. Einen schönen Tag noch."

Das leise Tuten des Telefons wirkte beruhigend auf Miwitzki. Er hielt den Hörer noch einige Sekunden an sein Ohr, langsam löste sich seine verkrampfte Hand und er legt den Hörer zurück auf die Gabel. Schon lange überlegte er, ob er sich nicht eine hübsche Bürokraft einstellen sollte. Sie würde ihm das Chaos auf seinem Schreibtisch in Ordnung bringen, irgendwann würde er mit ihr ins Bett steigen und wer weiß, vielleicht würde es ja etwas von Dauer. Aber die Tatsache, dass es weibliche Wesen wie diese Nebelkrähe gab, die mit Männern derart respektlos umsprangen, verübelte ihm die Lust auf irgendwelche Abenteuer und so hielt er sich lieber an seine mütterliche Frau Schmidt, da gab es zwar keinen Sex, aber regelmäßig warme Mahlzeiten und keinen Ärger.

Anita Porling war mit dem Packen endlich fertig und räumte in der Küche das abgewaschene Geschirr vom Frühstück in den Schrank. Diesem Pinselquäler hatte sie Beine gemacht. Wenn sie eins nicht ausstehen konnte, dann war das mangelnde Professionalität. Ein Maler hatte sich gefälligst mit seinen Farben auszukennen. Außerdem fand sie es abstoßend, wie dieser Miwitzki sich von ihr hatte einschüchtern lassen. Sie wusste, dass ihr Auftreten von vielen Männern als resolut oder gar zickig empfunden wurde, aber für sie war das selbstverständlich und gehörte mit zu ihrem Selbstbewusstsein. Als sie jetzt durch die geöffnete Tür auf die Veranda sah, erblickte sie in etwa 300 Meter Entfernung ihren Mann, wie er mit Tim und Tom über eine Düne zurück zum Haus kam. Ja ihr Max war ein ganz anderer Schlag von Mann. Er brachte Ruhe in ihr Leben. Mit seiner ausgeglichenen Art war er ihr Rückhalt und auch wenn es nach außen hin oft so aussah, als stünde er unter ihrem Pantoffel, so ließ sie sich tatsächlich von niemandem so viel sagen wie von ihm. Dafür liebte sie ihn und sie war sich sicher, dass es keinen liebenswerteren Vater für ihre Kinder gab. Der kleine Tim erreichte als erster die Stufen zur hölzernen Veranda, kletterte hinauf und lief mit ausgebreiteten Armen auf seine Mutter zu. Die bückte sich und nahm den kleinen Kerl in den Arm. „Mama, wir waren am Strand, unsere Burg ist untergegangen und Papa hat einen Rücken eingeschmiert." Tim versuchte immer, möglichst alle aktuellen Erlebnisse in einem Satz unterzubringen. Anita fragte sicherheitshalber noch einmal bei Tom nach: „Tom, was habt ihr gemacht?"

„Wir haben eine Burg mit Deich gebaut und das Meer hat immer wieder Löcher in den Deich gespült. Wir haben immer wieder alles repariert bis die Wellen zu stark wurden."

„Und was hat Papa gemacht?"

„Erst hat er uns geholfen und dann musste er der Frau helfen, damit sie keinen Sonnenbrand bekommt."

Anita sah jetzt Max fragend an, der gerade dabei war die Stranddecke auf der Veranda auszuschütteln. Sand rieselte herunter und verschwand in den Ritzen des Bretterbodens. Er spürte die Blicke und sah Anita mit einem Schulterzucken an. „Ach da war nur so eine alte Schachtel, die sich unbedingt den Rücken von mir eincremen lassen wollte." Anita schüttelte den Kopf. Tim war ihr entwischt und mit seinen sandigen Sandalen ins Haus gelaufen. Max registrierte erleichtert, dass ihr im Moment die Sauberkeit des Hauses wichtiger war als den Ursachen möglicher Anflüge von Eifersucht nachzuspüren. Er mochte es nicht, wenn sie eifersüchtig war, zumal es keinen Grund dafür gab. Eine gute Stunde später saßen sie endlich in ihrem silbernen VW Passat und fuhren vom Parkplatz am Fähranleger herunter. Max hatte die Koffer mit einiger Mühe zu bekommen und alles Gepäck samt Kinderspielzeug zuerst im Handwagen zur Fähre und dann von der Fähre in den Kofferraum geschafft. Mit der Heckklappe musste er schließlich den gesamten Kofferrauminhalt wie bei einem Sperrmüllfahrzeug zusammenpressen und dann konnten sie endlich abfahren. Die Kinder schliefen schon auf der Fähre ein und auch Anita hatte ihre Hände über dem Bauch gefaltet und döste vor sich hin. Den eingecremten Rücken schien sie vergessen zu haben. Nach einer Dreiviertelstunde legte die Fähre in Neuharlingersiel an. Max fuhr dann in Richtung Wittmund. Von dort nahm er die 210 und passierte die Bierstadt Jever. In Schortens erreichten sie endlich die Autobahn und Max fädelte den Passat in Richtung Oldenburg ein. Die Familie schlief und Max dachte an nichts. Gut hin und wieder blitzten Bilder von seiner Schulklasse auf und auch Nahaufnahmen von diesen traumhaften Brüsten der Rothaarigen am Strand tauchten immer wieder vor seinen Augen auf. In Oldenburg wechselten sie die Autobahn und es ging weiter in Richtung Bremen. Anita wurde wach, streckte sich und rieb sich über den Bauch. „Wo sind wir?"

„Gerade auf der A28, in einer knappen Stunde sind wir zu Hause."

„Wir sind schon an Oldenburg vorbei?"

„Ja"

„Aber ich hatte Mutter versprochen, dass wir kurz auf einen Sprung vorbeikommen."

„Na das darf ja wohl nicht wahr sein!" Alles nur nicht seine Schwiegereltern, dachte Max, aber er wusste das Widerstand zwecklos war. Also lenkte er ein: „Ok, ich fahre an der nächsten Ausfahrt raus und zurück, aber wir sagen nur kurz Hallo." Anita nahm das zufrieden zur Kenntnis, streichelte Max' Hinterkopf und versprach, dass es schnell gehen würde. Nicht das Max etwas gegen seine Schwiegereltern gehabt hätte, aber ihm reichte es theoretisch, wenn er sie zu Weihnachten und diversen Geburtstagen sah. Seine Schwiegermutter war stets mütterlich besorgt und zupfte ständig an den Jungs herum, während sein Vater, ein Bauunternehmer im Ruhestand, immer wieder verkündete wie gut es die Beamten hätten, dass sie alles vom Staat in den Hintern geblasen kriegten und dabei ständig Ferien hätten. Sie verließen die Autobahn an der Ausfahrt Hude, überquerten eine Autobahnbrücke und fuhren wieder in Richtung Oldenburg auf. Anita rückte auf ihrem Sitz unruhig hin und her und drückte ihren Bauch. „Du Max, könntest du auf den nächsten Parkplatz fahren, ich muss mir dringend die Beine vertreten. Außerdem steht das Kleine auf meiner Blase." Max nickte, wenn das Baby im Bauch unruhig wurde, war es besser der Mutter jeden Wunsch zu erfüllen. Das lehrte die Erfahrung als zweifacher Vater. Sie nahmen den nächsten Parkplatz. Es handelte sich nur um einen kleinen Rastplatz mit einem Parkstreifen, ein paar Betonsitzgruppen und einem kleinen, verklinkerten WC-Häuschen. Außer ihnen war nur noch ein schwarzer BMW da, an dem sich ein ebenfalls schwarz gekleideter Mann anlehnte. Max stoppte den Passat unmittelbar neben einer der Sitzgruppen und stieg aus. Er streckte sich, dass die Knochen knackten. Auch Anita öffnete die Tür und quälte sich aus dem Wagen. Tim und Tom waren jetzt auch wach. Max und Anita griffen sich je einen und befreiten die Kinder von ihren Sitzgurten. Nach der etwa zweistündigen Fahrt waren die Jungs wie aufgezogen und Anita schaffte es gerade noch, ihnen ein paar ermahnende Worte mit auf den Weg zu geben, bevor die beiden auf die von Maulwurfshaufen übersäte Rasenfläche stürmten. Anitas Bauch und Beine schmerzten und sie lief ein wenig auf dem gepflasterten Gehweg auf und ab, der parallel zum

Parkstreifen verlief. Max hatte alle Hände voll zu tun. Zuerst half er Tom beim Wasserlassen und dann hatte Tim die Windel voll und nur mit Mühe schaffte er es dem ungeduldig zappelnden Jungen auf einer der steinernen Bänke eine neue anzuziehen. Während er mit Tims Windel beschäftigt war, öffnete Tom die Heckklappe des Wagens und fischte einen Ball aus dem Inneren. Als Max endlich den kleinen Tim wieder komplett angezogen hatte, sah er wie der Ball trotz der mahnenden Worte der Mutter in dem an die Rasenfläche grenzenden Gebüsch landete. Max ahnte, dass er jetzt in dem mit Fäkalien verseuchten Dschungel nach dem Ball würde suchen müssen und genau dieses Kommando bellte ihm seine entnervte Frau entgegen. Aber im Zuge seiner lange antrainierten Deeskalationsstrategie fügte sich Max und durchkämmte auf spitzen Zehen die Sträucher. Den Mann am BMW schien das Ganze zu amüsieren. Max hatte bemerkte, dass der Typ die Szenerie lächelnd beobachtete. Schließlich fand er den Ball und kickte ihn zurück auf die Grünfläche. Max untersuchte seine Schuhsohlen und konnte zum Glück keine Kotspuren feststellen. Die Urinreste hunderter Autobahnreisender verdrängte er. Anita stand jetzt hinter dem Passat, war mit dem Oberkörper ins Wageninnere abgetaucht und schien irgendetwas zu suchen. Max bemerkte nun einen zweiten Mann in schwarz der aus dem WC-Häuschen trat und zielstrebig auf den BMW zuging. Beide Männer stiegen in ihren Wagen ein und fuhren los. Gleichzeitig erschien ein Streifenwagen auf dem Rastplatz und rollte langsam auf dem Parkstreifen aus. Anita brach ihre Aktivitäten im Wageninneren ab und richtete sich mühevoll wieder zu ihrer vollen Körpergröße auf. Sie stemmte die Hände in die Hüften und sagte: „Ich gehe noch einmal auf und ab. Ich weiß auch nicht, was los ist." Max fand das in Ordnung, gab ihr aber noch mit auf den Weg, dass sie ein Auge auf die Jungs halten solle. Auch Max verspürte einen leichten Harndrang und schlug den Weg in Richtung WC-Haus ein. Zwar bevorzugte auch er das Urinieren unter freiem Himmel, aber irgendwie hinderte ihn seine Vorbildfunktion als Vater und Lehrer daran, sich an die ohnehin kontaminierten Sträucher zu stellen. Tim und Tom umrundeten inzwischen eine weitere der Sitzgruppen bis Tom Tim festhielt und ihm ein neues Spiel vorschlug: „Tim pass auf. Wir spielen jetzt, dass unter dem Tisch unsere Höhle ist. Du bist Asterix und ich bin Obelix, der von der Jagd nach Hause kommt." Tim war begeistert und kroch auf allen vieren unter den Tisch. Tom lief ein paar Kurven auf dem Rasen schnappte ein unsichtbares Wildschwein und schleppte seine Beute zurück zur Höhle. Unterm Tisch angekommen berichtete er: „Hallo Asterix, ich habe ein Wildschwein gefangen." Stolz schaute er seinen Bruder an, aber dessen Aufmerksamkeit galt etwas anderem: „Guck mal was ich gefunden hab." Tim saß auf dem Boden und hatte einen schwarzen Lederkoffer auf dem Schoß. Tom erkannte den Koffer und riss ihn seinem Bruder aus den Händen. „Aber Tim, das ist doch der Koffer von Mama, wo ihr Computer drin ist. Den müssen wir zurück zum Auto bringen." Tim protestierte, da er ihn ja gefunden habe, aber Tom war unter dem Tisch hervorgekrochen, umklammerte den Griff mit beiden Händen und schleifte den Koffer in Richtung Auto. Tom war zwar für seine fünf Jahre schon relativ groß und stark, aber er schaffte es nicht, den Koffer in das Heck des Wagens zu wuchten, also stellte er ihn einfach hinter dem Passat ab. Tim saß immer noch unter dem Tisch, Tom vergaß den Koffer augenblicklich, verwandelte sich wieder in Obelix und lief zurück zur Sitzgruppe. Als Max zum Wagen zurückkehrte, rief er die Jungs zu sich und hievte sie wieder in ihre Sicherheitssitze auf den Rücksitz. Auch Anita hatte ihre Laufübungen beendet und setzte sich auf den Beifahrersitz. Max ging jetzt zur Heckklappe des Wagens und stieß mit den Füßen vor den schwarzen Koffer. Er fragte sich, wer Anitas Koffer aus den Tiefen des Kofferraums hervorgeholt hatte, schenkte dem Ganzen aber keine weitere Beachtung. Irgendwie gelang es ihm, den Koffer noch unter die Heckklappe zu pressen und erleichtert registrierte er das Klicken des Schlosses. Max setzte sich hinter das Steuer, startete den Motor und fädelte die Familie zur letzten Etappe ihrer Urlaubsreise wieder in den Verkehr ein.

8

Der Innenraum des BMW war erfüllt von dem Gestank verbrannten Gummis. Den Motor hatte Igor bei der Vollbremsung abgewürgt. Nur noch die Klimaanlage summte leise vor sich hin. Rufus hatte sich in seinem Sitz zurückgelehnt und starrte an den Kunststoffbezug des Autodaches. Sein neues Gangsterleben, das bisher ruhig vor sich hin schipperte, war plötzlich in raue See geraten. Was war jetzt zu tun? Sie hatten den verdammten Koffer auf dem Rastplatz stehen lassen. Viele mögliche Alternativen rasten durch sein Gehirn, aber seine Gedanken hielten bei einem Satz inne, den Wladimir Lipkow ihm mit auf den Weg gegeben hatte: „Bewahren sie stets die Ruhe." Ok, das hieß, er musste zuerst einmal abchecken, in welchem Zustand sich Igor befand. Rufus drehte sich zu seinem Freund, dessen Hände immer noch das Lenkrad umklammerten. Igor hatte seinen Kopf auf das Lenkrad sinken lassen und saß regungslos da. Rufus fasste ihn an die Schulter und sprach ihn vorsichtig an: „Igor, wenn wir hier so stehen bleiben, werden uns früher oder später die Bullen fragen, was wir hier machen." Rufus atmete hörbar erleichert aus, als Igor sich in seinem Sitz aufrichtete und das Lenkrad aus der Umklammerung durch seine breiten Finger entließ. Sein Gesicht war bemüht, die Farbe des Lebens wiederzuerlangen, aber in seinen Augen sah Rufus deutlich die Spuren von Angst. Trotzdem schien er einigermaßen klar denken zu können. Autos und Lastwagen rasten an ihnen vorbei, hin und wieder hupte eines der Fahrzeuge. Das Heck des BMW stand etwa in einem 45 Grad Winkel zur Fahrbahn auf dem Stand-streifen. Eine fast 80 m lange schwarze Bremsspur führte von der linken Fahrspur bis auf den Seitenstrei-fen. Der Wagen hatte keine sichtbaren Schäden davon-getragen. Igor startete den Motor und fragte: „Was meinst du Rufus, was machen wir?"

„Was wir machen? Wir fahren natürlich zurück zum Parkplatz. Wir sind gerade einmal eine Viertelstunde unterwegs." Igor trat ruckartig auf das Gaspedal. Zwei Kilometer weiter erreichten sie die Ausfahrt Oldenburg Osternburg. Dort verließen sie die Autobahn, fuhren durch eine Unterführung unter der A28 hindurch und bogen wieder auf die Auffahrt in Richtung Bremen. Igor ließ den 220 PS freien Lauf, so dass sie nach zehn Mi-nuten die Ausfahrt Hude erreichten. Dort wechselten sie nochmals die Fahrtrichtung, fuhren wieder in Richtung Oldenburg und erreichten endlich das Hinweisschild, das den Parkplatz in drei Kilometern Entfernung ankün-digte. Die Anspannung im Wagen stieg. Igor versuchte, Rufus, aber vor allem sich selbst, Mut zu machen: „Was soll schon in einer halben Stunde auf so einem einsamen Parkplatz geschehen? Bestimmt steht der Koffer noch genau da, wo ich ihn hingestellt habe."

„Das kann schon sein Igor, aber was machen wir, wenn die Bullen noch da sind?" Igor nickte, die Lust auf weitere aufmunternde Bemerkungen war ihm ver-gangen. Rufus machte einen merkwürdig ruhigen Ein-druck. Aber das war auch kein Wunder, denn schließ-lich hatte sein deutscher Freund keinerlei Vorstellung davon, was ihnen blühte, sollten sie den Koffer tatsäch-lich verloren haben. Als sie die 300 Meter-Bake passier-ten, setzte Igor den Blinker, dann schwenkte er in den

Rastplatz ein und ließ den Wagen ausrollen. Der Parkplatz war leer, der Streifenwagen verschwunden. Eine erste Erleichterung überkam die beiden. Jetzt musste nur noch der Koffer da sein. Igor platzierte den BMW in der Mitte des Parkstreifens. Links von ihnen stand das WC-Häuschen, rechts erstreckte sich die Rasenfläche und einige der Sitzgruppen. Die beiden Männer stiegen aus. Die Sonne hatte fast den höchsten Stand des Tages erreicht. Igor zog sein Jackett aus. Darunter trug er eine schwarze Weste über einem roten Hemd. Er öffnete die hintere Tür und warf das Sakko auf den Rücksitz. Rufus hatte sich auf den Gehsteig gestellt und blickte Igor erwartungsvoll an: „ Wo genau hast du den Koffer abgestellt?" Igor hob den rechten Arm und zeigte auf eine Sitzgruppe, die ungefähr in 20 Meter Entfernung stand. „Dort drüben unter dem Tisch."

„Gut, sieh nach ob er noch da ist, ich bleibe beim Wagen." Igor ging langsam auf die Sitzgruppe zu. Er versuchte den Moment, in dem er einen unbehinderten Blick unter den Tisch würde werfen können, hinauszuzögern. Am Tisch angekommen, stützte er sich mit einer Hand auf die steinerne Tischplatte und ließ dann seinen Kopf zwischen Tisch und Bank niedersinken. Seine schlimmsten Befürchtungen bewahrheiteten sich. Der Koffer war weg. Er richtete sich auf, warf Rufus einen Blick zu und schüttelte den Kopf. Rufus hoffte inbrünstig, dass Igor plötzlich breit grinsend den Koffer in die Höhe heben würde, aber er tat es nicht. Er kam mit gesenktem Kopf auf ihn zu. Dann warf er Rufus einen finsteren Blick zu und forderte ihn auf sich in den Wagen zu setzen. Im Wagen schob Igor mit beiden Händen das rechte Hosenbein seiner schwarzen Armani-Hose

hoch, löste mit einem Ruck und dem Geräusch abrei-
ßender Haare ein Tape, schob die Hose zurück und zog
sie nach unten hin stramm, damit die Bügelfalte wieder
perfekt saß. Zwei Sekunden später hielt er Rufus eine
Pistole vor die Nase und fragte: „Kennst du dich damit
aus?"

Rufus nahm die Pistole in die Hand und sagte: „Bis
jetzt noch nicht, aber so schwer kann es nicht sein o-
der?" Er nahm die Waffe in die Hand und betrachtete
sie. Es war eine Walther PPK, Kaliber 9 mit schwarzen
Griffstück und einem stählernen Schlitten. Mit etwa 600
Gramm lag sie angenehm in der Hand. Wenn Rufus ehrlich war: Er genoss es. Igor sagte: „Rufus, der Spaß ist
vorbei. Wir haben den verdammten Koffer verloren. In
einer Stunde erwarten uns die Holländer in Groningen.
Sie gönnen uns vielleicht eine Stunde Verspätung, danach klingelt das Telefon bei Rigatschow, fünf Minuten
später bei Onkel Wladimir. Irgendwann wird es der ehrenwerte Victor erfahren und spätestens dann, haben
wir noch 24 Stunden um den Koffer zurückzubekom-
men oder wir sind tot." In seiner aufbrausenden Art
neigte Igor zu Übertreibungen, aber Rufus ging davon
aus, dass Igors Einschätzung der Lage im Kern zutraf.
Für Rufus kam es jetzt darauf an, Igors Temperament
im Zaum zu halten. Sie brauchten jetzt einen klaren
Kopf und keine voreiligen Schnellschüsse. Igor hatte
unterdessen seine Pistole aus dem Hosenbund gezogen.
Rufus war schon seit Monaten neugierig, wo Igor seine
Waffe versteckte. Er wusste, dass sein Freund immer
eine bei sich trug, aber weder hatte er ihn danach gefragt, noch hatte Igor sie, seitdem sie sich kannten, in

Rufus' Gegenwart benutzt. Igor ließ das Magazin herausfallen und prüfte es. Er besaß eine SIG Sauer P232 aus Vollstahl. Sie war leichter als Rufus' PPK, aber etwa zehn Zentimeter länger. Igor zählte die acht Patronen in seinem Magazin nach und ließ es wieder im Griff der Waffe verschwinden. Nachdem er die Pistole wieder in seiner Unterhose verstaut hatte, fragte er Rufus: „Also, was schlägst du vor?" Rufus schob sich seine Pistole ebenfalls in den Hosenbund und ein leichter Schauer lief ihm den Rücken hinauf, als der kalte Stahl seine Haut berührte: „Ich bin der Meinung, bevor die Holländer irgendwo anrufen, sollten wir Rigatschow melden, dass wir uns ein wenig verspäten. Was meinst du, wie viele Stunden können wir bei ihm herausschinden?" Igor zog die Stirn in Falten und antwortete: „Ich würde sagen maximal einen Tag. Aber dafür brauchen wir eine verdammt gute Geschichte."

Rufus war zuversichtlich: „Da fällt uns schon was ein. Aber vorher sollten wir kurz durchspielen, wo der Koffer überhaupt geblieben sein könnte."

„Ok, wenn die Bullen ihn entdeckt haben, gibt es zwei Möglichkeiten: Sie nehmen ihn mit, bringen ihn ins Fundbüro in - wie heißt die nächste Stadt?"

„Oldenburg"

„Ins Fundbüro in Oldenburg, wir marschieren da gemütlich rein, holen unseren Koffer raus und ab nach Holland. Die zweite Möglichkeit: Die Bullen öffnen den Koffer, bringen ihn auf ihr Revier oder teilen sich hier vor Ort die Kohle. Wie auch immer, in diesem Fall sind wir erledigt."

„Gut, nehmen wir an, die Bullen haben hier ihr Geschäft erledigt und sind friedlich wieder abgezogen. In dem Fall kommt die Familie in Frage."

„Was für eine Familie?"

„Erinnerst du dich nicht? Während du dich im Klo-Häuschen erleichtert hast, ist hier ein Ehepaar mit zwei Kindern vorgefahren. Die schwangere Frau ist ein bisschen auf und ab gegangen, während der Mann den beiden Jungs hinterher gelaufen ist."

„Was für einen Wagen hatten sie?"

„Einen silbernen Passat, typische Familienkutsche."

„Ja jetzt erinnere ich mich."

„Du erinnerst dich an das Auto, aber nicht an die Leute, die dazu gehörten? Typisch!"

„Ist ja gut, ich habe mich halt voll auf die Bullen konzentriert. Ist ja auch egal. Wie können wir die Familie finden."

„Ein silberner Passat mit Oldenburger Kennzeichen. Bringt uns das weiter?"

Für Igor waren das mehr Informationen als nötig waren: „Natürlich, wir rufen Rigatschow an. Er hat Verbindungen. Es dauert keine halbe Stunde und wir haben die Adresse."

„Das hört sich gut an, aber wir müssen zuerst noch eine andere Alternative checken."

„Welche?"

„Die beiden Kinder. Sie könnten den Koffer gefunden haben, spielen ein wenig mit ihm und werfen ihn irgendwo hier ins Gebüsch."

Igor rümpfte die Nase: „Soll das heißen ich soll hier mit meinen Designer Klamotten durch die verschissenen Sträucher robben? Ich sag dir, wie wir das machen.

Du nimmst dir die Büsche vor und ich telefoniere mit Rigatschow." Rufus hielt es für besser, die Diskussion nicht zu vertiefen. Er nickte Igor mit einem künstlichen Lächeln auf den Lippen zu und stieg aus. Zaun und Sträucher umgaben den Rastplatz halbkreisförmig. Rufus ging zurück zur Einfahrt und begann sich in dem Grünzeug umzusehen. Igor holte sein Handy aus der Innentasche seines Sakkos und wählte Rigatschows Mobilnummer.

Der Anruf erreichte Rigatschow als er auf dem Rücksitz von seinem Audi A8 saß und von Boris zum neuen Speditionsgebäude in Berlin chauffiert wurde. Boris hatte ihn um zwölf in seiner Villa am Wannsee abgeholt und fuhr ihn jetzt zu einem Mittagessen mit einem niederländischen Geschäftspartner. Rigatschow angelte sein Handy aus der Innentasche seines Sakkos – er hatte zur Feier des Tages einen schwarzen Anzug angelegt – drückte den Knopf mit dem grünen Hörer-Symbol und bellte ein kurzes „Sluschaju" in den Apparat. Igor meldete sich mit seinem Namen und Rigatschow fragte: „Igor, was gibt es, wie weit seid ihr?"

„Wir sind kurz vor der holländischen Grenze, alles ist in Ordnung wir haben momentan nur ein kleines Problem."

Rigatschow zog seine schwarzen Augenbrauen zusammen und sagte: „Ein Problem? Was für ein Problem?"

„Ein dummer kleiner Unfall. Ein Passat ist uns hinten auf den BMW gefahren, wir mussten anhalten und die Rückleuchten wieder notdürftig reparieren. Es sieht so aus, als wenn wir uns in der nächsten Stadt kurz ein paar neue besorgen müssen. Schließlich wollen wir nicht noch von irgendwelchen Verkehrspolizisten angehalten werden." Igor versuchte möglichst locker und entspannt zu wirken, während Rigatschow ungeduldig wurde: „Igor, verschone mich bitte damit. Wo ist das Problem? Was willst du von mir?"

„Unser Termin in Holland. Es sieht wohl so aus, als ob wir uns so um drei bis vier Stunden verspäten werden. Sie müssten die Kollegen anrufen und informieren."

Es folgten einige Sekunden schweigen. Igor wusste, jetzt würde sich zeigen, ob sein Chef die Geschichte geschluckt hatte oder nicht. Rigatschow runzelte die Stirn und registrierte beiläufig, dass Boris ihn im Rückspiegel beobachtete, dann sagte er: „Ist gut Igor, aber beeilt euch!" Igor war erleichtert, jetzt konnte er noch eins drauf legen: „Da wäre noch etwas."

„Was zur Hölle?", bellte Rigatschow in das Handy. Igor sagte: „Der Passat hat sich aus dem Staub gemacht. Ich habe keine Lust, auf dem Schaden sitzen zu bleiben. Bitte finden sie für mich den Halter eines silbernen Passats mit OL auf dem Kennzeichen." Dafür hatte Rigatschow Verständnis. Der Wagen eines Mannes war etwas Heiliges, etwas Unantastbares. Man konnte seine Feinde verletzen oder umbringen, aber niemals vergriff man sich grundlos an ihren Autos. Er gab Boris ein Zeichen, dass er ihm Stift und Notizblock nach hinten reichen sollte. Dann notierte er: „Silberner Passat, Kennzeichen OL, ist das alles?"

Igor antwortete: „Ja, eine Familie saß im Wagen, das ist alles, was wir wissen." Rigatschow riss das Blatt mit der Notiz ab, faltete es und schob es in die Innentasche seines Sakkos. Dann verkündete er Igor, dass er sich in etwa einer Stunde melden werde und beendete das Gespräch.

Igor schöpfte wieder etwas Hoffnung, dann klopfte Rufus an das Seitenfenster. Igor drückte den elektrischen Fensterheber und die Scheibe verschwand surrend in der Wagentür. Rufus sah nicht so aus, als ob er irgendetwas Erfreuliches zu verkünden hätte, er sagte: „Fehlanzeige, ich habe die Büsche gecheckt. Wie war es bei dir?"

„Rigatschow vertröstet die Holländer um drei bis vier Stunden und er wird uns Name und Adresse der Familie besorgen." Die Antwort gefiel Rufus. Er ging um den Wagen herum und ließ sich wieder auf dem Beifahrersitz nieder. Dort zog er seine Walther aus dem Hosenbund und ließ das Magazin aus dem Griff gleiten. Igor beobachtete ihn dabei. „Sie gefällt dir?" Rufus nahm seinen Blick nicht von der Waffe, er nickte nur. „Sag mal Rufus, ich meine, du warst Beamter mit einem guten Einkommen und einem ruhigen Leben und so." Rufus war gespannt worauf sein Freund jetzt hinaus wollte. Der fuhr fort: „Jetzt mal abgesehen von diesem Aus-der-Langeweile-befreien-Quatsch, den Onkel Wladimir immer den Neuen erzählt, warum bist du zu uns gekommen?" Rufus hatte schon lange darauf gewartet, dass sein Freund ihn das fragen würde. Er atmete tief ein und erklärte: „Dein Onkel hat gar nicht so unrecht. Ich war an einem Punkt, an dem ich mein ganzes wohl geordnetes und behütetes Leben gehasst habe. Alles verlief so ruhig, so ordentlich, so gut. Und wenn ich auf mein gesamtes Leben zurückblicke, dann war es seit meiner Geburt schon immer so. Aufgewachsen als Einzelkind, der Vater Finanzbeamter, die Mutter fürsorgliche Hausfrau. Friedliche Kinderspiele mit den Nachbarkindern in unserer kleinen Sackgasse in Siegburg. Ich verstand mich mit meinen Eltern immer gut, selbst in der Pubertät waren sie extrem tolerant. Es passierte nichts. Katholischer Kindergarten, Schule, Ausbildung, Zollamt. So war es geplant, so ist es geschehen. Dann irgendwann lernte ich Matilda kennen und mein Leben bekam eine neue Richtung. Wir waren verliebt und wollten eine Familie gründen. Dann die erschütternde Diagnose. Uns blieb nichts anderes übrig als auf ein geeignetes Spenderherz zu hoffen. Ich gab mir unendliche Mühe meinen Kummer vor Matilda zu verbergen und verdrängte tagsüber die Tränen. Aber nachts fingen diese Träume an. Zuerst waren es mehr oder weniger harmlose Alpträume. Du wirst wach, weil du vor irgendwelchen Monstern fliehst und nicht entkommen kannst. Später dann wirst du selbst zum Täter. Diese Träume läuten die entscheidende Phase ein, sie sind schrecklich. Du schlitzt mit einem Samuraischwert Bäuche auf oder schießt Leuten mit einer Riesenkanone mitten ins Gesicht. Wenn ich nach so einem Traum aufwachte, fragte ich mich jedes Mal, ob nun nicht die Zeit für einen Besuch beim Psychiater gekommen war. Aber irgendwann habe ich begriffen, der Traum ist die Therapie. Er ist das Überdruckventil für die Trauer und die Wut, die sich in mir ansammelte, weil sich mein ganzes verdammtes Leben auf diesen unbeschreiblichen Verlust hinbewegte. Verstehst du? Nach Matildas Tod saß ich oft in den Mittagspausen im Park und habe die Passanten beobachtet. Warum lebten sie und Matilda war tot? Wie viele von ihnen trugen ein Herz in der Brust, das meine Matilda hätte retten können? Und wenn ich so in diese trüben Gedanken versunken da saß, erkannte ich, dass ich bereit wäre jemanden zu töten, um Matilda zu retten. Natürlich wusste ich, dass die Herzen von Verbrechensopfern nicht gespendet werden können, aber allein der Gedanke, dass ich dazu fähig und auch bereit war, beunruhigten mich nicht etwa, sondern brachten mir Ruhe und Zufriedenheit. Verstehst du jetzt, dass ich gar nicht anders konnte als auf den Köder von Rigatschow einzugehen? Dieses neue Leben hat mich gesucht und mich vorläufig gerettet." Igor war in seinem sitzt zurückgewichen, starrte Rufus irritiert an und stammelte: „Ich verstehe nicht so ganz."

Rufus gab Igor einen Klaps auf die Schulter. „Das wird schon noch und jetzt muss ich pinkeln." Rufus stieg aus, ließ den leicht verunsicherten Igor im Wagen zurück und schlich hinter das WC-Häuschen. Er öffnete seinen Hosenschlitz und ließ es laufen. Durch den Begrenzungszaun sah er auf dem Acker hinter dem Rastplatz einen grünen Traktor fahren. Igor streckte sich in seinem Sitz und verschränkte die Hände hinterm Kopf. Er blickte zur Parkplatzeinfahrt und sah dass ein Fahrzeug auf den Rastplatz fuhr. Ein paar Sekunden später hielt in etwa fünfzig Meter Entfernung ein silberner Passat mit einem Oldenburger-Kennzeichen.

9

Endlich zu Hause dachte Max, als er den Passat vor dem neuen Anwesen in Ganderkesee Urneburg parkte. Anita hatte Ihr Versprechen zum Glück gehalten, und sie hatten sich tatsächlich nur knapp eine halbe Stunde bei seinen Schwiegereltern aufgehalten. In Rekordzeit wurden Anita und er ausgefragt und Anitas Mutter schaffte es dabei auch noch, den beiden Jungs diverse Kekse und Gummitiere in die Münder zu stopfen. Jetzt sprinteten Tim und Tom los, um ihre neuen Schaufeln, Bagger und Förmchen in ihrem Sandkasten auszuprobieren, so dass Anita und Max bei Entladen des Wagens ein wenig Ruhe hatten. Anita verschwand aber erst einmal im Haus, entleerte den Postkasten und schlitzte mit einem Küchenmesser nach und nach die Umschläge auf. Sie hatte sich in der Küche an die Arbeitsplatte gelehnt und jedes Mal wenn Max keuchend mit einer Tasche oder einem Koffer auf dem Flur an der geöffneten Küchentür vorbei hechelte, rief Anita ihm irgendwelche Kommentare zu Rechnungen, Einladungen oder Kindstaufen zu. Max quittierte jeden Zuruf mit „Aha", „Interessant" oder „gibt's ja gar nicht", wobei ihm nie klar war, worauf er eigentlich antwortete. Dann riss ihn ein lautes Jauchzen aus seiner Gepäck-Auslade-Konzentration. Er blieb abrupt stehen und krähte in Richtung Küche: „Was um Himmelswillen ist passiert." Anita antwortete entzückt: „Mein Bruder hat geschrieben, dass er uns ein besonderes Samurai-Schwert aus Japan schickt! Ist er nicht süß? Die Benachrichtigung von der Post, dass das Paket abgeholt werden kann, ist auch schon da! Fährst du gleich hin?" Max verdrehte die Augen und war gleichzeitig froh, dass Anita das nicht sah. Ihr Bruder trug in ihren Augen einen Heiligenschein, während er in Max' Augen nur ein Lebenskünstler war, der das Geld seines Vaters auf Weltreisen verprasste. Max Schultern wurden schwer und er schlürfte mit zwei Koffern in den Händen weiter den Korridor entlang. Er hatte sich entschieden, sämtliche Gepäckstücke zunächst in dem geräumigen 60 Quadratmeter-Wohnzimmer abzustellen, von dort würde Anita die weitere Verteilung organisieren. Auch Anitas schwarzen Lederkoffer mit dem Laptop hatte er dort abgestellt. Nach etwa zwanzig Minuten klebte Max' T-Shirt bereits an seinem Rücken und im Kofferraum des Passats waren zum Glück nur noch die Strandutensilien übrig geblieben. Max zog die Bastmatten aus dem Wagen und schüttelte den restlichen Nordsee-Sand aus. Die Stranddecke hatten sie nicht gebraucht, aber sie war trotzdem mit Sand übersät und deshalb nahm Max sie auch heraus. Unter der Decke kam Anitas schwarzer Lederkoffer zum Vorschein. Max zögerte einen Augenblick und durchstöberte vorsichtig sein Kurzzeitgedächtnis, aber es gab keinen Zweifel. Einen schwarzen Lederkoffer hatte er ganz zu Anfang der Entlade-Aktion ins Haus getragen. Er zog den Koffer am Griff zu sich, öffnete mit den Daumen die Verschlüsse und hob den Deckel an. Da lag der Computer, den Anita glücklicherweise während des gesamten Urlaubs nicht benutzt hatte. Was also war in dem anderen Koffer? Max lief ins Haus, Tim und Tom spielten immer noch vergnügt im Sandkasten auf dem Rasen hinterm Haus. Anita war immer noch in der Küche und hatte auf der Anrichte einen riesigen Bauplan entfaltet, den ihr irgendein Kollege geschickt hatte. Sie murmelte irgendetwas als Max hinter ihr auftauchte. „Anita, was ist das hier?" Max hielt den Koffer mit seiner rechten Hand hoch in die Luft. Anita sah ihn fragend an und sagte: „Mein Laptop-Koffer. Warum fragst du?" Max ergriff ihre Hand und forderte sie auf ihm zu folgen. Im Wohnzimmer stellte er den Laptopkoffer neben den anderen schwarzen Lederkoffer auf den Hainbuchen-Holzfußboden. „Kannst du mir sagen, warum wir zwei von diesen Koffern haben?" Anita runzelte die Stirn. „Nein kann ich nicht. Wo kommt der zweite Koffer denn her?" Max überlegte, dann nickte er: „Ich glaube von diesem kleinen Autobahnparkplatz bei Hude, auf dem du dir die Beine vertreten hast. Der Koffer stand plötzlich hinter unserem Auto und weil die Heckklappe offen stand, dachte ich, dass du oder die Kinder den Koffer herausgeholt haben."

„Wieso sollten wir das tun?"

„Weiß ich doch nicht. Kinder und Frauen machen halt manchmal Sachen, die ich nicht verstehe."

„Werd jetzt bitte nicht sarkastisch". Gut, keine Eskalation, dachte Max und wurde wieder etwas sachlicher: „Wie auch immer. Ich habe den Koffer eingeladen und jetzt steht er hier." Beide starrten jetzt auf die Koffer. Sie waren wirklich zum Verwechseln ähnlich, nur dass die Ecken des Laptop-Koffers schon sehr verschlissen waren. Anita hockte sich neben die Koffer, stöhnte laut, da ihr Bauch zwischen Brust und Knien eingeklemmt wurde und ließ sich von Max wieder in eine aufrechte Position bringen. „Max, leg den Koffer doch mal auf den Tisch, damit wir nachsehen können, was drin ist."

„Wozu soll das gut sein, wir werden ihn sofort zum Fundbüro bringen."

„Natürlich nicht ohne nachzusehen, was drin ist", protestierte Anita.

„Was soll denn schon drin sein?"

„Ja eben, das möchte ich wissen, also mach ihn auf!" Max gab den Widerstand auf. Er hievte den Koffer auf den rustikalen Esstisch aus dunkler Pinie. Das Zahlenschloss stand auf dreimal Null, die Verschlüsse sprangen mühelos auf. Max hob den Deckel an, warf einen Blick in das Innere – wobei Anita ihm über die Schulter schielte – und haute den Koffer ruckartig wieder zu.

„Wir müssen die Polizei informieren."

„Max jetzt bleib mal ruhig und lass mich erst mal in Ruhe gucken." Max wendete sich ab, ging zu einem der bodentiefen Fenster und schaute in den Garten. Tim und Tom spielten friedlich und winkten ihm zu. Er winkte zurück. Anita öffnete den Koffer und ihre Finger glitten durch die Dollar-Bündel. „Mein lieber Mann, dass müssen an die fünfhunderttausend Dollar sein. Wer stellt uns denn sowas vor's Auto." Max wurde noch unruhiger als er ohnehin schon war: „Vor's Auto stellen! Wahrscheinlich sollte der Koffer auf dem Parkplatz übergeben werden und wir haben die Übergabe versaut."

„Max ich bitte dich, das hier ist kein Kriminalroman. Wahrscheinlich hat irgendjemand diesen Koffer stehen gelassen und Tim oder Tom hat ihn gefunden und gedacht, dass Mama ihren Computer vergessen hat. Das ist alles." Max konnte es nicht glauben. War das Naivität oder Coolness?

„Anita ich bitte dich. Ein Koffer mit einer halben Millionen Dollar ist keine Butterbrotsdose, die man mal aus Versehen irgendwo liegen lässt! Da steckt irgendetwas Kriminelles dahinter und wir müssen zur Polizei!" Anita ließ sich auf einen der Rattanstühle sinken und sagte: „Genau das werden wir nicht tun. Wenn es sich tatsächlich um irgendetwas Kriminelles, Mafia oder um einen Lösegeldübergabe handelt – was ich nicht glaube – dann wird, wenn die Polizei ins Spiel kommt, alles nur viel schlimmer."

„Was willst du also tun?"

„Wir bringen den Koffer genau dahin zurück, wo wir ihn gefunden haben." Max entspannte sich: „Keine schlechte Idee."

„Ja aber vorher nehmen wir uns, sagen wir fünf Riesen raus."

„WAS, bis du wahnsinnig? Willst du die Mafia beklauen?"

„Was heißt hier beklauen? Ich finde das ist ein gerechter Finderlohn." Mit flinken Fingern angelte Anita einige Bündel aus dem Koffer und zog aus jedem ein paar Scheine heraus. „Siehst du? Die legen wir jetzt schön wieder nach ganz unten und wahrscheinlich merken die Mafiosi nicht einmal, dass etwas fehlt." Max war entsetzt: „Ich kann nicht glauben, dass du das ernst meinst. Was ist, wenn die Kerle das Geld nachzählen und dann kommen und uns foltern, verschleppen oder töten?" Anita schüttelte genervt den Kopf: „Max hör auf! Wir sind hier nicht in einem Gangsterfilm, sondern in der Realität, im friedlichen, langweiligen Norddeutschland. Wir müssen ja keine Grußkarte mit unserer Adresse in den Koffer legen, sondern du fährst einfach zum Parkplatz, stellst den Koffer dort irgendwo ab und kommst wieder nach Hause."

„Wieso ich?"

„Ja soll ich vielleicht fahren?" Anita zeigte mit beiden Händen auf ihren Acht-Monats-Bauch und Max gab endgültig nach. Was hatte er da nur für eine Frau geheiratet oder besser gefragt, was hatte diese Frau für einen Mann geheiratet, der offensichtlich einen so gegensätzlichen Charakter besaß. Anita zählte noch einmal den Finderlohn ab, verschloss den Koffer und drückte ihn Max in die Hand.

„So jetzt fahr und bring es hinter dich. Du verstehst doch, dass wir uns so eine Gelegenheit nicht entgehen lassen können, bei den Zinsen, die die Bank von uns verlangt. Außerdem ein bisschen Nervenkitzel tut doch ganz gut!"

„Ich weiß nicht."

„Komm Mäxchen, es sind doch nur fünftausend. Keine Mafia der Welt schickt Killerkommandos für fünftausend Dollar los."

Max wurde immer schwach, wenn seine Frau ihn Mäxchen nannte. Also nahm er den Koffer, schlich aus dem Haus und warf ihn auf den Beifahrersitz. Dann fuhr er los in Richtung Autobahn. Er versuchte ganz ruhig und entspannt zu bleiben, aber je näher er dem Autobahnparkplatz kam, desto nervöser wurde er. Als Max auf den Parkplatz fuhr pochte sein Herz hoch bis zum Hals. Außer einem schwarzen BMW waren keine Fahrzeuge auf dem Rastplatz zu sehen. Aber war das nicht dieser BMW der beiden Anzugträger, die schon am Mittag dort gewesen waren? Ja er war es, wahrscheinlich hatten auch sie mit der Möglichkeit gerechnet, dass der Finder des Koffers ihn hierher zurückbringt. Was sollte er jetzt tun? Hallo sagen und fragen, ob das zufällig ihr

Koffer sei? Nein das kam nicht in Frage, wahrscheinlich waren es irgendwelche Mafiagangster, die keinen Spaß verstehen. Was wäre, wenn sie ihn zwangen, abzuwarten, bis sie das Geld gezählt hatten. Oh Gott, das wäre sein Ende. Für Max gab es daher nur einen Ausweg, er musste den Koffer loswerden, ohne dass sie die Möglichkeit bekämen, das Geld nachzuzählen. Er stieg aus und lief los. Er wusste nicht wohin er gehen sollte, aber instinktiv visierte er den Begrenzungszaun des Rastplatzes an. Max wagte nicht direkt zum BMW hinüberzuschauen, aber aus den Augenwinkel sah er, dass ein Mann in schwarz ausgestiegen war und auf ihn zu ging. Max bekam eine Gänsehaut. Kalte Schauer liefen ihm über den Rücken und auf seiner Stirn bildeten sich Schweißtröpfchen. Der Mann kam näher, Max hastete mit wackeligen Knien über die Rasenfläche, er musste den Koffer loswerden, aber wie? Er erreichte das Gebüsch am Rande der Rasenfläche. Jetzt waren es noch etwa drei Meter bis zum Zaun. Sein Herz raste, sämtliche Adrenalinreserven hatten sich in sein Blut ergossen und pulsierten durch seinen Körper. Max war zu keinem klaren Gedanken mehr fähig, nur noch wenige Meter trennten den Mafia-Mann von ihm. Dann holte er aus und schleuderte mit letzter Kraft den Koffer über den Zaun. Ein dumpfer Aufprall bestätigte die Landung des Koffers auf dem Acker hinter dem Zaun. Der zwei Meter hohe Zaun war hier mit Efeu zugewachsen, so dass der Koffer nicht zu sehen war. Max atmete aus, dann krallte sich eine Hand in seine linke Schulter und riss ihn herum. Vor ihm stand ein riesenhafter Typ und starrte ihn mit einer Mischung aus Entsetzen und hemmungsloser Wut an. Im nächsten Augenblick schossen

Max Sterne vor die Augen und die Luft blieb ihm weg, als sich die Faust des Gangsters in seinen Magen schraubte.

Igor konnte es nicht glauben. Da kam dieser Typ in seinen Shorts daher und warf den Koffer vor seinen Augen über den Zaun. Max' Körper war an der Hüfte zusammengeknickt. Er hielt sich mit beiden Händen den Bauch und japste nach Luft. Tränen schossen ihm in die Augen und tropften auf den Rasen. Igor war fassungslos. Er beugte sich zu dem Kofferdieb hinunter und schrie ihn an: „SAG MAL BIST DU VOLLKOMMEN WAHNSINNIG? ERST STIEHLST DU UNSEREN KOFFER UND DANN WIRFST DU IHN VOR MEINEN AUGEN ÜBER DEN SCHEISS-ZAUN. ICH GLAUB' ES EINFACH NICHT!" Für Max war an Sprechen nicht zu denken. Er war froh, dass allmählich seine Atmung wieder einsetzte. Er schaute immer noch seinen Tränen nach, die sich im Gras verloren, als er gerade noch das hochschnellende Knie wahrnahm und mit einem leichten Zucken nach rechts konnte er seine Nase retten. Allerdings traf ihn Igors Knie am rechten Jochbein. Die Haut platzte auf und zu den Tränen gesellten sich Blutstropfen. Außerdem hatte er sich bei der Attacke innen auf die Wange gebissen und als er den Mund öffnete, hangelten sich blutige Speichelfäden von seinen Lippen herab. Igor war außer sich, aber er trat zwei Schritte zurück, denn Max blutete ziemlich stark. Igor brüllte ihn an: „Blute mir auf die Schuhe und ich steche dich ab!"

„IGOR, was um alles in der Welt machst du da?" Rufus rannte über den Rasen auf Igor zu. Gerade als er den Reißverschluss seiner Hose wieder zugezogen hatte, hatte er plötzlich Igor brüllen hören. Er war los gesprintet und sah, dass sein cholerischer Freund auf irgendjemanden dort am Zaun eindrosch. Dann erblickte er den silbernen Passat und wusste, dass es jetzt darauf ankam, Igor möglichst schnell von dem Mann wegzubringen. Vollkommen außer Atem erreichte er seinen Freund und schob ihn mit beiden Händen von dem Fremden weg. „Igor beruhige dich, er hat genug, siehst du das nicht?" Igor schlug Rufus' Arme beiseite, doch bevor er wieder auf Max losgehen konnte, umklammerte Rufus ihn von der Seite, und brüllte ihm ins Ohr: „DU KANNST NICHT AM HELLICHTEN TAG JEMANDEN AUF EINEM AUTOBAHNPARKPLATZ ZUSAMMENSCHLAGEN. Beruhig dich jetzt und sag mir was passiert ist." Rufus spürte wie sich Igors Oberkörper ein wenig entspannte und ließ ihn los. Er stellte sich vor ihn, schaute ihm in die Augen und fragte: „Alles ok?" Igor nickte und sagte: „Der Typ hat unseren Koffer über den Zaun geworfen. Er muss nicht ganz dicht sein."

„Bleib hier stehen, ok?" Rufus bedeutete Igor mit seinen Handflächen, sich nicht von der Stelle zu rühren und ging auf den inzwischen am Boden knieenden Max zu. Er beugte sich zu Max hinunter und schaute ihm ins Gesicht. Igor hatte ihn übel erwischt. Aus einer Wunde unter dem rechten Auge und aus seinem Mund lief Blut. Der Mann machte einen apathischen Eindruck, aber Rufus versuchte ihn anzusprechen: „Sie haben zwei kleine Söhne und eine nette hochschwangere Frau. Ist das richtig?" Max nickte leicht. Rufus fuhr fort: „Sie haben hier heute ein Pause gemacht und dabei versehentlich oder mit Absicht einen Koffer mitgenommen, der ihnen nicht gehört. Stimmt das?" Ein kaum wahrnehmbares Nicken. „Sie haben den Koffer geöffnet?" Keine Reaktion. „Sagen sie mir, warum haben sie den Koffer über den Zaun geworfen?" In Max' Ohren rauschte es und er vernahm die Stimme des Mannes, der ihn so freundlich gerettet hatte nur aus der Ferne. Sein Gesicht bestand nur aus Schmerz und seine Sicht war verschwommen. Seine Augen waren zwar die Sterne losgeworden, aber jetzt breitete sich ein Mosaik aus schwarzen Punkten in seinem Blickfeld aus. Die Punkte vermehrten sich bis alles schwarz war, dann fiel er vornüber ins Gras. Rufus bückte sich und fühlte mit zwei Fingern den Puls des Mannes an der Halsschlagader. Igor fragte: „Ist der Spinner tot?"

„Zum Glück nicht. Wahrscheinlich hat er einen Schock."

„Was machen wir jetzt mit ihm."

„Am besten wir tragen ihn in sein Auto. Fass an!" Zu zweit trugen sie Max Porling zurück zu seinem silbernen Passat. Dort hievten sie ihn auf den Fahrersitz und brachten ihn in eine möglichst aufrechte Sitzposition. Rufus wischte ihm mit einer Babywindel, die in der Ablage der Fahrertür steckte, Gesicht und Mund ab, dann drückte er dem ohnmächtigen Max das Tuch in die Hand. Igor war um den Wagen herum gegangen, hatte die Beifahrertür geöffnet und untersuchte den Inhalt des Handschuhfachs. „Hier ist nichts außer ein paar Bonbons, einer Sonnenbrille und dem Handbuch für den Wagen." Rufus klappte die Sonnenblende an der Fahrerseite herunter und wie er vermutet hatte, steckte dort der Fahrzeugschein. Igor schaute ihn neugierig an.

Rufus entfaltete den Schein und las: „Zugelassen auf A-nita Porling in Ganderkesee, wer sagt's denn."

„Ja aber die Adresse ist inzwischen vollkommen un-wichtig, denn der Koffer liegt keine 100 Meter von hier auf einem Acker."

„Du hast Recht." Rufus steckte den Schein zurück und klappte die Blende wieder hoch. Er tupfte dem Be-wusstlosen noch einmal den blutigen Speichel von den Lippen, dann ließen sie Max Porling in seinem Wagen zurück. „Was machen wir jetzt, klettern wir über den Zaun und holen uns den Koffer?" Igor hielt nichts von dieser Idee. „Auf keinen Fall. Da sind zwei Reihen Sta-cheldraht auf dem Zaun. Wir zerreißen uns unsere Ho-sen. Wir nehmen die nächste Ausfahrt, fahren zu dem Acker, sammeln den Koffer ein und fahren endlich nach Groningen." Als sie gerade im Wagen saßen und Igor den Motor starten wollte, meldete sich sein Handy. Igor griff in seine Innentasche, hielt den Apparat an sein lin-kes Ohr und meldete sich mit einem kurzen Hallo.

10

Tschingis Rigatschow hatte den Hauptgang des Mittagessens hinter sich gebracht und war zur Toilette gegangen. Nachdem er sich die Hände gewaschen hatte, erhielt er einen Anruf auf seinem Mobiltelefon und ihm wurde mitgeteilt, dass es drei silberne Passats mit OL-Kennzeichen gab. Zwei davon waren auf eine Landmaschinenfirma in Wildeshausen zugelassen und einer auf eine Frau namens Anita Porling. Rigatschow bedankte sich kurz und notierte die Adresse auf einem Papiertuch aus dem Spender neben dem Waschbecken. Dann wählte er Igors Handynummer. „Igor, der silberne Passat gehört einer Frau."

„Ich weiß."

„Was soll das heißen du weißt? Woher?"

„Wir haben den Mann mit dem Wagen getroffen."

„Welchen Mann?" Rigatschow wurde ungeduldig.

„Na den von der Frau, der der Wagen gehört."

„Igor willst du mich veralbern? Ich unterbreche mein Mittagessen, um für dich Adressen herauszufinden und du spielst mit mir Rätselraten. Was ist los bei euch?"

Igor drückte seinen Daumen auf das kleine Mikrofon seines Handys und schaute Rufus an: „Ich glaube es ist besser, wir sagen es ihm." Rufus nickte. Er dachte die Russen untereinander werden schon wissen, wem sie trauen können und wem nicht.

Igor sprach wieder zu Rigatschow. „Hören sie Herr Rigatschow. Es gibt da ein kleines Problem mit dem Koffer."

„Was für ein Problem?"

„Er ist jetzt gerade nicht bei uns."

„Wie er ist nicht bei euch? Wo ist er?"

„Er ist ganz in unserer Nähe wir brauchen ihn nur zu holen, das ist alles. Aber wir werden den Termin in Groningen weiter verschieben müssen."

„Igor, ich habe euch diesen Auftrag gegeben, weil ich geglaubt habe, dass ihr die Regeln dieses Geschäftes gelernt habt. Jetzt sagst du mir, dass ihr Probleme habt? Gut, dann löst sie. Ich bin nicht euer Kindermädchen. Du meldest dich, sobald ihr wisst, wann ihr in Groningen sein könnt." Rigatschow beendete das Gespräch, verstaute sein Handy und betrachtete sich im Spiegel an der Wand. Er strich sich mit seinem Daumen über den pechschwarzen Schnäuzer und dann sah er, dass Boris im Türrahmen stand. Rigatschow konnte nicht sagen, wie lange er dort gestanden haben mochte. Auf jeden Fall missfiel ihm dieses Nachspionieren und auch der abschätzige Blick Boris' war ihm zuwider. „Boris du bist mein Leibwächter, das bedeutet nicht, dass du mir auch beim Pinkeln zu sehen sollst." Boris schubste die Tür auf drehte sich um und verschwand. Rigatschow seufzte, es war schwer gute Angestellte zu finden. Vielleicht sollte er es mal mit der Methode von Wladimir Lipkow probieren. Er fischte noch einmal sein Handy aus der Jacke und wählte eine Nummer in den Niederlanden. Kurz darauf klingelte ein Mobiltelefon in einem schwarzen Mercedes, der vor dem Stadtmuseum in Groningen geparkt war. Drei Männer slawischen Aussehens saßen in dem Wagen und der Mann auf dem Rücksitz hielt sich ein Mobiltelefon ans Ohr. Er sagte kaum etwas nickte aber mehrmals und beendet das Gespräch mit dem russischen Wort für verstanden „panjatna". Kurz darauf klingelte ein Telefon in einem Büro im fünften

Stock eines achtstöckigen Hauses in der Nähe des Parkes der Errungenschaften der Volksgemeinschaft in Moskau. Von dem Büro aus hatte man einen schönen Ausblick auf das stählerne Abbild einer startenden Rakete, die zu Ehren Juri Gagarins im Park errichtet worden war. Kurz darauf klingelte ein Telefon in einem Büro am Platz des Sieges in Minsk. Der ehrenwerte Victor nahm den Hörer ab. Ihm wurde angekündigt, dass Moskau ihn zu sprechen wünscht. Er bat um einen Moment, wurde ganz hektisch und Schweißperlen erschienen auf seiner hohen Stirn. Er setzte sich in seinen schwarzen Ledersessel, räusperte sich und sagte, dass er bereit sei, das Gespräch anzunehmen. „Victor wie geht's? Wie gehen die Geschäfte?", kam es aus dem Hörer. „Danke sehr! Gut! Alexander Sergejewitsch. Was kann ich für dich tun." Das bedeutete nichts Gutes, wenn sein Moskauer Geschäftspartner anrief. Er hatte im Grunde dieselbe Position in Moskau inne wie Victor hier in Minsk. Nur das hier war das kleine Belarus, in Russland war alles um Dimensionen größer und das galt auch für die Macht dieses Mannes. „Ich habe einen Anruf aus Holland bekommen. Die Lieferung verspätet sich um einen Tag."

„Ähm ja, es gab ein paar kleine Verzögerungen." Er hasste es, wenn er lügen musste. Verdammt nochmal! Was hatten die Dilettanten denn angestellt? War es so schwierig einen Koffer von Deutschland nach Holland zu bringen? Und warum wusste er nichts von der Sache?

„Gut, gut Victor, aber morgen muss der Koffer da sein. Wir können uns keine Fehler in dieser Sache erlauben. Mach's gut Victor."

„Alles klar! Morgen ist der Koffer da. Mein Gruß an die Frau Gemahlin Alexander Sergejewitsch." Wie stand er jetzt da. Seine Organisation verbockte die simpelsten Sachen. Aber er hatte ja schon lange den Verdacht, dass Lipkow die Angelegenheiten zu lasch handhabte. Und diese merkwürdigen Auswahlmethoden des Personals fand er auch viel zu theoretisch. Alexander Sergejewitsch hatte Recht. Es durften keine Fehler mehr gemacht werden. Ja, er würde Juri schicken. Juri versaute solche Aufträge nicht. Seine direkte, rabiate Art führte ihn immer ohne Umwege zum Ziel. Wo auch immer er jetzt war, er musste nach Deutschland.

11

Etwa 24 Stunden zuvor saß Juri Nikolajewitsch Komsatow, genannt der Professor, auf dem Beifahrersitz eines knallroten Mercedes und raste über eine buckelige Landstraße in West-Sibirien. Er war am Mittag von Moskau mit einer Aeroflot Maschine in die Bezirkshauptstadt Tjumen geflogen. Am Flughafen, der eigentlich nur aus einer Ansammlung von Baracken bestand, war er von einem etwa 25 jährigen Mitglied der Organisation in Tjumen abgeholt worden. Der Junge war in Juri's Augen ein Punk. Der Kerl hatte sich als Ilja vorgestellt. Er trug blond gefärbte, hochgegelte Haare, amerikanische Jeans und ein dunkelblaues T-Shirt auf dem mit breiten Lettern das Wort MAFIA stand – eine Art Humor, mit der Juri nichts anfangen konnte. Der Wagen war nicht weniger auffällig, tornadorot und tiefer gelegt, was bei den sibirischen Straßenverhältnissen immer wieder zu einem lauten Krachen in der Bodenwanne führte. Auf den ersten 100 Kilometern hatte Ilja noch versucht mit Juri ein Gespräch anzufangen, aber nachdem er festgestellt hatte, dass Juri auf alle Fragen nur mit Ja, Nein oder gar nicht antwortete, hatte er es aufgegeben und eine Cassette in das Autoradio gedrückt. Auf dem Rest der Strecke lauschte Juri dann dem Opus von Gruppen wie The Cure, Metallica und AC/DC. Sie fuhren von Tjumen Richtung Osten fast parallel zur Transsibirischen Eisenbahn. Nach dreieinhalb Stunden erreichten sie Ischim. Dort bogen sie ab in Richtung Norden, kamen nach einer Stunde zur Kreisstadt Wikulowo und zwanzig Minuten später näherten sie sich dem Dorf Beresina. Das Dorf zählte etwa 300

Einwohner. Es gehörte zu einer 20.000 Hektar großen Agrargenossenschaft mit Sitz in Wikulowo. Es war ein typisch russisches Dorf mit schiefen Blockhäusern, mit Gemüsegärten, die mit Schrott eingezäunt waren, den die Bewohner von der Kolchose bekommen oder gestohlen hatten. Am Dorfrand befand sich eine große Getreidetrocknungsanlage. Es war inzwischen 20 Uhr, der Himmel war wolkenverhangen und es dämmerte bereits. Vor der Trocknungsanlage waren große Haufen von Getreide aufgeschüttet worden, die Ernte war in vollem Gang. Allerdings war hier niemand zu sehen. Ilja lenkte den Mercedes zwischen einige der Getreideberge und stoppte den Motor. Dann stellte er das Radio aus und schaute Juri an: „ So Meister, da wären wir." Juri fragte sich warum sie ihm so ein respektloses Bürschchen geschickt hatten und antwortete: „Wie sieht er aus und wo finde ich ihn?"

„Schau im Handschuhfach nach." Juri schaute Ilja missmutig an, öffnete das Fach und entnahm ihm eine Klarsichthülle mit einigen Papieren. Juri fischte ein Foto heraus und warf die Papiere wieder zurück in die Ablage. „Zu viel Papier. Erzähl mir was ich wissen muss."

„Der Typ hat vor einem Jahr bei der Kolchose als Veterinär angefangen. Er saß zunächst in der Zentrale in Wikulowo und hat ordnungsgemäß alle Medikamente und was er so brauchte bei uns bestellt. Dann nach drei Monaten ist er in dieses Nest hier gezogen. Er sagte, hier sei er näher an der Praxis. Als dann die Bestellungen weniger wurden und schließlich ganz aufhörten, haben wir ihn ein wenig unter die Lupe genommen.

Der Mistkerl hatte sich tatsächlich selbstständig gemacht. Alle zwei Wochen fuhr er zum Bahnhof nach Ischim. Der Zug aus Moskau brachte ihm jedes Mal einige Kartons mit Medikamenten für Mensch und Tier, und tatsächlich auch ein paar Prisen Koks für die High Society der Kolchose!" Ilja pruste laut los vor Lachen, aber ein ungeduldiges Funkeln aus dem einen Auge Juris ließ ihn wieder zur Ruhe kommen und fortfahren: „Also, der Kerl ist ein ziemlich fleißiger Bastard. Er bringt eine Menge Zeug unter die Leute und deshalb wollten wir ihn nicht gleich über die Klinge springen lassen. Also haben wir ihn besucht und ihm großzügig vorgeschlagen wieder bei uns einzusteigen. Er hat gesagt, er wolle es sich überlegen. Vorgestern hat er sich wieder eine Lieferung in Ischim abgeholt und deswegen bis du jetzt hier." Wenn der Junge so erzählte, konnte er einem direkt sympathisch werden, aber Juri hielt sich zurück mit Gefühlen wie Sympathie. Jeden, dem er gegenüber saß, könnte er irgendwann auf seiner Auftragsliste wiederfinden.

„Wo finde ich ihn?"

„Er wohnt im ehemaligen Kindergarten. Es ist einfach zu finden. Das einzige Haus aus Stein."

„Wohnt er allein?"

„Uns sind keine Freundinnen oder regelmäßigen Besuche aufgefallen."

„Gut, du wartest hier und verlässt nicht den Wagen."

„Und wie lange soll ich warten?"

„Bis ich zurück bin."

Juri stieg aus und ging los. Aus dem kleinen Fluss, der sich durch das Dorf schlängelte stiegen Nebelschwaden auf, in die Juri eintauchte und aus Iljas Blickfeld verschwand. Die asphaltierte Straße, auf der sie gekommen waren, führte ihn zum Dom Kulturi, dem Haus der Kultur. Davor stand Lenin in Stein gehauen und wies den Weg zum Dorfladen. Hier ging von der Hauptstraße ein staubiger Schotterweg ab, dem Juri weiter folgte. Links und rechts standen Holzhäuser mit üppigen Gärten voll von Gemüse und Kartoffelpflanzen. Neben jedem Haus waren in kleinen Ställen ein paar Schafe und Kühe untergebracht, die den Dorfbewohnern das Überleben sicherten. Sie interessierte nur, wie die Kartoffelernte und das Wetter waren, wer gerade in Moskau herrschte, war ihnen vollkommen egal, Hauptsache man ließ sie in Ruhe. Nach einer Kurve konnte Juri dann ein Haus aus Stein auf der rechten Straßenseite in etwa 200 Metern Entfernung ausmachen. Er ging jetzt langsamer und schaute sich hin und wieder nach allen Seiten um. Seine rechte Hand tastete nach seinen Waffen. In der linken Innentasche seines Ledermantels war seine Desert Eagle .44 Magnum. Eine kleine schmale aufgenähte Tasche daneben enthielt den Schalldämpfer. In der rechten Innentasche fühlte er sein Messer, dessen 20 cm lange Klinge aus rostfreiem Stahl in einer ledernen Scheide steckte. Die kleine Walter PPK, die in seinem rechten Stiefel steckte, brauchte er nicht zu ertasten, die spürte er ständig. In der rechten Seitentasche seines Mantels führte er eine Rolle extrem reißfestes Klebeband mit sich, das sich zu solchen Anlässen schon oft bewährt hatte. Drei Häuser vor dem ehemaligen Kindergarten führte eine kleine Gasse zu den Gärten, die hinter den Häusern lagen. Juri wählte diesen Weg und erreichte so den Hinterhof der Unterkunft des Tierarztes. Hier befand sich auch die Eingangstür des Hauses. Vor der Tür war eine kleine überdachte Veranda errichtet worden und zwei hölzerne Stufen führten hinunter auf eine kleine Grünfläche, auf der noch vergilbtes Kinderspielzeug herumlag. Dieser ehemalige Spielplatz wurde begrenzt durch einen Schuppen für Brennholz und einem hölzernen Plumpsklo. Die meisten Leute in Dörfern wie diesem benutzten Eimer im Haus für ihr Geschäft und entleerten diese in den umliegenden Sträuchern. Ein Toilettenhäuschen war ein echter Luxus und das erleichterte Juri die Arbeit erheblich. Irgendwann würde der Tierarzt sein Haus verlassen und sich auf den Donnerbalken setzen. Juri wusste aus Erfahrung: „Erwischst du einen Mann mit heruntergelassenen Hosen, hast du keinen Widerstand zu erwarten." Juri ging um das Häuschen herum und lehnte sich an dessen Rückwand. Dort betrachtete er den Untergang der Sonne, die glutrot langsam hinter den Birkenwäldern am Horizont verschwand. Er liebte diese Sonnenuntergänge und hatte sie schon an vielen Orten auf der Welt genossen. Gerne erinnerte er sich an die Sonnenuntergänge in Afghanistan, wo er als Offizier der roten Armee stationiert war.

12

Er war 1984 nach Afghanistan gekommen und wurde einer Spezialeinheit zugeteilt, in der der ehrenwerte Victor Iwanowitsch sein Vorgesetzter war. Juri hatte sich bereits durch strikten Gehorsam und äußerste Skrupellosigkeit bei seinen bisherigen Kommandeuren ausgezeichnet und er war genau der Mann, den Victor brauchte. Ihm wurden zwei Unteroffiziere zugeteilt und so zogen sie zu dritt los, um gezielt Stammesfürsten, Armeeführer, oder Politiker auszuschalten. Dabei war er kein Perverser, der seine Opfer quälte oder in Verhören folterte, er brachte nichts anderes als den nackten Tod. Anfangs waren seine Taten kriegstaktisch motiviert. Sie brachten bärtige Mudschahedin um und erledigten drei bis vier Aufträge pro Woche. Zunächst vorwiegend in Kabul später auch in anderen Städten oder verlassenen Gebirgsdörfern. Juri und seine Männer töteten mit Minen, Granaten, Gewehren und Messern. Als dann Gorbatschow in Moskau die Macht übernahm, wurden die Auftragslisten kürzer bis sie sich dann nach einem halben Jahr wieder füllten. Der Krieg war längst verloren und Juri begann sich Gedanken zu machen, was seine Morde bezweckten und so kam er langsam dahinter, dass Victor Iwanowitsch begann, sich erheblichen Einfluss auf die Mohnfelder im Innern des Landes zu sichern. Eines Tages bestellte Victor dann Juri zu sich und verkündete ihm, dass er die Armee verlassen und sich selbstständig machen wolle. Dazu benötige er aber einen Mann wie Juri. Er bot ihm reiche Bezahlung und Juri, der wie die meisten den Untergang der Weltmacht, der er diente, kommen sah, willigte ein. Bevor sie die

Armee verlassen konnten, mussten sie allerdings die beiden Unteroffiziere aus Juris Team loswerden. Sie waren inzwischen schwere Trinker und standen ihre Aufträge nur mit reichlich Wodka und anderen Drogen durch. Juri hielt sich im Norden des Landes auf, den der usbekische General Dostum kontrollierte. Es war abzusehen, dass die Rote Armee bald abziehen würde und so rüsteten sich all die Mudschahedin, Paschtunen, Taliban, Usbeken und Tadschiken, um für die Kämpfe um die Macht im Land gut vorbereitet zu sein. Juri bestellte seine beiden Mitstreiter in eine Berghütte nicht weit von der Provinzhauptstadt Mazar-i-Scharif und erklärte ihnen, dass er sich dort mit einem Usbeken treffe, um ihm ein Waffengeschäft vorzuschlagen. Der Usbeke würde wahrscheinlich ein paar Leute mitbringen und ihn, Juri, filzen. Sie sollten daher etwa zehn Minuten verstreichen lassen und dann gemeinsam durch die Vordertür hereinstürmen. Juri saß allein auf einem Stuhl in der Hütte als die Tür aus den Angeln flog und die beiden in den Raum stürmten. Als sie Juri sahen, senkten sie ihre Waffen und sahen ihn fragend an. Juri schoss beiden in die Stirn und verließ mit Victor das Land.

13

Die Sonne war jetzt komplett verschwunden. Juri lehnte immer noch an dem Toilettenhäuschen und wartete. Er war bereit. Er hatte sich seine schwarzen Lederhandschuhe angezogen, den Schalldämpfer auf die Desert Eagle geschraubt und sie durchgeladen. Mit seinem Messer hatte er von der Klebebandrolle zwei Streifen abgeschnitten und an den Saum seines Mantels geklebt. Ein Streifen war etwa 15 cm lang, der andere gut einen halben Meter. Als etwa eine Stunde vergangen war und er über Alternativen zu seinem Plan mit dem Plumpsklo nachdachte, wurde die Tür zur Veranda knarrend aufgestoßen. Juri rührte sich nicht. Er hörte wie jemand die Stufen der Veranda hinabstieg und sich dem Klo näherte. Die Tür wurde geöffnet, Juri hörte das leise Klirren einer Gürtelschnalle und wie die Sitzfläche leicht knackte als sich der breite Hintern des Tierarztes niederließ. Juri ging um das Häuschen herum, zog sein Messer und wartet neben der Tür. Papier wurde zerrissen, die Gürtelschnalle geschlossen und die Tür geöffnet. Der Tierarzt setzte sich wieder in Richtung Veranda in Bewegung. Juri trat lautlos hinter ihn und drückte ihm von hinten mit der rechten Hand sein Messer an die Kehle. Mit der linken Hand verschloss er dem Mann den Mund. Die Augen des Tierarztes weiteten sich entsetzt. Die beiden Männer standen jetzt im Lichtschein, der aus der offen stehenden Haustür herausfiel. Juri flüsterte dem Mann ins Ohr, dass er beim leisesten Geräusch tot sei, dann zupfte er den kürzeren Klebestreifen von seinem Mantel und klebte ihn über den Mund seines Opfers. Mit dem langen Klebestreifen fesselt er dem Veterinär die Hände auf dem Rücken. Jetzt war es wichtig, dass er den Mann zunächst einmal aus dem Lichtstrahl herausbewegte, aber in diesen Moment rief eine zierliche Stimme im Haus: „Doktorchen, Doktorchen, wo bleibst du denn solange?" Juri reagierte blitzschnell. Er wechselte das Messer von der rechten in die linke Hand, ohne dabei die Klinge vom Kehlkopf des Tierarztes zu nehmen. Dann holte er mit der Rechten die Desert Eagle hervor und zielte auf die Haustür. Mit dem patschenden Geräusch, das nackte Füße auf Holzfußboden erzeugen, kam jemand zur Tür. „Hey Doktorchen, hast du dich beim Pinkeln verlaufen?". Dann blieben die beiden nackten Füße im Türrahmen stehen. Die Füße gehörten zu einer etwa dreißigjährigen Frau, die außer einem Handtuch um die Hüften nichts an hatte. Sie hielt eine Flasche Sekt der Marke Krimskoje in den Händen, die sie jetzt fallen ließ. Juri gönnte sich zwei Sekunden, um die Schönheit der Frau zu bewundern, dann schoss er ihr durch die linke Brust ins Herz. Die Wucht des Geschosses schleuderte die Frau zurück. Sie fiel auf den Rücken und zeigte Juri und dem Tierarzt ihre schmutzigen Fußsohlen. Dem Tierarzt floss der Schweiß von der Stirn und auch sein weißes, fleckiges Unterhemd war von Schweiß durchnässt. Einige Grunzlaute pressten sich durch das Klebeband und Tränen rannen die Wangen herab. Der Mann trug nur das Unterhemd, Unterhose und eine blaue Leinenhose gehalten von einem billigen Lederimitat-Gürtel. Dazu ein paar Gummistiefel, die er sich für den Gang zur Toilette übergestreift hatte. Juri nahm jetzt das Messer von der Kehle des Mannes. Die Klinge hinterließ einen deutlich sichtbaren roten

Streifen, aber verletzt war er nicht. Stattdessen drückte er ihm den noch rauchenden Lauf der Desert Eagle in den Rücken und stupste den Mann aus dem Lichtkegel. Sie gingen zurück zur Straße, ließen die Häuser hinter sich und visierten einen der vier baugleichen Kuhställe an. Der Tierarzt keuchte und seine nackten verschwitzten Füße quietschten in den Stiefeln beim Gehen. Juri wusste, dass die Ställe nur im Winter gebraucht wurden und jetzt leer standen. Die Kühe weideten Tag und Nacht auf den üppigen Kleegrasweiden. Die Stalltür war nicht verschlossen. Juri schubste den Tierarzt hinein. Sie standen auf dem Futtergang. Links und rechts von diesem Gang, der bequem mit einem Traktor befahren werden konnte, standen im Winter etwa 600 Kühe am Hals mit Ketten angebunden. Die Kühe standen auf einer reichlich mit Stroh eingestreuten Betonfläche, die mit einem Gefälle ausgestattet war, so dass Kot und Urin in den hinter der Standfläche befindlichen Entmistungskanal abfließen konnten. Über den Köpfen der Kühe verlief die Vakuumleitung für die Melkmaschine sowie das Rohr zum Ableiten der ermolkenen Milch in einen Kühltank. Juri führte den Tierarzt auf die Standfläche der Kühe. Der Boden war noch voll von angetrockneten Kuhfladen. Durch Fenster an den Längsseiten des Gebäudes schien das fahle Mondlicht herein. Bis auf das leise Trippeln und Kratzen der Ratten war nichts zu hören. Juri steckte jetzt seine Pistole zurück in den Mantel und drehte den Tierarzt zu sich um. Der Typ gab ein jämmerliches Bild ab. Er war etwa eins siebzig groß und wog dabei bestimmt 100 Kilogramm. Der fette Bauch schimmerte durch das nasse Unterhemd und die ausgeleierte Hose war verrutscht und hatte die kümmerliche Männlichkeit des Kerls entblößt. Juri schüttelte angewidert den Kopf, dann schlug er den Mann mit einem schnellen Fausthieb an die Schläfe k.o. Der Tierarzt sackte zusammen und blieb reglos liegen. Juri löste eine der Ketten, die für die Anbindung der Kühe bestimmt war und band sie um die Fußgelenke des Mannes. Dann warf er die Kette über das Milchrohr und zog den Körper hoch. Als die Zehen des Mannes fast an das Rohr stießen, hielt Juri inne und befestigte das Ende der Kette an einem Eisenbügel, der die Liegefläche zwischen den Kühen abtrennte. Der Kopf des Tierarztes baumelte etwa zehn Zentimeter über dem dreckigen Boden. Juri brachte den Tierarzt mit ein paar Ohrfeigen zurück zu Bewusstsein. Nicht dass er sich noch mit ihm unterhalten oder ihn ausfragen wollte, nein, er sollte wach sein, wenn er ihn tötete. Juri zückte sein Messer und der Typ fing an zu zappeln und laute wie „mmh, mmh" pressten sich durch das Klebeband. Juri zerschnitt Unterhemd und Hose und riss dem Mann die Fetzen vom Leib. Mein Gott, was für ein widerlicher Anblick. Juri dachte, selbst wenn er emotional veranlagt wäre, wie könnte er jemals bei solch einem Anblick so etwas wie Mitleid empfinden? Dann bückte er sich und flüsterte seinem Opfer etwas zu: „Du wirst jetzt sterben. Ich werde dich im Auftrag von Alexander Sergejewitsch und im Namen des ehrenwerten Victor Iwanowitsch töten. Und falls dich im Jenseits irgendjemand danach fragt, mein Name ist Juri Nikolajewitsch Komsatow." Dann schlitzt er ihm mit seinem Messer den Hals von einem Ohr bis zum anderen auf. Während Juri aus dem Stall hinausging, hörte er das Pirren der Kette an der der zappelnde Tierarzt baumelte und auch wie es langsam verstummte. Zielstrebig ging er den Weg zurück zur Getreidetrocknung und während er ging, steigerte sich seine Wut auf Ilja, den Punk. Warum hatte er ihm nichts von dem Mädchen erzählt. Gut, vielleicht war es eine Hure oder eine Melkerin aus dem Dorf, aber Ilja hätte es wissen müssen. Als er bei der Trocknungsanlage ankam, ging er durch die Getreideberge und sah, als er den roten Mercedes erblickte, dass Ilja mit dem Rücken zu ihm am Wagen gelehnt stand, rauchte und in den Himmel starrte. Ilja blies den Rauch in Richtung Sternenhimmel und fragte sich, wann dieser verrückte Killer wohl zurückkommen würde. Er drehte sich um und starrte auf die Mündung eines Pistolenlaufs. Die Zigarette fiel ihm aus der Hand. Juri drückte ihm den Lauf direkt auf das Auge. Ilja stotterte: „Bist du wahnsinnig geworden? Was soll die Scheiße Mann?"

„Warum hast du mir nichts von einer Frau erzählt?"

„Was für eine Frau? Wovon redest du?" Ilja fuchtelte mit den Händen wild in der Luft herum und jedes Mal wenn er zurückwich, setzte Juri mit der Pistole nach und drückte den Lauf noch fester auf sein linkes Auge.

„Als ich den Kerl abgeholt habe, kam eine Frau zur Tür. Ich musste sie töten." Nicht, dass ihm das was ausgemacht hätte, aber er hielt sich normalerweise an Regeln und Victor Iwanowitsch legte Wert auf diese: Keine Frauen, keine Kinder.

„Mein Gott ich weiß nichts von einer Frau! Wir haben die Nachbarn gefragt, niemand wusste etwas. Es hieß, er habe hier keine Verwandten und auch keine Frauenbekanntschaften."

Juri löste langsam den Druck der Pistole und nahm sie schließlich ganz weg.

„Hör zu Junge. Wir fahren jetzt zurück nach Tjumen. Ich will während der Fahrt weder dein Gelaber noch deine Scheiß Musik hören. Haben wir uns verstanden?"

„Ist ok Mann, bleib ganz cool. Ich schweige wie ein Grab." Ilja tupfte sich das Auge mit einem Taschentuch ab und setzte sich hinter das Lenkrad. Juri ließ sich auf dem Beifahrersitz nieder, zog seine Handschuhe aus, verstaute Pistole und Schalldämpfer und lehnte sich zufrieden zurück. Fünf Stunden später waren sie wieder in Tjumen. Juri hatte sich vorgenommen einen freien Tag in Tjumen zu verbringen. Noch ahnte er nichts von einem Sonderauftrag in Deutschland.

Der schwarze Lederkoffer war hinter dem Zaun des Rastplatzes auf einem Acker aufgeschlagen. Der Acker war ein Stoppelfeld auf dem Wintergerste gestanden hatte, bis vor ein paar Tagen der Mähdrescher gekommen war, und von dem stolzen Pflanzenbestand nur noch einen etwa 10 Zentimeter hohen Rasen aus vergilbten Halmresten zurückgelassen hatte. Der Bauer, dem dieses Feld gehörte, hatte es rechteckig angelegt. Die kurze nur 300 m lange Seite grenzte an die Autobahn und den Rastplatz. Die lange Seite führte von der Autobahn in Richtung Norden und stieß nach 800 Metern auf einen kleinen Feldweg. Der Bauer, der diese Einteilung so vorgenommen hatte, saß auf seinem Fendt Traktor und zog einen Drei-Schar-Volldrehpflug hinter sich her, mit dem er die gelben Stoppeln vergrub und duftende schwarze, von Regenwürmern durchsetzte, Erde an die Oberfläche brachte. Er hieß Ludger Kleikamm und war gerade dabei, die letzte Pflugfurche zu ziehen. Danach musste er nur noch das Vorgewende pflügen und dann würde er zu seinem Hof fahren, der nur etwa drei Kilometer entfernt war. Vorgewende nennt der Fachmann die letzten 10 bis 15 Meter eines Feldes, auf denen der Trecker den Pflug aus der Erde hebt, wendet, den Pflug dreht und sich wieder in die Furche einfädelt. Damit der Traktor nicht ständig im frisch gepflügten Boden wenden muss, werden diese Feldenden erst ganz am Schluss bearbeitet. Ludger Kleikamm war es gewohnt, dass leere Getränkedosen, verklebte Pornohefte, Lumpen und Benzinkanister am Zaun des Rastplatzes auf seinem Acker lagen, aber als er jetzt die letzte Furche am Zaun zog, näherte sich das rechte Vorderrad seines Traktors einem schwarzen Koffer. Ludger hatte schon öfter angehalten und sich die Dinge, die andere Leute wegwarfen, näher angesehen und so hielt er auch dieses Mal den 90 PS-Motor an, stieß die Tür der Kabine auf und sprang in die noch feuchte Erde. Er nahm den Koffer auf, besah ihn kurz von allen Seiten und verstaute ihn ohne weiter darüber nachzudenken hinter seinem Sitz neben der braunen Kunstledertasche, in der ihm seine Mutter Butterbrote mitgegeben hatte, die er schon in der zweiten Pflugfurche beerdigt hatte. Nie würde seine Mutter es begreifen, dass er ihre vor Fett triefenden, matschig weichen Butterbrote nicht mochte. Dann zog er die Furche zu Ende, hob den Pflug aus der Erde und fuhr nach Norden zum Ende des Feldes, um von dort zu seinem Hof zu fahren.

15

Ludger Kleikamm war 39 Jahre alt. Er war als einziges Kind seiner Eltern auf einem kleinen landwirtschaftlichen Betrieb in der Nähe der Stadt Lohne aufgewachsen. Als er 14 war erbte sein Vater von einer Tante einen heruntergekommenen aber mit wesentlich mehr Landfläche ausgestatteten Hof bei Hude, das etwa 80 km nördlich von seiner Geburtsstadt lag. Wenn diese Distanz auf den ersten Blick auch recht klein erscheint, so lagen für Ludger dazwischen doch Welten. Die Kleikamms zogen von dem pechschwarzen, streng katholischen Lohne in die Diaspora. Der Norden war durch und durch protestantisch. Dem jungen Ludger kam es anfangs so vor, als träfen sich die Katholiken nur konspirativ in Holzbaracken wie zu Zeiten der Christenverfolgung. Auch seine streng religiösen Eltern konnten sich mit dem Pastor und dem ungewohnt kleinen und schlichten Gotteshaus Ihrer neuen Gemeinde nicht anfreunden und so stellten sie schließlich ihre sonntäglichen Gottesdienstbesuche ein und verfolgten stattdessen die Live-Übertragungen der heiligen Messe im öffentlich rechtlichen Fernsehen. Als Ludger 18 war, starb sein Vater. Er lag morgens leblos neben seiner Frau im Bett. Als Ludger seine Mutter schluchzen hörte, war er sofort ins Schlafzimmer seiner Eltern gelaufen und dort sah er seinen Vater auf dem Rücken liegend und an die Decke starrend. Seine Haut war wächsern und von der gelblichen Farbe eines Suppenhuhns und in der Sekunde des Todes hatte sich ein ganz leichtes Lächeln auf seine Lippen gebrannt. Er wurde in Lohne beerdigt mit einer feierlichen Beisetzungs-Messe in St. Gertrud und auf seinem Grabstein stand: „Zu ruhn in Heimaterde, war sein letzter Wunsch." So wie er es sich selbst nie verziehen hatte, so hasste auch Ludger seinen Vater dafür, dass sie aus ihrer Heimat weggezogen waren. Jetzt bewirtschaftete Ludger den Betrieb mit 45 Hektar Landfläche, einem Stall für 90 Mastbullen und zwei Hähnchenställen für jeweils 40.000 Masthähnchen. Von einer einspurigen asphaltierten Straße ging die mit Schotter befestigte Hofeinfahrt ab. Nach der 120 m langen von Pappeln gesäumten Zufahrt gelangte man auf die Hofstelle. Rechts stand das im Jahre 1904 erbaute Wohnhaus, links der Maschinenschuppen und in der Mitte der Bullenstall. Der Platz davor war so groß, dass ein Viehtransporter bequem wenden und rangieren konnte. Die Hähnchenställe lagen in 150 m Entfernung in östlicher Richtung. Da der Wind meistens aus Westen kam, lagen die Ställe im Osten, damit der süßliche Hähnchengeruch nicht ständig über dem Anwesen lag. Ludger parkte den Traktor vor der Maschinenhalle, stellte den Motor aus und ließ den Pflug langsam auf die Erde sinken. Der Traktor ächzte erleichtert, als der schwere Pflug endlich den Boden erreicht und ihn von seiner Last erleichtert hatte. Ludger sprang vom Trecker und lief ins Haus. Er freute sich auf eine Tasse Kaffee. Hunger hatte er zwar auch, aber er würde nichts essen, weil ihn seine Mutter sonst fragen würde, ob ihm die mitgegebenen Brote nicht gereicht hätten. In der Küche wartete seine Mutter bereits am gedeckten Tisch. Es war ein Ritual, dass täglich um 9.00 Uhr nach dem Füttern der Tiere gefrühstückt wurde. Mittagessen gab es um 12.00 Uhr, Kaffee um 15.00 Uhr und Abendbrot um 18.30 Uhr. Seit er denken konnte wurden die drei

Hauptmahlzeiten mit zwei Gebeten, einem Tischgebet und dem „Gegrüßet seist du Maria", begonnen und mit zwei Gebeten, einem Tischgebet und dem „Vater Unser" beendet. Nur die Kaffeepause war von diesem Ritus ausgenommen. Ludger wusste nicht warum, er vermutete lediglich, dass Jesus weder Tee noch Kaffee getrunken hatte. Seine Mutter trug ihre drahtigen grauen Haare zusammengeknotet in einem Dutt auf dem Hinterkopf. Sie trug eine hellblaue Kittelschürze und einen grauen Rock. Verschiedene Wickeln waren um ihre offenen Beine gebunden und sie trug braune Cord-Pantoffeln. Ludger setzte sich an seinen Platz auf der Eckbank an einer Längsseite des Tisches. Seine Mutter saß ihm gegenüber. Sein Vater hatte immer am Kopfende gesessen und eigentlich hatte Ludger erwartet, dass er nach seinem Tod auf diesen Platz befördert würde, aber er blieb der kleine Junge, der auf der Bank zu sitzen hatte. Ludger schenkte sich Kaffee ein, gab einen Schuss Milch dazu und rührte das ganze einige Male um. Dann trank er. „Schlürf nicht so Junge." Ludger ignorierte die Bemerkung seiner Mutter. Er schlürfte nicht und soweit er sich erinnern konnte, hatte er auch noch nie geschlürft, aber seine Mutter versprühte solche Kommentare aus irgendeinem Automatismus heraus, der nicht zu stoppen war. „Und hast du den Acker schwarz gemacht?"

„Ja."

„Haben die Brote geschmeckt?"

„Ja, lecker." So ging das seit Jahren. Die Brote bekam er nicht runter, aber es war unmöglich seiner Mutter zu sagen, dass er sie nicht mochte. Sie wäre zutiefst gekränkt, würde behaupten, dass nichts gut genug für ihn sei, dann würde sie weinen: „Oh wenn doch sein seliger Vater noch da wäre!" Und am Ende würde sie eine Eintragung in ihr kleines Buch der Sünden machen, das sie zweimal im Jahr zu Weihnachten und Ostern dem Pastor in St.Gertrud in Lohne zur Beichte vortrug. Ludger hatte schon in frühester Kindheit gelernt, dass es besser war, sich das alles zu ersparen und so lebte er mit dieser Frau zusammen in einem Albtraum aus Ekel und Hass.

Die ersten Jahre nach dem Umzug waren sehr schwer für die Familie. Ludger fand kaum Freunde und seine Eltern keinen Anschluss in der Nachbarschaft. In Lohne bestand ihr spärlicher Freundeskreis aus Kollegen im Kirchvorstand und Schützenbrüdern. Überhaupt das Lohner Schützenfest, das jedes Jahr am zweiten Wochenende im Juli stattfand, war das größte für Ludger und seinen Vater. Ludger kam es immer so vor, als ob die gesamte männliche Bevölkerung Lohnes sich einmal im Jahr in ihre Schützenuniform warf und gemeinsam für 5 Tage Soldat spielte. Die Bataillone marschierten zu praller Marschmusik durch die Stadt und trafen sich in St. Gertrud zur feierlichen Schützenmesse. Ludger liebte diese Messe. Die meist schon angetrunkenen Schützenbrüder schmetterten katholische Evergreens wie „Ein Haus voll Glorie schauet" und „Großer Gott wir loben dich", dass die Kirchbänke bebten. Ludger bekam dann eine Gänsehaut und auch sein Vater war wie verwandelt. Er lachte, schunkelte und tanzte in den Festzelten. Er gab seinem Sohn Geld für Eis und Cola und kam erst spät in der Nacht nach Hause. Dann erwartete ihn regelmäßig ein Donnerwetter seiner Frau und Ludger vernahm in seinem Bett Worte wie Sünde,

Schuld und Buße und dachte für sich: „Lass dich nicht unterkriegen, gib's ihr!". Sein Vater hatte Ludger immer versprochen, dass er sobald er 16 sei, in die Schützenbruderschaft aufgenommen werde und mitfeiern dürfe. Aber dann zogen sie fort, zwei Jahre bevor er 16 wurde. Das hatte er seinem Vater nie verziehen.

Ludger schob sich von der Eckbank schlüpfte in seine Arbeitsstiefel und meldete seiner Mutter, dass er den Pflug mit dem Hochdruckreiniger sauber spritzen wolle. Der Hochdruckreiniger stand in der Maschinenhalle. Ludger schloss den Schlauch am Wasserhahn an, drehte den Hahn auf und kippte den Hauptschalter des Gerätes auf ON. Der Reiniger brummte los und baute den nötigen Druck auf. Ludger nahm die Sprühpistole und richtete sie auf das erste der sechs lehmig verschmutzten Pflugschare. Die Sprühpistole war eher ein Sprühgewehr. Es gab einen Handgriff mit Taster zum Auslösen des Hochdruckstrahls und wenn Ludger diesen drückte, fühlte er sich, als ob er den Abzug eines Maschinengewehres durchzöge. Unter dem Dreck tauchten die Pflugschare blank poliert und glitzernd auf. Ludger benötigte nicht einmal zehn Minuten für die Reinigung des Pfluges. Zum Schluss sprühte er noch die Heckscheibe und untere Kabinenscheibe ab, die während der Arbeit auf dem Feld komplett zugestaubt waren. Dann löste er seine Hand vom Griff der Hochdruck-Kanone und begutachtete seine Arbeit. Durch das saubere, noch tropfende Glas sah er die braune Butterbrotstasche und daneben diesen schwarzen Koffer, den er am Zaun zum Rastplatz aufgelesen hatte. An den Koffer hatte er gar nicht mehr gedacht, aber jetzt wurde er doch neugierig, kletterte auf den Traktor und nahm den mysteriösen Koffer an sich.

Zur gleichen Zeit hielt auf dem Feldweg vor Ludger Kleikamms frisch gepflügtem Acker ein schwarzer BMW. Igor und Rufus stiegen aus und hielten sich wie zwei Indianer die Hände gegen die langsam tiefer wandernde Sonne schützend über die Augen. Sie spähten in Richtung Rastplatz und Autobahn, aber natürlich war aus dieser Entfernung von einem Koffer nichts zu sehen.

„Gut, bringen wir es hinter uns." Rufus schaute seinen Freund auffordernd an. Igor erwiderte seinen Blick ungläubig: „Ich sehe keinen Weg. Meinst du etwa ich laufe mit diesen Schuhen durch den Dreck?"

„Komm schon jetzt stell dich nicht so an. Wir haben schon genug Zeit verloren, weil du nicht über den Zaun klettern wolltest. Es hat ja wohl lange genug gedauert bis wir diesen Acker gefunden haben!"

„Warum gehst du nicht alleine?"

„Igor, nur mal angenommen, ich komme ohne Koffer zurück. Würdest du mir glauben, dass ich ihn nicht gefunden habe?"

„Ich würde dich erschießen."

„Na also, um uns das zu ersparen, komm jetzt mit." Die beiden stapften los und versanken bei jedem Schritt bis zu den Knöcheln in der aufgelockerten Erde. Igor untermalte die gesamte Strecke mit leisen russischen Flüchen, die sich sehr melodisch anhörten, wie Rufus fand. Am Ende des Ackers gingen sie an der Rückseite des Zaunes zum Rastplatz entlang und suchten die Stelle an der der durchgeknallte Familienvater den Koffer herüber geworfen hatte. Als sie etwa zwei Drittel des Zaunes abgelaufen hatten, hielt Igor an und sagte: „Hier ist es. Hier hat der Verrückte den Koffer herübergeworfen." Rufus starrte Igor verwirrt an: „Hier ist es? Wie kommst du darauf?"

„Sieh doch hier kann man ein wenig durch das Grünzeug im Zaun hindurchsehen. Genau da drüben habe ich dem Spinner ein paar Hiebe verpasst. Er ist übrigens nach Hause gefahren. Der Wagen ist weg."

„Gut, dann erkläre mir eins: Wenn es hier war, wo ist dann der Koffer?"

„Der Koffer? Der Koffer muss hier irgendwo liegen. Er kann ja nicht weggelaufen sein." Igor fing an sich wild zu drehen und hin und her zu springen, während Rufus sich auf den schmalen Grünstreifen, den der Pflug verschont hatte, setzte und sich an den Zaun lehnte. Kopf schüttelnd beobachtete er Igor. Der stampfte mit seinen teuren Lloyd-Schuhen in der braunen Erde und stieß einen fürchterlichen Urschrei aus. Dann setzte er sich zu Rufus, begrub sein Gesicht zwischen seinen Knien und wimmerte vor sich hin: „Das darf nicht wahr sein. Der Scheiß-Koffer ist schon wieder weg. Was sollen wir jetzt bloß machen? Rigatschow reißt uns den Kopf ab."

„Warte Igor, warte. Mir fällt da was ein." Igor hob ruckartig seinen Kopf und schaute seinen Freund hoffnungsvoll an. „Als du den armen Max in die Mangel genommen hast, war ich pinkeln. Erinnerst du dich?"

„Ja, ja und weiter?"

„Na ja, natürlich war ich nicht in diesem WC-Häuschen sondern habe direkt dahinter die Büsche gewässert."

„Komm zur Sache Mann!"

„Auch an der Stelle konnte man einen Blick durch den Zaun werfen und da habe ich gesehen, wie ein grüner Traktor diesen Acker hier gepflügt hat."

„Aha und du meinst, der Traktorist hat den Koffer gefunden und mit nach Hause genommen?"

„Exakt, nur bei uns gibt es keine Traktoristen, sondern das sind meistens die Betriebsleiter persönlich, die da auf den Maschinen sitzen."

„Was spielt das für eine Rolle? Los finden wir den Mann." Dafür dass Igor kurz vor der Verzweiflung stand, hatte er sich jetzt wieder vollkommen unter Kontrolle. Er stand auf und half Rufus hoch. Dann klopft er ihm die lose Erde vom Hemd und die beiden machten sich auf den Weg zurück zum Wagen.

16

Ludger Kleikamm hatte sein Fundstück, den schwarzen Lederkoffer, in der Maschinenhalle auf den Boden gelegt. Aus der Sprühpistole des Hochdruckreinigers spritzte noch ein feiner Wasserstrahl auf den Hof, während ein stetig leiser werdendes Zischen den allmählichen Druckabbau des Reinigers begleitete. Ludger hatte sich vor den Koffer gekniet und die beiden Verschlüsse mit seinen Daumen geöffnet. Sie waren nicht verschlossen. Dann hob er den Deckel des Koffers an und seine Augen sogen sich an den gelblichen grünen Dollarbündeln fest. Blitze zuckten in seinem Gehirn, die Glocken von St.Gertrud läuteten, der Himmel verfinsterte sich und ein brüllender Sturm durchtoste seine Gedanken. Hier saß Ludger Kleikamm, Sohn aus katholischem Hause, gefangen auf einem Bauernhof mit einer Mutter, die er abgrundtief verachtete und vor ihm lag der Ausstieg aus diesem Leben, der Fahrstuhl, der ihn ans Licht befördern würde. Dieser Koffer war für ihn die Hand Gottes, die er ihm reichte, um ihn aus seinem muffigen Leben und seiner vermodernden Familie zu reißen. Ja er glaubte an Gott. Er hatte immer geglaubt und gehofft, dass nach all dem Beten und Auf-den-Knien-Rutschen in den Kirchen der liebe Gott irgendwann etwas für ihn tun würde, ihm einen Wink geben, einen Fahrstuhl ins Paradies schicken würde. Heute war dieser Tag. Der Tag der Erlösung. Diesen Koffer würde er nicht mehr loslassen. Wie an der Schwelle zum Tod wirbelten die Bilder seines bisherigen Lebens an ihm vorbei. Er sah die staubigen Kindergeburtstage, die Schützenfeste, lä-

chelnde Mädchen, dann junge Frauen mit ihren Kör-
pern, die für ihn stets nichts als Sünde waren. Nie hatte
er eine richtige Freundin gehabt – alles Sünde. Er sah
seinen toten Vater mit dem versteinerten Lächeln. Ja der
Vater hatte seinen Frieden gefunden und hatte ihn zurückgelassen mit den stinkenden Viechern, den staubigen Feldern und der unerbittlichen Mutter.

„LUDGER!" Als er die krächzende Stimme seiner
Mutter hörte, richtete sich Ludger reflexartig auf. Ja sie
hatte ihn im Griff. Sie rief mit ihrer schneidenden Krä-
henstimme und sein Körper reagierte. Er war bis zu den
Ellbogen in den Koffer gerutscht. Geldscheine klebten
an seinen feuchten Unterarmen. Er schüttelte sie ab, verschloss den Koffer hastig und schon spürte er seine
Mutter direkt hinter sich. „Was hast du da?"

„Ach irgend so ein Koffer. Ich habe ihn beim Rastplatz gefunden. Du weißt doch die Leute werfen immer
wieder Müll über den Zaun."

„Wie Müll sieht das aber nicht aus." Jetzt war ihre
Neugier geweckt.

„Richtig, deswegen werde ich ihn auch zum Fundbüro bringen."

Seine Mutter gab sich damit nicht zufrieden: „Was
ist denn drin?" Dabei lugte sie über Ludgers Schulter
und versuchte sich an ihm vorbei zu drängeln. Ludger
ergriff energisch den Griff des Koffers, stand auf und
ging über den Hof in Richtung Wohnhaus: „Keine Ahnung. Er ist verschlossen." Ein leichter Ostwind wehte
und legte einen Schleier aus feinem Staub aus den
Hähnchenställen über den Hof. Ein widerliches Aroma
aus Hühnerkot und dem süßlichen Gummibärchen-Ge-
ruch des Futters durchströmte die Luft. Leise konnte

man das Summen der Abluftventilatoren hören. Alles war automatisch vom Klimacomputer geregelt. In den heißen Sommertagen liefen die Ventilatoren auf Hochtouren. Die Tiere waren sehr empfindlich. 40.000 Hähnchen in einem Stall tolerieren keine großen Temperaturschwankungen. Bei der kleinsten Störung löste der Computer daher einen Alarm aus. Dann ertönte ein Signalhorn draußen am Stall und eine gelbe Rundum-Leuchte begann sich an der Giebelspitze des Stallgebäudes zu drehen. Ludger ging auf sein Zimmer und zog seinen blauen Overall aus. Den Koffer warf er auf sein Bett. Als er nackt war, nahm er den Koffer und ging über die knarzenden Holzdielen des Korridors ins Bad. Er schob die Tür der Duschkabine auf, stellte den Koffer direkt vor der Dusche ab und schlüpfte unter einen wohlig warmen Wasserstrahl. Er wollte heiß duschen, den ganzen Dreck des Ackers abwaschen und seinen Körper von den Worten und Blicken seiner Mutter reinigen. Der Koffer würde ihn hinausbringen. Immer wieder blickte er durch das Glas der Kabinentür auf die verschwommenen schwarzen Umrisse des Koffers. Bis er plötzlich bemerkte, wie sich der Schatten der Badezimmertür langsam über das milchige Glas schob.

„Ludger, warum duscht du denn so früh?" Seine Mutter schob ihren Kopf langsam in den dunstigen Raum, der von Nebelschwaden erfüllt war. „Und warum hast du diesen Koffer mit hier herein genommen?" Das war zu viel. Diese neugierige Alte. „RAUS, MUTTER, RAUS!" Seine Stimme überschlug sich. Seine Mutter zuckte zusammen und verschwand. Ludger drehte das Wasser ab, stieg aus der Dusche und griff nach einem Handtuch. Er ließ den Koffer nicht aus den

Augen. Er musste fort von hier, heute war sein Tag. Er beschloss in die Stadt zu fahren, nach Bremen und vielleicht würde er nicht mehr zurückkommen.

17

Nachdem Rufus und Igor ihren Wagen auf dem Feldweg erreicht und sich die Schuhe auf dem festgefahrenem Schotter abgetreten hatten, standen sie vor der Frage, wo und in welcher Richtung sie nach einem grünen Traktor suchen sollten. Glücklicherweise polterte aus der Richtung aus der auch sie gekommen waren ein großer roter Traktor auf sie zu, der einen schaukelnden Anhänger hinter sich her zog. Rufus zog Igor zu sich und sagte: „Vielleicht darf ich dieses Mal zuerst mein Glück versuchen, o.k.?" Igor hob abwehrend die Hände und ließ Rufus den Vortritt. Rufus stellte sich mitten auf den Feldweg, der Traktor stoppte. Rufus ging um das mächtige Gefährt herum und kletterte die drei eisernen Tritte zur Kabine hinauf. Er zog die Kabinentür auf und ein breites „Moin" schallte ihm entgegen. Rufus gab sich Mühe sehr höflich zu sein und einen seriösen Eindruck zu machen: „Guten Morgen. Leider kennen mein Kollege und ich uns hier nicht besonders gut aus und da wollten wir sie fragen, ob sie uns vielleicht weiter helfen können?" Der Sitz des Mannes war sehr gut gefedert und schaukelte immer noch leicht von der abrupten Bremsung. Rufus schätzte den Mann auf etwa sechzig. Er trug einen Vollbart, zottelige Haare und eine blaue Latzhose, die ziemlich verdreckt war. Der Mann kaute etwas, was Rufus zunächst für ein Kaugummi hielt, doch als er nun mit seinem Fuß die Kabinentür zu seiner Rechten aufstieß und einen Schwall brauner zäher Flüssigkeit ausspie, wusste Rufus, dass es sich um einen Pfriem Kautabak handelte. Der Mann antwortete nun mit tiefer Stimme und dem deutlich hörbaren Bemühen,

Hochdeutsch zu sprechen: „Ich weiß nicht, ob ich so feinen Leuten helfen kann." Dabei musterte er Rufus und Igor von oben bis unten mit abschätzigem Blick. „Wissen sie, wir sind von der unteren Naturschutzbehörde und untersuchen diesen Acker wegen seiner Nähe zur Autobahn. Wissen sie vielleicht, wo der Landwirt wohnt, dem diese Fläche hier gehört?" Igor verstand nicht, was Rufus da faselte und runzelte ungeduldig die Stirn. Aber er holte eine Zigarettenschachtel aus seiner Jacke, durchsuchte seine Taschen bis er einen alten Kassenbon fand und legte dessen unbeschriebene Rückseite über die Schachtel. Dann zauberte er einen Kugelschreiber hervor und hielt sich bereit die Adresse des wahnsinnigen Bauern zu notieren, der den Koffer entwendet hatte. Rufus' Gesprächspartner erwies sich als zäh und raunte durch seinen filzigen Bart: „Naturschutzbehörde? Seid ihr Grüne oder was? Was wollt ihr denn von dem?"

„Na ja, es geht um den Bauantrag den der Mann gestellt hat." Beim Wort Bauantrag weiteten sich die Pupillen des Bärtigen: „Sag bloß der Kleikamm will schon wieder bauen. Das gibt es doch gar nicht. Der kommt hierher von irgendwo, ist auch noch katholisch und zieht einen Hähnchenstall nach dem anderen hoch!" Rufus überraschte der spontane Gefühlsausbruch des Mannes. Aber immerhin war seine Taktik aufgegangen. Neid und Missgunst waren weit verbreitet unter der Landbevölkerung. Das hatte ihm schon sein Onkel beigebracht, der mit dem Zuckerrübenanbau in der Kölner Bucht reich geworden war. Igor hatte den Namen Kleikamm auf seinem Zettelchen notiert und erwartete weitere Informationen. Der Bärtige schnaufte und spie noch eine Ladung ekelhaften braunen Auswurfs durch die Tür auf die staubige Schotterpiste. Rufus ergriff wieder das Wort: „Genau zu Herrn Kleikamm möchten wir. Können sie uns sagen, wie wir ihn finden?" Der Zottelbart nickte, nannte einige links und rechts Kurven und die Adresse des Mannes, dessen vollen Namen er mit Ludger Kleikamm angab. Rufus bedankte sich höflich und kletterte wieder von dem Traktor herunter. Der Alte warf noch einen grimmigen Blick von seinem Gefährt und fuhr weiter. Igor zog seine Mundwinkel nach unten und schaute Rufus anerkennend an.

„Sag mal, was war das denn? Untere Naturschutzbehörde?"

„Igor, ich war Beamter. Während meiner Ausbildung musste ich mich auch mit Deutschlands Verwaltungsstruktur beschäftigen. Da lernt man so etwas." Sie stiegen in den BMW und folgten dem roten Traktor im Schritttempo. Ein feiner grauer Schleier aus Staub legte sich auf die leise vibrierende Motorhaube. Igor trippelte ungeduldig mit seinen Fingern auf dem Lenkrad als sich sein Mobiltelefon meldete. Tschingis Rigatschow, der Mittagessen, Kaffee und Wodka hinter sich gebracht hatte, ließ sich gerade von Boris nach Hause fahren. Ungeduldig lauschte er in sein winziges Handy und erwartete endlich gute Nachrichten von Igor und Rufus Bloch zu hören. Wenn sie den Koffer immer noch nicht zurück haben sollten, würde er Wladimir Lipkow benachrichtigen müssen und das wollte er tunlichst vermeiden. Endlich vernahm er das vertraute „sluschaju – ich höre" und gespannt erkundigte er sich: „Igor, wo ist der Koffer?"

„Bei einem Bauern." Igor wechselte einen nervösen Blick mit Rufus. Ausgerechnet so kurz bevor sie den

Koffer wieder bekommen würden, musste Rigatschow anrufen.

„Das ist nicht die Antwort, die ich hören möchte." Rigatschows Stimme erhob sich und er registrierte Boris' neugierigen Blick im Rückspiegel.

Igor blieb ruhig. Es konnte jetzt nichts mehr schief gehen, auch wenn sie nur im Schneckentempo hinter diesem verdammten Tabakfresser herschlichen: „Ich weiß, aber es besteht kein Grund zur Beunruhigung. Wir wissen, wer den Koffer hat und wo er sich im Moment aufhält. In einer Stunde ist alles vorbei und wir sind auf dem Weg nach Holland."

„Wo seid ihr genau und wie heißt der Mann, den ihr sucht?"

„Wir sind in der Nähe von Hude. Der Bauer heißt Ludger Kleikamm."

Rigatschow kritzelte den Namen in ein kleines Notizbuch und las ihn sich noch einmal laut vor, um zu überprüfen, ob die Reihe kyrillischer Buchstaben, die er notiert hatte, mit der deutschen Aussprache des Namens übereinstimmte. Zu Igor sagte er dann: „Wenn ihr den Koffer habt, sucht ihr euch ein Hotel. Ihr fahrt heute nicht mehr nach Holland."

„Umso besser, schauen wir uns Oldenburg an." Igor wollte ein wenig Heiterkeit in das Gespräch bringen, was bei Rigatschow aber auf Unverständnis stieß: "Ihr schaut euch gar nichts an. Ihr nehmt euch ein Doppelzimmer, meinetwegen die Hochzeitssuite, und überprüft den Inhalt des Koffers. Danach schlaft ihr wie zwei brave Schwestern mit dem Koffer in eurer Mitte. In einer Stunde melde ich mich wieder." Rigatschow verstand das alles nicht. Auf Igor war normalerweise Verlass und auch der Deutsche war ein zuverlässiger Kerl. Waren die beiden wirklich so dumm oder war irgendwer ernsthaft hinter dem Koffer her? Er schaute aus dem Fenster. Am Himmel von Berlin zogen dunkle Gewitterwolken auf und er verspürte ein seichtes Kribbeln auf seinen Wangen wie wenn kleine Ameisen über die Bartstoppeln huschten. Aber die Ursache war etwas anderes. Es waren die Blicke Boris' die vom Rückspiegel in sein Gesicht fielen und ihn ernsthaft zu stören begannen.

18

Boris Ilischin hatte es schon lange satt, den Lakaien für Rigatschow zu spielen. Für diesen aufgeblasenen Kirgisen, der sich bei seinen Untergebenen keinen wahren Respekt verschaffen konnte, hatte Boris nichts als Verachtung übrig. Er würde ganz anders an solche Fälle wie dieses Koffer-Problem herangehen. Er würde sich mit den beiden Versagern treffen, ihnen zwei Kugeln in den Kopf jagen und sich dann in aller Ruhe den Koffer zurückholen und jeder, der den Koffer in der Zwischenzeit berührt hätte, sollte verdammt sein. Doch er konnte auf keinen Fall auf eigene Faust und ohne Rückendeckung handeln. Deshalb hockte er nun in der Tiefgarage unter der Residenz Rigatschows und überprüfte die Zuverlässigkeit der Verbindung auf dem Display seines Handys. Obwohl er zwei Meter unter der Erde saß, umgeben von 40 Zentimeter dicken Betonwänden, war das Anrufsignal klar und deutlich. Rigatschow pflegte nach solchen Tagen im Dampfbad zu entspannen und ließ sich von vollbusigen Mädchen mit Birkenzweigen den hageren Rücken peitschen. Boris wartete geduldig einige Sekunden, bis sich in Minsk die sanfte Stimme von Nadja meldete. Boris machte nicht viele Worte und ließ sich gleich zu dem ehrenwerten Victor durchstellen. Er war kein Mann für Smalltalk oder Flirten mit blumigen Phrasen. Er stellte sich oft vor, wie er Nadja auf ihrem Schreibtisch nehmen würde. Schweißperlen würden sich auf seinem rasierten Schädel bilden, während seine Lenden im wilden Stakkato Nadja bearbeiteten. Dann würde er sie weinend und entehrt zurücklassen. Eine Sache von ein paar Minuten. Wozu brauchte man Gefühle für diesen einfachen viehischen Akt? Er war nie geliebt worden und so würde es auch bleiben. Victor Iwanowitsch war kurz angebunden. Er wusste, dass Boris sich in der untersten Kaste seiner Organisation befand und nun wollte er sich durch Verrat hocharbeiten. Victor liebte den Verrat, doch er hasste den Verräter. Boris dagegen bewunderte Victor und vor allem den Professor. Er war Juri nie begegnet, doch nach allem, was er gehört hatte, war er das Vorbild für konsequentes und skrupelloses Handeln. Boris flüsterte Namen und Adresse eines Deutschen durch die Leitung. Das Gespräch dauerte nicht mal eine Minute. Victor ließ die Informationen direkt an Juri weiterleiten, der inzwischen in Hamburg gelandet war. Danach lehnte er sich in seinem Ledersessel zurück und entflammte den Stumpen einer Zigarre, nahm einen tiefen Zug und fasste den Entschluss, dass es an der Zeit sei, einmal unter vier Augen mit Wladimir Lipkow zu sprechen.

19

Der alte Eichenschrank hatte links eine Tür hinter der sich Fächer gefüllt mit Unterwäsche, Socken und Pullovern befanden und rechts eine Tür hinter der Hemden, Jacken und Mäntel auf Bügeln aufgehängt waren. Zwischen den beiden Türen befand sich ein mannshoher Spiegel, in dem sich Ludger Kleikamm betrachtete. Er war bereit für den Aufbruch. Er trug eine schwarze Cordhose, ein weißes, gut gestärktes Hemd und ein bordeaux rotes Jackett. Seine naturkrausen Haare waren frisch gewaschen und geföhnt und zufrieden glitt sein Blick an seinem Spiegelbild herab und blieb an dem Koffer hängen, dessen Griff er fest mit der rechten Hand umklammerte. Er hatte sich 1000 Dollar aus dem Koffer genommen und in die Hosentasche gesteckt. Unterhalb des Griffes verschwamm das Bild des Koffers. Der Spiegel war hier gesplittert und die Bruchstücke bildeten die Form eines Spinnennetzes. Dort hatte er im Alter von sechzehn Jahren aus Wut mit der Faust gegen geschlagen. Seine Mutter hatte ihm verboten mit seinen gerade neu gewonnenen Freunden zum Osterfeuer zu gehen, dass hier im Norden bei den Protestanten von Discomusik und Bierausschank begleitet wurde. Die Alte schimpfte und zeterte, was für eine Gotteslästerung es sei, dass heilige Osterfest derart heidnisch zu entweihen. Seine Freunde fuhren ohne ihn und er hatte sich weinend in seiner Kammer eingeschlossen und seinen Zorn an dem Spiegel ausgelassen. Das war die Vergangenheit. Heute wollte er endgültig abrechnen und auf sein bisheriges Leben spucken. Er lächelte sich siegessicher zu, bis sein Blick auf das Kruzifix fiel, das hinter ihm an der Wand hing und ihm im Spiegel sein Lächeln nahm. Seit so vielen Jahren zermarterte er sich das Gehirn und fragte sich, wie er den Sinn des Lebens in einer hageren Gestalt, die an ein Kreuz genagelt, kläglich zugrunde geht, finden sollte. Wozu all die Demut und Ehrfurcht? Und warum galt das alles nur für ihn, während sich die anderen über all die Jahre herrlich amüsierten und ihr Leben genossen, vollkommen frei von Angst vor der Hölle und ewiger Verdammnis? Vielleicht würde ihm diese Nacht eine Antwort darauf geben. Er senkte seinen Blick, prüfte den Glanz seiner polierten Schuhe und ging über den Korridor in die große Diele, in der das Telefon auf einer alten Truhe stand. Er nahm den Hörer ab und wählte die Nummer der Auskunft. Eine nette junge Dame meldete sich und er ließ sich gleich weiterverbinden mit einem Huder Taxi Unternehmen. Er legte auf, drehte sich um und zuckte erschrocken zusammen. „Wo fährst du denn hin, mit einem Taxi?" Seine Mutter hatte sich angeschlichen und mal wieder gelauscht. Es überraschte Ludger immer wieder, wie diese humpelnde alte Frau so lautlos über die Fliesen gleiten konnte. Ihm fiel keine plausible Ausrede ein und er antwortete: „Ich fahre Weg."

„Wohin?"

„Weg halt." Er musste raus. „Das Taxi ist gleich da, ich gehe ihm entgegen." Er ging zielstrebig auf die Haustür zu, die eigentlich nie benutzt wurde, da Besuch nur sehr selten und wenn dann über die Tür im Hauswirtschaftsraum hereinkam. Seine Mutter hielt ihn am Arm und sagte: „Aber Junge, du kannst doch nicht mitten in der Woche ausgehen. Wohin in Gottes Namen willst du denn fahren?" Ludger riss sich los, starrte seiner Mutter ins Gesicht und brüllte: „Ich fahre nicht in Gottes Namen! Dieses eine Mal nicht! Und jetzt lass mich gehen!" Ludgers Mutter ließ den Ärmel seines Sakkos los und bekreuzigte sich hastig. In dem wütend funkelnden Blick hatte sie etwas Böses gesehen, das sie erschreckt und aus der Fassung gebracht hatte. Ludger hatte das Haus verlassen. Die Mutter stürzte zur noch auf stehenden Tür und rief ihrem Sohn hinterher: „Um Gottes Willen, versündige dich nur nicht, Junge!" Das war das Letzte, was er von ihr hören sollte. Schon auf der Hofeinfahrt kam ihm das Taxi entgegen. Er setzte sich neben den Fahrer, stellte den Koffer auf seinen Knien ab, nickte dem Fahrer zu und sagte: „Nach Bremen."

Hubert Knutt fuhr seit 28 Jahren Taxi in Bremen. Er hatte sich im Laufe der Jahre eine treffsichere Menschenkenntnis angeeignet und der Blick in den Innenspiegel verriet ihm an diesem Abend, dass er sich einen besonders seltenen Vogel eingefangen hatte. Sie glitten bereits über die Hochstraße in Bremen und erreichten die Weserbrücke. Rechts türmten sich mehrere Stockwerke hoch die Bierkästen der Becks Brauerei. Ludger Kleikamm starrte aus dem Fenster ohne etwas zu sehen.

„Wo soll es denn jetzt hingehen?" Ludger Kleikamm löste sich aus seiner Verspannung und schaute zu dem Fahrer nach vorne: „Wie bitte?"

„Wo es jetzt hingehen soll? Erst jetzt meldeten Ludgers Augen wieder klare Signale an sein abwesendes Hirn und Ludger erinnerte sich, dass er in die Stadt un-

terwegs war. Sein Tag der Abrechnung war da. Den Taxifahrer schätzte Ludger auf etwa 50 bis 55 Jahre. Er
trug sein schütteres graues Haar nach rechts gescheitelt
und steckte in einer braunen Wildlederjacke, die offensichtlich genauso viele Dienstjahre auf dem Buckel
hatte wie der Mann, der in ihr steckte. Der Mann sah
seriös aus. Vielleicht würde er ihn noch brauchen können.

„Was können Sie einem Mann empfehlen, der etwas
erleben möchte?" Bei dieser Frage beugte Ludger sich
neugierig vor. Hubert Knutt kannte diese Typen. Der
Kerl kam von einem Bauernhof, wahrscheinlich Junggeselle. Seit dem er eingestiegen war, hatte sich im Wagen ein Aroma von miefigen Klamotten und Stallgeruch
ausgebreitet. Diese Typen landeten früher oder später
im Puff, da gab es keine Frage. Aber Hubert war sensi-
bel und antwortet diplomatisch: „Na ja, ich würde den
Abend zunächst mit einem Bier in geselliger Umgebung
beginnen." Da Ludger weder genau wusste, was für Erlebnisse er eigentlich suchte noch was gesellige Umgebung bedeutete, beschloss er sich diesem Taxifahrer an-
zuvertrauen: „Wissen sie was? Sie kennen sich doch aus
in Bremen. Fahren sie mich in ein Lokal, dass sie mir
empfehlen können!" Erleichterung schwang in seiner
Stimme mit. Er hatte sich so daran gewöhnt Entscheidungen in seinem Leben nicht selbst zu treffen, dass er
froh war auch diese auf jemanden abwälzen zu können.
Huber Knutt prüfte noch einmal kurz das Äußere seines
Fahrgastes im Innenspiegel. Dieser Mief, dieses unmo-
dische Hemd mit dem breiten Kragen, er wusste, wo er
ihn absetzen würde: „Gut dann schlage ich vor, ich fahre

sie zum Heartbreak Hotel." Ludger nickte ihm zufrieden im Spiegel zu und lehnte sich wieder zurück. Etwa 15 Minuten später schwenkte das Taxi in eine Straße namens Fehrfeld und hielt vor dem Heartbreak Hotel. Ludger spähte interessiert aus dem Fenster und fand Eingang und Fassade dieses Hauses ein wenig mickrig für ein „Heartbreak Hotel". Huber Knutt drehte den Zündschlüssel herum, dass sanfte Brummen des Motors verstummte.

„So da wären wir. Das macht 78 Mark." Er kramte sein großes schwarzes aus Rindsleder gefertigtes Taxifahrer-Portemonnaie hervor und drehte sich zu seinem Fahrgast um. Der lugte immer noch nach draußen und schlug skeptisch vor: „Wissen sie was, ich mache ihnen einen Vorschlag. Ich bin nicht jeden Tag in der Stadt und weiß nicht so recht, was mir gefallen könnte. Vielleicht gehe ich gleich da hinein und merke schon beim ersten Atemzug, dass ich mich in dem Laden nicht wohl fühle. Wie wäre es, wenn ich sie für den Rest des Abends buche und sie zeigen mir die Stadt ein wenig?"

So ein Angebot war nicht ungewöhnlich für Hubert Knutt. Er hatte schon oft – meist ausländische Fahrgäste – die ganze Nacht von einem Lokal zum nächsten gefahren, aber erst jetzt bemerkte er diesen Koffer, der während der ganzen Fahrt aufrecht auf dem Schoß des Mannes gestanden hatte. Ludger Kleikamm ließ die Verschlüsse aufspringen, hob den Deckel so, dass der Fahrer den Inhalt des Koffers nicht ausmachen konnte, griff hinein, schloss den Koffer und hielt Hubert Knutt fünf Einhundert Dollarnoten vor die Nase. Der Taxifahrer klappte sein Portemonnaie zu und verstaute es wieder. Seine Menschenkenntnis sagte ihm, dass zu dieser

Gestalt ganz bestimmt kein Koffer voller Dollars passte. Das schien ein interessanter Abend zu werden und da dieser Bauer ihm anscheinend vertraute, würde bestimmt auch noch ein ordentliches Trinkgeld herausspringen. Er nickte Ludger Kleikamm zu, nahm die fünf grünlichen Geldscheine entgegen und sagte: „Viel Spaß da drinnen. Ich parke hier schräg gegenüber und warte auf sie. Lassen sie sich ruhig Zeit und wenn sie den Koffer im Wagen lassen wollen, kein Problem, ich passe auf." Ludger Kleikamm lächelte ihn an, stieg aus und schlug die Tür zu. Ganz so dumm wie er aussah, war dieser Bauer doch nicht. Hubert Knutt drehte die Rückenlehne seines Sitzes zurück und schaltete sein Funkgerät aus und gönnte sich ein wenig Ruhe. Ludger Kleikamm schob mit dem Koffer in der Hand die Tür zum Heartbreak Hotel auf und fand sich in einem stockdunklen Windfang wieder. Er machte zwei Schritte vor und stieß gegen einen schweren Vorhang mit Ledersaum, der ihm den Weg in den Innenraum des Lokals versperrte. Ein wenig umständlich zwängte er sich durch den Vorhang und stolperte in den Gastraum. Ein wenig verblüfft schaute er sich um. Er war der erste Gast. Hinter der kleinen Theke putzte ein Barkeeper mit Elvisfrisur Gläser und lächelte ihm ein freundliches „N'abend" entgegen. Hinter dem Mann ragten eine Musikanlage und Stapel von CDs empor. Ansonsten wirkte das „Heartbreak Hotel" wie ein für eine Party umgeräumtes Wohnzimmer. An den Wänden klebten Mustertapeten der 50er Jahre, in der rechten Ecke stand ein altes Polstersofa und dann gab es ein paar kleine hohe Tische, an denen man auf Hockern sitzen konnte. Schließlich entschied er sich für einen Hocker. Er stellte den Koffer vor dem Sitz ab, so dass er, sobald er saß, bequem seine Füße auf den Koffer stellen konnte. Aus den Boxen dröhnte Rockmusik, die er nicht kannte. Er schaute sich die altmodischen blechernen Werbetafeln und das Spirituosensortiment an, das auf dünnen Brettern an den Wänden rund um die Bar ausgestellt war. Als er sich gerade wundern wollte, warum ihn der Barkeeper nicht bediente, rief ihm dieser zu: „Wenn du was trinken willst, kannst du hier bei mir bestellen." Ludger akzeptierte das, schälte sich wieder vom Hocker herunter und da er der einzige Gast war, huschte er ohne den Koffer rüber zur Bar und bestellte: „Ein Bier bitte." Nichts geschah bis auf dass der Bursche hinter der Theke ihn fragend anblickte und sagte: „Na was denn für eins? Flens, Heineken, Haake Beck, Becks oder Jever?" Ludger erinnerte sich, dass es in der Gaststätte in Lohne, in die ihn sein Vater manchmal mitnahm, vollkommen genügte ein Bier zu bestellen, um etwas zu trinken zu bekommen, aber hier in der Stadt war wohl alles anders. Er entschied sich für Haake Beck und beschloss sich nicht weiter darüber zu wundern, dass er kein schön gezapftes Pils bekam, sondern nur eine kleine bauchige braune Flasche. Er nahm die Flasche mit zu seinem Hocker zurück, setzte sich, legte den Flaschenhals an seine Lippen und ließ das Bier die Kehle hinunter laufen. So schmeckte die Freiheit. Jetzt fing der Abend an.

20

Kaum zwei Kilometer weiter in der kleinen düsteren Sakristei der St. Johann Propstei war Kaplan Martin Akelei um dieselbe Zeit damit beschäftigt, die goldenen Kelche für die heilige Kommunion zu polieren. Martin Akelei kam eigentlich gar nicht aus Bremen, sondern aus einer kleinen katholischen Stadt im Münsterland und war nur hier, weil er seinen alten Studienkollegen, mit dem er in Münster studiert und die Priesterweihe empfangen hatte, während seiner Abwesenheit vertrat. Sein alter Freund war Jugendpastor in der Propsteigemeinde und weilte für drei Tage auf einem Priesterseminar in Köln und da der schon über 70 jährige Oberhirte, der Propst, mit einer Lungenentzündung das Bett hüten musste, hatte sich Martin Akelei bereiterklärt, seine kleine westfälische Gemeinde für drei Tage allein zu lassen. Es gab zwar auch noch einen alten Pfarrer im Ruhestand, aber der hatte sich geweigert, vollkommen allein zurückzubleiben. Sein Freund würde dasselbe für ihn tun und ein wenig Abwechslung tat ihm ganz gut. Vor zwei Tagen war Martin Akelei also in Senden in seinen kleinen Opel Corsa gestiegen und hatte sich auf den Weg nach Bremen gemacht. Die etwa 180 km fuhr er gemütlich in zweieinhalb Stunden. Die Propstei hatte er dann relativ schnell gefunden, denn sie lag zentral direkt am Schnoorviertel Bremens. Sein Freund hatte ihm selbstverständlich seine kleine bescheidene Wohnung in der Klosterkirchstraße zur Verfügung gestellt, nur einen Steinwurf entfernt vom Gotteshaus. Die Zeit war schnell vergangen. Nach seiner Ankunft hatte er seinen Freund zum Bahnhof gebracht und war danach von dem pensionierten Pfarrer über seine Aufgaben und die Gepflogenheiten in der Gemeinde aufgeklärt worden. Ein wenig enttäuscht hatte er dann festgestellt, dass es so gut wie nichts zu tun gab. Die Gottesdienste hatte der Ruheständler übernommen, Taufen und Hochzeiten standen nicht an und auch von Beerdigungen blieb Martin verschont. Lediglich die Beichte hatte er einigen gequälten Seelen abgenommen. Die Sünden in Bremen waren ähnlich denen in seiner Heimatgemeinde und so verlief sein Ausflug nach Bremen ruhiger als er erwartet oder gar gehofft hatte. An seinen ersten beiden Abenden war er durch das Schnoor- und Steintorviertel spaziert, aber seinen letzten Bremer-Abend wollte er andächtig in der Propstei ausklingen lassen. Er liebte es, sich in der Dämmerung in den hohen Kirchgewölben aufzuhalten. In der St. Laurentius Kirche seiner Heimatgemeinde verbrachte Martin Akelei viele Abende. Er schlenderte dann durch die langen Gänge zwischen den hölzernen Bankreihen und lauschte wie seine Schritte auf den kalten Marmorfliesen von den Wänden widerhallten. Oft kniete er sich auch in eine der vorderen Bänke und beobachtete wie das Mondlicht durch die buntbemalten Kirchenfenster schimmerte. Es beeindruckte ihn, wie das fahle Licht die auf die Fenster gemalte Kreuzigungsszene im Verlauf der Stunden von allen Seiten beleuchtete. Oft war es ganz still und nur die Kniebank knackte, wenn Martin sich bewegte. Aber sobald draußen ein leichtes Lüftchen wehte, begann die Kirche zu atmen. Zuerst ertönte nur ein leichtes Keuchen, doch wenn der Wind stärker wurde, begannen die hohen Mauern zu heulen und dieses Licht dieser Schall waren für Martin Akelei die Allmacht Gottes. Das war seine Welt. Er brauchte den Alltag da draußen nicht. Er mochte zwar die Menschen, aber diese unreligiöse entspiritualisierte Welt, die sie sich geschaffen hatten, verabscheute er. Hier im Gotteshaus fühlte er sich wohl und er freute sich über jeden, der diesen heiligen Ort betrat, um mit ihm den Gottesdienst zu feiern.

An traurigen Tagen kniete er sich auf die Gebetsbank vor der hölzernen Pieta. Ihn faszinierte die tiefe Trauer, die der Schnitzer in die Gesichtszüge Mariens geformt hatte. Ihr ganzer Körper war in Eichenholz verewigte Trauer. In ihren Armen lag der geschundene und erschlaffte Körper ihres Sohnes und doch lief ihr keine Träne über die Wangen und darin fand Martin Hoffnung. Dabei gab es rein äußerlich überhaupt keinen Grund für Trauer im Leben des Martin Akelei. Sein junges Priesterleben verlief in optimalen Bahnen. Seine Eltern, die ihn sehr spät bekommen hatten – seine Mutter war bei seiner Geburt bereits 40 Jahre alt – hatten ihn sehr religiös und fromm erzogen. Er war ein guter unauffälliger Schüler und hatte die Pubertät ohne Akne und Ausbruch der Triebe überstanden. Schon bevor er das Abitur bestanden hatte, war für Martin klar gewesen, dass er Priester werden wollte. Seine Eltern waren stolz auf ihn und es hatte keine Freunde oder gar Freundinnen gegeben, die ihm diesen Schritt versuchten auszureden. Natürlich hatte er bemerkt, dass die Mädchen seiner Klasse Frauen wurden, Brüste bekamen und attraktiv wurden, aber es schien als hätte der Herrgott schützend seine Hände um sein Hirn gelegt, um die weibliche Schönheit erst gar nicht in sein Inneres zu lassen. Das Studium in Münster hatte er genossen und die Zeit war im Fluge vergangen. Danach war er für vier

Jahre als Kaplan in die Gemeinde Senden berufen worden und in diese Kirche hatte er sich auf den ersten Blick verliebt. Die Menschen dagegen empfand er als eher verschlossen. Er wusste, dass die Münsterländer als stur galten und so stand er in den sonntäglichen Messen einer Gemeinde gegenüber, die vorwiegend aus älteren Bauernfamilien und konservativen Bürgerlichen bestand. Extrem konservativ, aber gläubig und fromm.

Hier in Bremen war das Publikum wesentlich anders. Die Leute schienen aufgeschlossener zu sein, aber dafür kamen recht wenige zu den Gottesdiensten. Obwohl auch die Propstei ein schönes und anmutiges Gotteshaus war. Ja diesen letzten Abend würde Martin Akelei hier in der Kirche verbringen zusammen mit dem Mondlicht und den ungewohnten Geräuschen der Großstadt.

21

Igor schaltete den Motor ab, so dass der BMW die letzten Meter langsam ausrollte. Die Schottersteine knirschten leise unter den Rädern des Wagens, der schließlich in der Einfahrt zum Hof Kleikamm zum Stehen kam. Igor und Rufus waren, nachdem Sie dem spuckenden Bauern gefolgt waren, einige Male falsch abgebogen, aber nun hatten sie ihr Ziel erreicht und hielten, um die letzten 150 m zu Fuß zurückzulegen. Sie stiegen aus, Igor schaute sich nach allen Seiten vorsichtig um, zog seine SIG aus dem Hosenbund und überprüfte das Magazin. Rufus fasste Igor am Ärmel und sah ihm in die Augen: „Igor bevor wir hier eine wilde Gangster-Nummer abziehen, lass uns überlegen, was uns hier erwarten kann!" Igor schaute sich noch einmal um, warf einen Blick auf die Hofstelle – alles lag ruhig da – und schob die Pistole wieder in seinen Gürtel. Er akzeptierte Rufus' Einwand und setzte sich in Bewegung. Sie gingen weiter die Hofeinfahrt hinab, die von Linden gesäumt war. „Na gut, was denkst du?"

„Also nehmen wir an, der Bauer hat den Koffer gefunden und ihn geöffnet. Was tut er?"

„Er ruft die Bullen an."

„In dem Fall wären sie längst hier, das Ganze ist schon über eine Stunde her!"

„Stimmt, dann versteckt er vielleicht das Geld und wartet ab was passiert?"

„Ein guter Gedanke, wenn Kleikamm jetzt hier ist, können wir ihn fragen, du zeigst ihm deine Kanone und er wird das Versteck ausplaudern."

„Ja und anschließend killen wir ihn." Rufus blieb abrupt stehen: „Wie bitte? Und was ist, wenn er Frau und Kinder hat, willst du die auch alle umlegen?"

„Reg' dich nicht auf, das war nur ein Spaß. Ich werde ihm klar machen, dass es für ihn und seine Familie gesünder ist, wenn er die ganze Sache sofort vergisst und weder uns noch den Koffer jemals gesehen hat." Diese Antwort akzeptierte Rufus und sie gingen weiter. Auf dem Hof angekommen erkannte Rufus den grünen Traktor wieder. Er stand frisch gewaschen in der Maschinenhalle, der Pflug war noch angebaut und die abendliche Sonne spiegelte sich in den vom Ackerboden geschliffenen, glänzenden Pflugscharen. Igor war direkt zum Hauptgebäude gegangen und schob die breite Tennentür auf. Er winkte Rufus herbei und sie traten in die angenehm kühle Luft der Tenne, dem Anbau an das Wohnhaus, in dem früher knapp 20 Kühe untergebracht waren. Am gegenüberliegenden Ende des Raumes befand sich eine Tür, die zum Wohnhaus führte. Rufus und Igor öffneten sie und traten in einen kleinen Windfang, der als kleiner Umkleideraum diente, die der Landwirt nutzte, um sich der stinkigen Stallsachen zu entledigen. Rufus legte seine Hand auf den Griff der Tür, die endgültig in die Wohnräume der Kleikamms führte und leise traten sie ein. Sie gelangten in die Diele, einem großen mit Steinplatten ausgelegten Raum mit Feuerstelle. An diesem Raum grenzte die Küche getrennt durch eine Schiebetür, die geöffnet war. Es war niemand zu sehen. Rufus rief ein freundliches Hallo, aber niemand antwortete.

Igor machte Rufus mit Handzeichen klar, dass er in die Küche gehen würde. Rufus schickte er über die

Diele zu einem Vorhang, der anscheinend zu weiteren angrenzenden Räumen führte. Rufus bemerkte, dass sich Igor trotz seiner bulligen Statur leichtfüßig und vollkommen geräuschlos bewegte und er versuchte seinem Beispiel so gut es ging zu folgen. Rufus schob den Vorhang vorsichtig zur Seite und schob sich durch die so geschaffene Öffnung, ohne dass sich die eisernen Ringe, die den Vorhang an einer Metallschiene hielten, bewegten. Er stand jetzt vor einer Treppe, die durch Licht im oberen Stockwerk schwach beleuchtet war. Außerdem gab es noch zwei Türen, die in weitere Räume führten. Er drückte zunächst die Klinke der Tür rechts von sich und schob sie vorsichtig einen Spalt weit auf. Das Zimmer war stockdunkel, die Rollläden waren heruntergelassen und ein muffiger Geruch verriet, dass dieser Raum nur selten genutzt und gelüftet wurde. Leise zog Rufus die Tür wieder zu. Er beschloss auch noch einen Blick hinter die zweite Tür zu werfen, bevor er die Treppe emporsteigen würde. Auch diese Tür schob er zunächst nur einen kleinen Spalt weit auf. Schwaches Licht fiel auf sein schwarzes Hemd und das leise Gemurmel einer Stimme, die zu einer Frau zu gehören schien, versetzte ihn in Alarmbereitschaft. Rufus schob die Tür vorsichtig weiter auf, bis er den gesamten Raum im Blickfeld hatte. Der Raum wurde beherrscht von einem großen Doppelbett mit hochaufragenden Federbetten eingefasst durch hohe Eichenrahmen an Kopf- und Fußende des Bettgestells - Bilder von dem Ehebett seiner Großeltern in ihrem Fachwerkhaus in der Eifel schossen Rufus durch den Kopf. An der Wand über dem Kopfende des Bettes prangte ein etwa ein Meter hohes Kruzifix aus dunklem Holz. Die hagere Gestalt des gekreuzigten Jesus schien traurig auf die Kopfkissen zu schauen. An der gegenüberliegenden Wand stand eine alte Spiegel-Kommode, die wie ein kleiner Altar hergerichtet war. In der Einfassung des Spiegels steckten Heiligenbildchen. Auf der Ablage vor dem Spiegel stand das tönerne Abbild der Jungfrau Maria und ein weiteres Holzkreuz mit dem detailliert dargestellten Leib des geschundenen Heilands. Links und rechts der Figuren standen zwei Kerzen. Vor diesem Altar kniete eine alte Frau. Sie trug eine graue Kittelschürze und ihr graues Haar wurde am Hinterkopf mit einem Netz als Dutt zusammengehalten. Der Kopf der Frau wackelte rhythmisch vor und zurück und gab den Takt zu den in gleichbleibenden Tonlaut vorgetragenen Gebeten. Rufus vernahm einzelne Passagen wie „gebenedeit ist die Frucht deines Leibes" und „in der Stunde unseres Todes" und erinnerte sich daran wie er als kleiner Junge das Gegrüßet-seist-du-Maria gebetet hatte ohne auch nur im Ansatz zu verstehen, worum es bei jungfräulicher Empfängnis und gebenedeiten Frauen eigentlich ging. Bis heute hatte ihm das übrigens niemand erklären können. Ein plötzlicher Luftzug ließ die Kerzen flackern, Igor tauchte neben Rufus auf, die Frau drehte sich um und kreischte. Rufus zuckte zusammen und Igor war so erschrocken, dass er einen kurzen Grunzer ausstieß und seine SIG aus der Hose zog.

„Ruhig, Igor, ruhig." Rufus legte seine Hand auf Igors gezogene Waffe und drückte sie nach unten. Dann ging er auf die verwirrte Frau zu, die sich auf den Boden geworfen hatte und half ihr hoch. Er versuchte sie mög-

lichst ruhig und freundlich anzusprechen: „Frau Kleikamm entschuldigen sie bitte vielmals, dass wir sie so
erschreckt haben. Warten sie, ich helfe ihnen hoch." Die
Frau war völlig außer Atem und ihre weit aufgerissenen
Pupillen zogen sich nur langsam wieder zusammen.
Rufus manövrierte die Frau auf das Bett und setzte sich
neben sie. Igor hatte sich wieder gefangen, und stellte
sich in den Türrahmen, um rechtzeitig zu hören, falls
noch jemand im Haus war. Frau Kleikamm saß zusam-
mengesunken auf der Bettkante und atmete schwer.
Rufus fragte: „Frau Kleikamm sind sie allein zu Hause?
Ist Ludger Kleikamm nicht da?"

„Um Gottes Willen wer sind sie? Sie sind gekommen um meinen Jungen zu holen nicht wahr? Er hat sich
versündigt nicht wahr? Sind sie von der Polizei?" Rufus
erkannte, dass die Dame ihm hier eine Vorlage gab, die
er nutzen musste: „Ganz recht Frau Kleikamm wir sind
von der Polizei und haben einige Fragen an ihren Sohn."
Igors Gesicht erschien im Türrahmen und schenkte
Rufus ein breites Grinsen. Rufus gab ihm einen Wink,
dass er sie allein lassen solle und wendete sich wieder
der alten Dame zu.

„Wahrscheinlich geht es um diesen Koffer, den er
heute Nachmittag gefunden hat oder?" Die Sache lief
perfekt.

„Sehr richtig, wir haben den wahren Besitzer gefunden und möchten ihn gerne abholen." Jetzt brach Frau
Kleikamm in Tränen aus und stammelte: "Ich wusste,
dass diesen Koffer der Teufel geschickt hat. Mein Junge
war wie ausgewechselt. Er hat sich fein gemacht und ist
mit dem Taxi davongefahren und er hat mich ange-
schrien und er hatte diesen bösen Blick." Sie schluchzte,

dass ihr kleiner gekrümmter Körper bebte und Rufus konnte einen gewissen Ekel gegen diese Frau nicht verdrängen. Noch schlimmer aber war, dass der Koffer nicht mehr hier war. Sie waren also immer noch nicht am Ziel. Igor hatte in der Zwischenzeit den Rest des Hauses gecheckt und betrat wieder das Schlafzimmer. Er hockte sich vor die Frau und sagte: „Na geht's wieder Babuschka?" Rufus packte Igor am Ärmel und zog ihn zu sich heran: „Igor der Koffer ist nicht hier. Der Bauer ist mit einem Taxi samt Koffer abgehauen." Igor zischte einen russischen Fluch, worauf sich Frau Kleikamm eilig bekreuzigte. Rufus musste noch ein paar Fragen klären: „Frau Kleikamm, haben sie den Inhalt des Koffers gesehen?"

„Oh nein, aber es muss etwas wahrhaft Böses gewesen sein, dass meinen Jungen so verändert hat."

„Wie lange ist ihr Sohn schon weg?"

„Vielleicht zwei Stunden, ich weiß nicht genau, ich bete für seine Seele und danke Gott, dass sein Vater das nicht mehr erleben muss."

„Gut Frau Kleikamm beten sie weiter." Rufus stand auf und tätschelte die knochige Schulter der Frau. Er verließ mit Igor das Zimmer, um sich mit ihm auf der Diele zu beraten. Igor schüttelte verzweifelt den Kopf: „Wir haben den verdammten Koffer immer noch nicht. Wie sollen wir das Rigatschow erklären?" Rufus versuchte einen klaren Kopf zu bewahren und tatsächlich gab es noch eine Chance: „Hast du ein Telefon gesehen?"

„Ja auf der Fensterbank in der Küche." Rufus stürmte los und Igor hastete ihm hinterher. Rufus fand den Apparat und drückte die Wahlwiederholungstaste.

Eine Frauenstimme meldete sich und nannte den Namen eines Taxiunternehmens. Rufus erklärte, dass er knapp seinen Freund verpasst habe, der schon mit dem Taxi weggefahren sei. Ob es wohl möglich wäre noch einmal einen Wagen an dieselbe Adresse zu schicken. Die Dame bejahte und erklärte, dass in etwa einer halben Stunde ein Wagen vorbeikäme. Rufus warf den Hörer erleichtert auf die Gabel und haute Igor auf die Schulter. „Bingo Bruder, jetzt kriegen wir ihn." Igor hatte Mühe diesem Tempo zu folgen, aber seine Nervosität legte sich. Sie verließen das Haus, ohne noch einmal nach Frau Kleikamm gesehen zu haben. Rufus wollte die beklemmende Atmosphäre und den drückenden Mief hinter sich lassen und so erwarteten die beiden draußen auf dem Hof die Ankunft des Taxis, während die alte Bauersfrau weiter den Rosenkranz betete für das Seelenheil ihres Sohnes.

22

Inzwischen herrschte im Heartbreak Hotel ein Gedränge wie im Hähnchenstall von Ludger Kleikamm. Er saß auf seinem Hocker und schwitzte. Innerhalb der letzten Stunde hatte sich der Gastraum derartig gefüllt, dass es kein Durchkommen mehr gab. Der fünfziger Jahre Mief wurde nun von Zigarettenrauch und Schweißgeruch überdeckt. Es musste ungefähr eine Stunde her sein, seit Ludger sich seine letzte Flasche Bier geholt hatte. Er hielt sie immer noch in der Hand und als er den letzten Schluck aus der Flasche nahm, musste er würgen, denn das Gebräu war in seiner Hand lauwarm geworden und die letzten Kohlensäurebläschen hatten sich längst in den trüben Dunst des Heartbreak Hotels davon gemacht. Immerhin hatte Ludger es geschafft, sieben Flaschen von diesem Bier zu trinken, bevor er von den einströmenden Gästen auf seinem Hocker eingezwängt wurde. Der Laden war jetzt voll von Menschen und doch fühlte sich Ludger nach wie vor allein. Niemand grüßte ihn oder sah ihn auch nur an. Frauen, die sich an ihm vorbeidrängten, schauten durch ihn hindurch und zeigten auch keinerlei Reaktion, wenn er beim Versuch ihnen galant auszuweichen, mit Händen oder Ellenbogen ihre Brüste eindrückte. Er wusste jetzt, was mit nicht artgerechter Massentierhaltung gemeint war und rutschte von seinem Hocker. Seine Füße hatten Mühe seinen Körper abzufangen und er sackte ein wenig zusammen. Er bückte sich weiter herunter, um nach seinem Koffer zu greifen. Heiß schoss ihm das Blut in den Kopf und er drohte ohnmächtig zu werden.

Er schaffte es, seine rechte Hand um den Griff des Koffers zu legen und richtete sich mühsam auf. Das Blut versickerte wieder und drückte kalte Schweißtropfen aus seinen Poren. Er spürte, wie er blass wurde. Langsam setzte er einen Fuß vor den anderen und schob sich in Richtung Ausgang. Jetzt wurden einige Gäste auf ihn aufmerksam und beeilten sich ihm Platz zu machen aus Angst eventuell von seinem Mageninhalt getroffen zu werden. Als er endlich den schweren Vorhang am Eingang des Lokals passiert hatte, ließ er sich vorsichtig auf den Gehweg gleiten und atmete tief ein. Er stand mitten auf dem Weg, Jugendliche Passanten rempelten ihn an und riefen ihm irgendwelche Obszönitäten zu, die er nicht verstand. Einatmen - Ausatmen - kein Zeichen der Besserung. Verdammt er war betrunken. Er dachte immer ein Rausch wäre etwas Schönes: man springt enthemmt herum, singt Lieder, tanzt und ist lustig. Aber er fühlte sich jämmerlich. Seine Augen gaben ihm kein klares Bild mehr, seine Beine zitterten und mit Mühe konnte er sich darauf konzentrieren, den Griff des Koffers fest umklammert zu halten. Dann registrierte er, dass aus dem Dunklen ein Mann über die Straße auf ihn zukam. Ludgers Augenlider waren schwer und ließen nur verschwommene Momentaufnahmen von dem Geschehen um ihn herum zu. Jemand berührte ihn am Arm und er hörte eine Stimme: „Hey, was ist los mit ihnen? Warten Sie, ich helfe ihnen in den Wagen." Ludger erinnerte sich verschwommen an den Taxifahrer und er ließ sich erleichtert über die Straße führen. Hubert Knutt hatte es schon mit vielen Betrunkenen zu tun gehabt, aber dieser hier war ein seltenes Exemplar. Der Typ schien in eine Art Starre verfallen zu sein. Er ließ sich

nur schwer fortbewegen und ging so steif wie der Gieß-
kannenmann aus Alice im Wunderland. So wie es aussah, würde das eine kurze Tour durch Bremens Nacht-
leben werden. Nachdem Knutt seinen Fahrgast auf dem
Beifahrersitz angegurtet hatte, setzte er sich hinters
Steuer und sah Ludger Kleikamm fragend an. Der
starrte regungslos durch die Windschutzscheibe bis ein
plötzlicher Schüttelfrost durch seinen Körper raste und
ihn offensichtlich weckte. Ludger schaute sich etwas irritiert im Taxi um. Sein Blick blieb schließlich an der
gekräuselten Stirn des Taxifahrers hängen. Hubert
Knutt suchte in den Pupillen seines Fahrgastes nach Anzeichen dafür, dass er der verbalen Kommunikation
wieder fähig war und fragte: „Wie sieht es aus Meister?
Wo soll ich sie jetzt hinfahren." Ludger Kleikamm ließ
seinen Kopf nach hinten an die Kopfstütze sinken,
schloss die Augen und antwortete: „Ich möchte eine
nette Frau kennenlernen."

Hubert Knutt beschloss spontan, dass es für seinen
Fahrgast in diesem Zustand nur möglich war Frauen
kennenzulernen, die gegen Bezahlung nett zu ihm sein
würden. In Anbetracht des Koffers voller Geld dachte
der fürsorgliche Taxifahrer eher an etwas Exquisites
und fuhr seinen Gast zu einem kleinen Club im Viertel.
Ludger Kleikamm war wieder in eine Art Starre verfallen und so hatte Hubert Knutt einige Schwierigkeiten
seinen Fahrgast aus dem Wagen zu hieven. Als er ihn
vor der Eingangstür aufgerichtet hatte und auf den mit
Rotlicht hinterlegten Klingelknopf gedrückt hatte, öffnete sich die Tür und ein breitschultriger afrikanischer
Türsteher baute sich vor ihnen im Türrahmen auf. Der

Mann hatte seine Arme vor der breiten Brust ver-
schränkt und ein großer Metallring baumelte in seinem
linken Ohrläppchen. Er brummte: „Soll das ein Witz
sein? Was wollt ihr?" Ludger Kleikamm gab in der Tat
ein jämmerliches Bild ab. Sein Kinn schien an seiner
Brust festzukleben und aus seinem rechten Mundwinkel
seilte sich ein Speichelfaden ab. Nur den Koffer hielt
seine Hand so fest umklammert, dass die Knöchel sich
weiß unter der Haut abzeichneten. Hubert Knutt griff
mit flinken Fingern in die Jackentasche seines Fahrgastes, zog eine der 100-Dollarnoten heraus und hielt sie
dem Afrikaner vor das Gesicht. Der schnappte sich die
Banknote und ließ sie in der Innentasche seines schwarzen Ledersakkos verschwinden. Dann drehte er sich zur
Seite und forderte den Taxifahrer auf, seinen Gast hin-
einzuführen: „Setz deinen Freund auf das Sofa dort drüben, aber pass auf, dass er mir nicht auf den Teppich
kotzt." Hubert Knutt bugsierte seinen Kunden durch das
Lokal und lud ihn auf dem Sofa ab. Dort setzte er ihn
einigermaßen aufrecht hin und flüsterte Ludger Kleikamm ins Ohr: „Es ist Zeit aufzuwachen, sie sind im
Paradies angekommen." Danach verschwand er zurück
nach draußen und stieg in sein Taxi.

Ludger hatte mitbekommen, dass er aus dem Wagen
herausgeführt worden war. Dann hatte er plötzlich einem großen schwarzen Bären gegenüber gestanden.
Sein Freund der Fahrer hatte ihn gerettet und weich und
warm abgesetzt. Noch hatte er keine Kraft, um seine
Augenlider zu heben. Seichte Musik drang in sein Ohr.
Er spürte wie sich das Sitzpolster ein wenig senkte und
sich ein Arm um seine Schulter legte. In seiner Hand

schmerzte der kantige Griff des Koffers und jetzt schwebte ein ihm fremder Geruch in seine Nasenflügel. Dieser Duft - leicht süßlich, ein wenig aufdringlich, intensiv und verführerisch – riss ihn aus der Lethargie. Seine Augen öffneten sich und er versuchte, sich zurechtzufinden. Vor ihm erstreckte sich ein schwach beleuchteter Raum. Rechts erhob sich eine kleine mit Spiegeln umgebene Tanzfläche, auf der sich eine blonde Schönheit im Bikini an einer Kletterstange räkelte. Links saßen einige Männer und Frauen auf Barhockern. Vor ihnen auf dem Tresen standen Bierflaschen und Cocktailgläser mit Zuckerrand und Schirmchen. Er war in einer Bar, soviel stand fest. Immer noch spürte er diesen Arm auf seinen Schultern und erst jetzt drehte Ludger seinen Kopf zur Seite. Er blickte in zwei große blaue Augen und ein zauberhaftes Gesicht, das ihm ein himmlisch schönes Lächeln schenkte.

Er war angekommen. Es gab keinen Zweifel, hier war der richtige Ort, um sich von seinem bisherigen Leben loszusagen. Zusammen mit diesem Koffer und diesem Lächeln würde er den Absprung schaffen.

Die Schönheit drehte ihr Gesicht in Richtung Theke und rief „Sascha bring Wodka!". Kurze Zeit später drückte ihm ein glatzköpfiger Hüne ein Glas randvoll mit einer glasklaren Flüssigkeit in die Hand. Ludger beobachtete, wie ein Eiswürfel in der Flüssigkeit auf und ab wippte und durch leises Klimpern am Gläserrand auf sich aufmerksam machte, bevor er für immer verschwinden würde. Eine Hand strich ihm übers Kinn und dreht seinen Kopf bis sein Blick wieder an diesen blauen Augen einrastete. Ihr Mund öffnete sich und hauchte: „Ich bin Lisaweta, auf deine Gesundheit mein

Schatz". Ihr Glas stieß heftig gegen das seine. Wodka lief Ludger über die Finger und fast wäre dem Eiswürfel die Flucht geglückt, aber reflexartig hievte Ludger das Glas an seine Lippen und der verbliebene Rest des Eiswürfels trat zusammen mit dem Wodka die Reise durch Ludgers Körper an. Sie würden den Weg die Speiseröhre hinab nehmen, während der Alkohol direkt nach oben ins Gehirn abbog. Vom Magen aus nähmen sie den Weg über die Nieren bis in die Harnblase, um dann an der Rinde eines Baumes oder der verzinkten Oberfläche eines Laternenmastes in das Erdreich abzutauchen. Mit viel Glück würden sie dann eines Tages von einem Sonnenstrahl aufgenommen, sich zu einer gewaltigen Wolke aufplustern und sich schließlich abregnen lassen und wer weiß, vielleicht würden sie dann eine Karriere als Mineralwasser, Cola oder Wein machen. Wie einfallslos es war, das Ganze einfach H_2O zu nennen.

Noch viel Flüssigkeit nahm diesen Weg, während die Spinne Alkohol ihr Netz um das Gehirn von Ludger Kleikamm schloss. Er wurde nackt auf ein Bett gelegt, Hände berührten ihn und seine Hände fühlten Dinge, die er in ihrer faszinierenden Schönheit nicht deuten konnte. Vor seinen Augen tobte ein Bildersturm. Wo war er, was tat er? Diese wunderschöne Frau saß rittlings auf ihm. Stromschläge von 200.000 Volt durchzuckten seinen Körper, Flammen schienen seine Fingerspitzen und Zehen zu versengen. Stöhnen, Schreie, rief da jemand seinen Namen? War das die Stimme seiner Mutter? Der Alkohol in seinen Adern verlieh Ludger eine ungeheure Ausdauer, Rinnsale von Schweiß überzogen den blassen Körper der Frau, die sich wand wie eine Schlange, bis sich Ludger schließlich aufbäumte -

Blitze zuckten vor seinen Augen - bevor er erschöpft ins seidene Kissen fiel. Eisiger Wind strich über seinen Rücken während er fiel und fiel, tiefer und tiefer, dem Aufprall entgegen.

Die Handflächen Lisawetas hinterließen rote Abdrücke auf den Wangen Ludger Kleikamms. Darauf hatte Lisaweta nun wirklich keine Lust, dass ihr dieser merkwürdige Tropf jetzt schlapp machte. Ludger Kleikamm lag schlaff im Kissen. Lisaweta saß rittlings auf seinem blassen Körper und versuchte ihn mit klatschenden Ohrfeigen ins Leben zurückzuholen. Ihr Freier hatte gut einen halben Liter feinsten St. Petersburger Wodka getrunken, während sie ihm mit klarem Wasser zu geprostet hatte. Im Bett hatte er dann erstaunliche Ausdauer gezeigt, war allerdings in eine Art Trance gefallen und nun wollte sie dringend vermeiden, Hilfe anzufordern. Krankenwagen, Polizei, Ausländeramt, viele Fragen, Zeitverschwendung und Ärger mit Alexej, ihrem Chef. Aber das blieb ihr erspart. Der brennende Schmerz auf seinen Wangen gab Ludger das Bewusstsein zurück. Mühsam öffnete er seine Augen und sah in dieses makellose Gesicht das ihn anlächelte: „Ah du bist zurückgekommen. Das trifft sich gut, ich bekomme 150 Mark von dir." Ludger erschrak. Wo war er? Warum war er nackt? Hektisch blickte er sich im Zimmer um. Eine mit einem roten Schleier bedeckte Wandlampe erfüllte den Raum mit einem warmen Licht, dass ihn einlullte und seine Bewegungen zäh und klebrig machte. An den Wänden hingen kitschige Gemälde kopulierender Paare. Ludger sah höhnisch grinsende Gesichter. Es war ihm, als ob alle diese Figuren mit ihren Fingern auf ihn zeigten. Hastig zog er sich seine Sachen an, die verstreut im Zimmer lagen. Zweimal stürzte er beim Versuch sich die Socken anzuziehen. Jedes Mal wenn er sich bückte, war es, als wenn ein Amboss von seinen Schultern rutschte und ihn mit zu Boden riss. Lisaweta beobachtete ihn entsetzt und beruhigte sich etwas als er ihr wie aus dem nichts zwei einhundert Dollarnoten hinhielt. Mit weit aufgerissen Augen sah er Lisaweta an. Den Koffer hielt er wieder in der Hand. Er hatte ihn gesehen und in die Hand genommen, ein Automatismus. Ein Speichelfaden seilte sich aus seinem Mundwinkel ab, fiel in die Tiefe und versank im Dschungel der Wollfäden des imitierten Flocati vor seinen Füßen. Lisaweta nahm das Geld und zuckte zurück wie ein Huhn vor einer giftigen Schlange. Ludger stand still, doch seine Augen lieferten ihm Bilder, die schwankten als stünde er in einem Schlauchboot auf hoher See. Er sammelte Speichel in seinem Mund und schob ihn mit der Zunge in seine ausgetrocknete Kehle. Was war bloß mit seinem Körper los? Wie viel hatte er getrunken und vor allem, was hatten sie ihm für ein teuflisches Zeug eingeflößt? Bei dieser letzten Frage durchzuckte ihn ein furchteinflößender Verdacht. Er nahm sich zusammen und presste eine Frage heraus: „Wer bist du?" Lisaweta kam aus dem Staunen nicht mehr heraus. Sie hatte schon viele Betrunkene erlebt, aber dieser schien tatsächlich verrückt zu sein. Er stand vor ihr, halb angezogen, wild und zerzaust, bezahlte mit Dollars, trug einen geheimnisvollen Koffer mit sich herum, entpuppte sich als ziemlich spektakulär im Bett und zum Abschluss fragte er sie, wer sie denn eigentlich sei. Sie konnte sich das Lachen nicht verkneifen, nahm seinen Kopf in beide

Hände, zog ihn an sich heran und gab ihm einen Kuss auf die Stirn: „Wer soll ich schon sein? Deine Mutter?"

Ludger Kleikamms Welt begann sich zu drehen. Er riss sich von ihr los. Lisaweta warf sich auf ihr Bett und krümmte sich vor Lachen. Ludger taumelte, der Koffer an seinem ausgestreckten Arm umkreiste ihn wie ein Pendel bis er sich zwischen Ludgers Beinen verfing und die traurige Gestalt zu Boden riss. Ludger schlug mit dem Kopf hart auf und mit lautem Knall durchzuckte eine Explosion sein Hirn und hinterließ einen seichten unendlichen Piepton. Dieser Dauerton wirkte beruhigend auf ihn und begleitete ihn in eine tiefe schwarze Leere.

Hubert Knutt ahnte nichts Gutes, als der Türsteher mit schnellen Schritten seinen Wagen ansteuerte. Er stieg vorsichtshalber aus und fragte, ob es irgendwelche Schwierigkeiten gebe. Als Antwort winkte der Mann ihn lediglich heran und gab ihm zu verstehen, dass er ihm folgen solle. Sein Fahrgast bot einen erbärmlichen Anblick. Kreidebleich lag er auf dem Fußboden eines der Gästezimmer. Das Mädchen hatte sich offensichtlich schon verdrückt und ihren ohnmächtigen Freier liegen lassen. Arme und Beine waren weit vom Körper abgestreckt und wirkten, als sei er von großer Höhe abgestürzt. Die verschwitzten Haare klebten am Kopf und die Augen steckten tief in ihren Höhlen als ob sie in der blassen Haut versunken wären. Der Türsteher half Hubert Knutt das Elend in den Wagen zu schaffen. Dort gurteten sie Ludger Kleikamm auf dem Beifahrersitz an, steckten ihm seinen Koffer zwischen die Beine und mit einem sarkastischen Lächeln wünschte der Türsteher noch einen angenehmen Abend. Hubert Knutt war sich noch nicht ganz schlüssig, was er nun machen sollte, als sich sein Fahrgast plötzlich regte. Ludger Kleikamms Körper entkrampfte sich langsam. Die Starre wich aus seinen Muskeln und er entspannte sich in seinem Sitz. Er versank in Schaumstoff und stählernen Federn, er schmeckte den pelzigen Mief von tausenden von Hinterteilen, die sich auf dem Sitzpolster gerieben hatten. Mit einem Schrei riss er die Augen auf und kehrte zurück. Ludger versuchte sich zu orientieren, er schaute auf seine Hände, die in blasses Rotlicht getaucht waren, das vom Eingang des Clubs bis in den Wagen schimmerte. Er hatte seine Hände, seinen ganzen Körper in Sünde getaucht. Mit Haut und Haaren hatte er sich dem Bösen hingegeben, was würde die Strafe sein? Bilder durchzuckten sein krankes Gehirn wie Blitze. Er sah die nackte Hure, die Raserei und das schrille Hohngelächter der Hexe dröhnte noch einmal durch seinen Kopf. Er hatte sich versündigt gegen Gott und seine Mutter. In seinem Blut mischten sich Alkohol und Adrenalin und brachten sein Herz zum Rasen. Es gab nur eine Lösung: Er musste diesen Koffer mit dem teuflischen Geld loswerden und er brauchte Vergebung für seine abscheulichen Sünden - er brauchte einen Priester.

23

Martin Akelei kniete in der Propstei und genoss seinen letzten Abend in Bremen. Er war allein in der Kirche und auch wenn die Geräusche der Großstadt ein wenig störten, gab er sich ganz der Dunkelheit und dem
Rauschen der in den hohen Hallen zirkulierenden Luft
hin. Er hatte die Augen geschlossen und öffnete sich
ganz seinem Gott. Ein seichter Luftzug ließ ihn auf-
schrecken. Er stand auf und horchte in die Dunkelheit
bis ihm das Geräusch einer zurück ins Schloss fallenden
Kirchentür verriet, dass jemand das Haus Gottes betreten hatte. Er hatte wieder vergessen die Tür hinter sich
abzuschließen. Wer betrat mitten in der Nacht eine Kirche? Er betete, dass es kein Randalierer war. Er verabscheute körperliche Gewalt, aber er würde für die ihm
anvertrauten Heiligtümer kämpfen. Energisch und mit
klopfendem Herzen ging Martin in Richtung West-Ein-
gang.

Als sich die Kirchentür hinter ihm schloss, fühlte
sich Ludger Kleikamm, als wenn er nach Jahren des
Umherirrens wie ein verlorener Sohn nach Hause gekommen war. Die Stille der Kirche ergriff ihn und
drehte die Lautstärke seiner inneren Raserei herunter.
Sein Bewusstsein war wieder bereit, die Realität wahr-
zunehmen, so dass er seine Aufmerksamkeit der
Stimme widmen konnte, die ihn plötzlich aus der Dunkelheit ansprach:

„Kann ich ihnen helfen?" Der Priester trat näher an
den Mann heran und erkannte in ihm einen Menschen,
von dem er keine Gewalttätigkeiten erwartete. Aber wie

er so da stand mit einem Koffer in der Hand, wirkte er etwas orientierungslos. Deshalb fügte er hinzu: „Sie sind im Haus Gottes, es ist mitten in der Nacht, was kann ich für sie tun?"

Die Stimme des Priesters wirkte weiter beruhigend auf Ludger Kleikamm. Er fasste Vertrauen und wusste, dass dies genau der richtige Mann für ihn war. „Hören Sie Vater, ich habe schwere Sünden begangen und ich will - ich muss beichten." Ludger Kleikamm hatte den Kopf leicht gedreht, als er zu dem Priester sprach. Fahles Mondlicht, hatte seinen Weg durch die hohen Kirchenfenster in das dunkle Gewölbe gefunden und fiel jetzt auf sein Gesicht. Martin Akelei sah die weit aufgerissenen Augen, die großen Pupillen und diesen seichten Glanz, der verriet, dass hier Drogen, Alkohol oder auch Wahnsinn im Spiel waren. Der Priester war überzeugt, dass die Not dieses Mannes nicht gespielt war und er sah keinen Grund, warum er den Wunsch nach Absolution nicht erfüllen sollte. Ludger Kleikamm schwankte und fühlte sich, als ob er bei unruhiger See auf einem Surfbrett stünde. Erleichtert nahm er zur Kenntnis, dass der Priester ihn mit festem Griff an den Arm fasste und zu einem der traditionellen Beichtstühle führte. Dort ließ er sich auf die Kniebank fallen - endlich. Der Priester zog den Vorhang zu und stieg selbst in die mittlere Kammer des Beichtstuhls, die dem Beichtvater vorbehalten war. Hier von erhöhter Position aus, konnte er den Untaten der reuigen Sünder lauschen, die zu seiner linken oder rechten in den Büßerkabinen knieten. Erst jetzt ließ Ludger den Koffer sinken und führte beide Hände vor das Gesicht, faltete sie zum Gebet und begann seine Beichte: „Vater ich habe gesündigt. Ich habe meine Mutter im Stich gelassen, ich habe getrunken, immer mehr und mehr, bis ich nicht mehr wusste, wer ich bin und woher ich komme. Ich habe mich mit einer Frau eingelassen, die mir für schmutziges Geld die fleischliche Lust gezeigt hat. Doch dann habe ich in ihr den Teufel erkannt, aber es war zu spät - es ist zu spät, niemand kann mich noch retten." Martin Akelei hatte derart pathetische Worte nicht von einem Betrunkenen erwartet und auch wenn der Alkohol, dessen Dünste sich allmählich in dem engen Beichtstuhl ausbreiteten, nicht zu leugnen war, so bekam er doch den Eindruck, dass es doch der Wahnsinn war, den er in den Augen des Mannes hatte schimmern sehen. Er wollte versuchen den Mann etwas aufzubauen: „ Höre mein Sohn, jeder Mann gibt ab und zu der Versuchung einer schönen Frau nach. Viele betrügen Frauen und Kinder. Du aber denkst an deine Mutter, scheinst also Junggeselle zu sein, so wiegt deine Sünde doch längst nicht so schwer. Sieh mal…."

„Oh doch" energisch fiel Ludger Kleikamm dem Gottesmann ins Wort. „Ich bin mit meinem Vater und meiner Mutter aufgewachsen, ich habe meinen Vater tot im Bett liegen sehen. Von da an hatte ich nur noch meine Mutter – und sie hat mir mein Leben weiß Gott nicht leicht gemacht. All die geheuchelte Frömmigkeit, der Hass auf alles Neue, Fremde, die Abneigung gegen Mädchen. Für all das habe ich sie gehasst. Aber sie ist doch der einzige Mensch, den ich habe, der mich liebt – und heute Nacht habe ich sie verraten, habe meinen Glauben verraten und das Andenken an meinen Vater beschmutzt." Ludger Kleikamm sank in sich zusammen und Tränen rannen aus seinen Augen. Martin Akelei schwieg. Er hatte hier einen ausgewachsen Ödipus-Komplex vor sich, wobei nicht klar war, ob Hass oder Liebe überwog. Dieser Mann war eher etwas für einen Psychiater als für einen Aushilfs-Beichtvater. Er versuchte die Sache möglichst schnell zu einem Abschluss zu bringen und begann die lateinische Absolutionsformel durch das hölzerne Gitter, das ihn von dem Sünder trennte, zu flüstern. Er dachte gerade noch über ein paar tröstende Worte nach und wie er den offensichtlich Eingeschlafenen wieder aus der Kirche hinaus bekäme, als dieser sich plötzlich erhob.

„Priester, da ist noch etwas. Hier in diesem Koffer ist das Teufelszeug, das mich zu all diesen Sünden verleitet hat. Bitte nehmen sie ihn."

„Aber das geht nicht, ich fahre morgen zurück in meine Heimatgemeinde."

„Ach ja? Und wo ist die?"

„In einer kleinen Stadt in Westfalen, in Senden."

„Senden kenne ich, das ist nicht weit von meiner alten Heimat." Ich werde ihn dort bei Gelegenheit wieder abholen." Das war eine Lüge. Niemals wollte Ludger diesen Koffer wiedersehen, aber er wollte, dass der Priester ihn nimmt. In ihm hatte sich die Idee festgesetzt, dass seine Seele nur auf diese Weise erlöst werden könnte.

Martin Akelei wehrte sich: „Aber das können sie nicht machen, was ist denn überhaupt in diesem Koffer drin."

„Glauben sie mir Vater, es ist besser, wenn sie nicht hineinsehen. Nehmen sie den Koffer. Nur sie - ein Mann

Gottes - kann damit umgehen. Bitte!" Ludger Kleikamm hatte den Koffer aufgehoben, drückte ihn nun vor
die Brust des Priesters und starrte ihm dabei mit ste-
chendem Blick in die Augen. Dieser gab seinen Widerstand auf und hielt den Koffer fest. Ludger Kleikamm
drehte sich um und ging in die Richtung in der er den
Ausgang vermutete. Als sich die Kirchentür öffnete und
das fahle Licht der nächtlichen Stadt die Silhouette des
Taxifahrers preisgab, wurde Ludger bestätigt, dass die
Richtung stimmte und dass er bereit war, nach Hause zu
fahren. Martin Akelei stand immer noch vor dem
Beichtstuhl, den Koffer in den Armen und durch den
schmaler werdenden Schlitz der sich schließenden Kirchentür vernahm er noch wie jemand fragte: „Meine
Güte, was haben sie denn solange in der Kirche ge-
macht?"
Die knappe Antwort war: „Gebeichtet."

Hubert Knutt stellte erleichtert fest, dass sein Fahrgast sich anscheinend etwas erholt hatte. Sein Gang war
weniger schwankend, er war ansprechbar und deutlich
entspannter. Ohne Probleme ließ er sich vom Kirchen-
portal zum Wagen führen und nun saß er brav auf dem
Beifahrersitz und schaute zwar ein wenig apathisch aber
doch zufrieden aus. Hubert Knutt schwang sich zurück
hinter das Steuer und ließ den Wagen an. Er hoffte, dass
sein Kunde jetzt nach Hause gefahren werden wollte,
damit diese Nacht endlich ein Ende nahm.

24

Rufus und Igor hatten das Haus sofort nach dem Anruf bei der Taxizentrale verlassen, und die alte verstörte Frau Kleikamm war allein mit ihren Gebeten zurückgeblieben. Sie vertraten sich auf dem Hof die Beine und schlenderten gemächlich die Einfahrt hoch. Die Abendluft verschaffte ihnen eine erfrischende Abkühlung und die Stimmung der beiden erhellte sich ein wenig. Die Zuversicht, den Koffer jetzt bald wieder in den Händen zu halten, schüttete eine Dosis Endorphine in ihr Blut, die beiden ein zartes Lächeln auf die Lippen zauberte. Sie schlenderten unter den Linden entlang, deren Laub sich sachte im Abendwind wiegte.

„Igor, darf ich dich etwas fragen".

„Nur zu Bruder."

„Hast du deine Kanone, ich meine die Sig, schon einmal benutzt?" Mit einem flinken Handgriff zog Igor die Waffe aus seinem Hosenbund hervor und hielt sie in der offenen Hand und schaute sie bedeutsam an.

„Ich habe sie bis jetzt ein paar Leuten vor die Nase gehalten. Manchmal reichte es auch, wenn ich mein Jackett zurückgeschlagen habe, so dass der Blick auf den glänzenden Griff frei wurde. Auf einen Menschen abgefeuert habe ich sie noch nicht."

Rufus nickte anerkennend, war sich aber nicht sicher, ob ihn diese Neuigkeit beruhigte oder angesichts der vor ihnen liegenden Schwierigkeiten verunsicherte. Er war bisher davon ausgegangen, dass er hier das Greenhorn war, wenn es ums Schießen ging. Aber dann fuhr Igor fort: „Aber die Antwort ist ja, ich habe getötet." Rufus atmete auf und schaute seinen Freund mit großen Augen erwartungsvoll an, wie ein kleiner Junge, der versucht seinen Großvater zur Erzählung seiner Kriegserlebnisse zu animieren.

„Ich habe dir doch erzählt, dass ich in Sibirien geboren bin, in einem Dorf nicht weit von Omsk. Viel gibt es nicht zu erzählen. Ich war der älteste von drei Brüdern. Meine Eltern haben beide in der Kolchose gearbeitet. Meine Mutter als Melkerin, mein Vater als Traktorist. Mein Vater hat sich immer viel mit uns beschäftigt. Am Wochenende sind wir fischen gegangen oder waren zum Pilzesammeln im Wald. Später hat er uns sogar mit zur Jagd genommen, denn er hatte von seinem Vater ein altes Jagdgewehr geerbt. Wirklich glücklich gemacht hat uns und unsere Mutter, dass er nicht getrunken hat. Während alle anderen Väter fast täglich billigen oder selbstgebrannten Wodka und Samogon in sich hineinschütteten, trank er ein oder zwei Gläser aus Höflichkeit mit, aber ich habe ihn nie volltrunken gesehen. Dieses Verhalten wurde von den meisten nicht verstanden. Wir waren eine nette Familie, meine Eltern liebten sich, wir waren fleißig und hielten Haus und Garten bestens in Ordnung und mein Vater war stolz auf seinen Traktor K700 und er bekam mehrere Ehrungen als Held der Arbeit. Aber du weißt im Sowjetski Sojus waren alle gleich und wer etwas schaffte in seinem Leben bekam nicht nur Auszeichnungen sondern dazu auch noch jede Menge Neid der anderen. Besonders der Brigadier unsers Dorfes hatte meinen Vater auf dem Kieker. Er schaffte es, meinen Vater wegen irgendeines lächerlichen Planverstoßes bei der Kolchosenleitung anzuschwärzen. Mein Vater wurde versetzt. Er kam zu den berittenen Viehhirten. Die Pastuchi waren dafür bekannt, dass sie die Dorftrottel waren. Wer zu blöd für irgendeinen anderen Job war, wurde Pastuch. Mein Vater war ein Mann der Maschinen. Er liebte seinen K700, aber Pferden gegenüber war er vollkommen unerfahren und hilflos. Schon in der zweiten Arbeitswoche stürzte er vom Pferd und brach sich das Genick. Er war auf der Stelle tot. Die Nacht nach seiner Beerdigung verbrachte ich an seinem Grab. Ich blieb auch noch als meine Mutter meine jüngeren Brüder endlich überredet hatte, nach Hause zu gehen. Um 4 Uhr morgens bin ich dann nach Hause gegangen und habe das Jagdgewehr meines Vaters geholt. Ich konnte schon gut mit ihm umgehen. Mein Vater hatte mir alles gezeigt. Der fette Brigadier hatte mit seinen Freunden schwer getrunken und ich wusste, dass er nach durchzechten Nächten immer in seiner Brigadiers-Bude schlief. Ein kleines Blockhaus an der Durchgangsstraße gelegen diente ihm als Büro, in dem er jeden Morgen die Arbeiter einteilte und auch als Zufluchtsstätte vor seiner wütenden zahnlosen Frau. Kinder hatte er keine. Die hölzerne Tür war nur angelehnt. Er lag in seinen Kleidern auf dem Sofa und schnarchte mit offenem Mund. Ich schob den Tisch beiseite und trat ihm mit Schwung in den Wanst. Er krümmte sich und rutschte vom Sofa auf den Boden. Erst brummte er wie ein Bär, dann nach einem beherzten Tritt in den Magen röchelte er und spie einen mächtigen Schwall Halbverdautes auf die Bretterdielen. Er schaffte es nur, sich soweit aufzurichten, dass er vor mir kniete. Hier stand ich, sein Henker, gekommen um ihn zu richten. Ich hob das Gewehr legte an und zielte auf seine Stirn. Er hustet, wischte sich mit dem Ärmel den

Mund ab und brüllte, was ich Schweinehund von ihm wolle. Ich sagte, dass ich hier sei für meinen Vater. Dann schloss ich die Augen und drückte ab. Der Knall verursachte sofort ein lautes Piepen in meinen Ohren und eine feuchte breiige Masse klatschte in mein Gesicht. Als ich die Augen öffnete stand ich inmitten einer unglaublichen Sauerei. Der Kopf des Brigadiers war explodiert wie ein fauler Kürbis. Der gesamte Innenraum, Wände, Boden, Sofa, Tisch war mit blutigem Schleim beschmiert. Ich rannte nach Hause. Meine Mutter ließ mich von einem Bekannten, der ein Auto besaß, nach Omsk bringen. Dort riefen wir ihren Bruder in Minsk an und schon am nächsten Tag saß ich im Zug. Meine Mutter habe ich seitdem nicht mehr gesehen. Sie hat nie mit mir darüber gesprochen. Doch ich glaube, sie weiß, dass ich nicht anders konnte."

Rufus war tief beeindruckt. Er hatte nicht geahnt, dass sein Freund eine derart traurige Geschichte mit sich herumtrug.

„Und was hast du gefühlt, nachdem du abgedrückt hattest und wieder aus der Hütte raus warst?"

„Was ich gefühlt habe? Zunächst nichts. Es war ein wunderschöner Septembertag gewesen und in der Nacht gab es den ersten Frost. Gelbe Birkenblätter wehten durch die schlammigen Straßen unseres Dorfes und über mir war der Himmel sternenklar. Der Mond schien hell und die Blutflecke auf meinen Armen lagen wie Schatten auf meiner Haut. Ich lief so schnell ich konnte, aber ich spürte wie ich begann mich unendlich frei zu fühlen. Mit keiner Zelle meines Körpers fühlte ich mich in irgendeiner Art und Weise schuldig. Ich dachte nur

„Mann Papa, dem Saukerl haben wir es gezeigt." Wahrscheinlich war das alles sehr naiv. Aber bis heute bereue ich es nicht."

„Was ist aus deinen Brüdern geworden?"

„Sie sind zur Armee gegangen und danach auch in der Firma untergekommen." Von Zeit zu Zeit sehen wir uns."

Sie standen am Ende der Einfahrt und erst die Scheinwerfer des näherkommenden Taxis signalisierten ihnen, dass die Nacht hereinbrach. Igor stellte sich mitten auf die Straße und ruderte mit den Armen bis der Fahrer in die Einfahrt des Kleikamm-Hofes einbog und nach wenigen Metern stoppte, da sich Rufus ihm in den Weg gestellt hatte. Jan Sprosser war erst seit zwei Jahren Taxifahrer. Er war in Ostfriesland in der Nähe von Emden geboren, war dort zur Schule gegangen, hatte in Emden Verfahrenstechnik studiert, keinen Job bekommen und dann beschlossen hinaus in die Welt zu ziehen. Jetzt war er Taxifahrer zwischen Bremen und Oldenburg, was seiner Meinung nach schon weit genug von zu Hause entfernt war. Diese Fahrt war die erste für ihn an diesem Abend und er hatte unter dieser Bauernhof-Adresse nicht so gut gekleidete Herren erwartet. Igor öffnete unaufgefordert die Beifahrertür und setzte sich neben den Fahrer. Rufus stieg hinten ein, so dass er hinter Igor saß. Er wartet darauf, dass Igor die Initiative ergriff. Er saß aufrecht, sein Körper fühlte sich steif an, voller Anspannung, aber er stellte erleichtert fest, dass er nicht nervös war. Er schloss die Augen und ließ die Bilder des Tages in wenigen Sekunden vorbeirauschen und kam zu dem Schluss, dass er angesichts der Geschehnisse erstaunlich ruhig war.

„So meine Herren, wo soll es denn hingehen?" Jan Sprosser stellte diese Routinefrage, während er den Rückwärtsgang einlegte und den Wagen zurück auf die Straße brachte. Igor schaute den Fahrer von der Seite her an und versuchte sich ein Bild von ihm zu machen. Was er sah gefiel ihm. Ein gut 30 jähriger Mann mit dünnem blondem Haar, das leicht über die Segelohren fiel und sie doch nicht verbergen konnte. Der Mann war schmächtig, dünne Ärmchen, kein Bizeps, keine sichtbaren Adern auf den Handrücken – ein Weichei. Rufus entdeckte den Fahrerausweis und nahm zur Kenntnis, dass sie es mit Jan Sprosser zu tun hatten. Bei dem Namen offensichtlich ein Ostfriese. Das dünne etwas zu lange Haar des Fahrers erinnerte ihn an den Komiker Otto.

Sie fuhren bei der Auffahrt Hatten wieder auf die A28 in Richtung Bremen. Rufus schaute aus dem linken Seitenfenster und wartet darauf, dass bald der verwünschte Parkplatz auf der anderen Fahrbahnseite vorbeihuschen würde, wo die ganze Odyssee begonnen hatte. Die Ausfahrt Hude wurde angekündigt und Igor befahl dem Fahrer hier die Autobahn zu verlassen. Jan Sprosser nahm die Ausfahrt, bremste den Wagen und kam an der nächsten Kreuzung zum Stehen. Igor fragte: „Kennen Sie hier einen kleinen Parkplatz wo ich kurz pinkeln kann?"

Jan Sprosser rollte mit den Augen: „Wie bitte? Ich hätte auch am Rastplatz rausfahren können, aber gut, hinter der Autobahnbrücke halte ich im Wald. Sie bogen links ab, überquerten auf einer Brücke die Autobahn und nach etwa 150 Metern bog Jan Sprosser rechts ab in ein Wäldchen. Der Weg nahm noch eine Kurve bevor er auf einem kleinen Parkplatz endete. Der Platz war von der Straße aus nicht einzusehen. Igor war sehr zufrieden. Igor beschloss, dass jetzt der Zeitpunkt war, seinen Partner über seinen Plan zu informieren. Er öffnete die Wagentür und sagte: „Warten Sie hier." Dieser Satz stand wie ein Naturgesetz im Raum und Jan Sprosser nickte gehorsam. Igor gab Rufus einen Wink, so dass auch er aus dem Wagen stieg. Sie gingen zum Waldrand stellten sich nebeneinander und öffneten ihre Hosenschlitze. Rufus blickte nach oben in die Baumwipfel und schüttelte sich genussvoll: „Ahh, Igor, ist das schön."

„Was soll daran schön sein? Wir pissen!"

„Das ist es ja gerade. Ich finde, das Recht eines jeden freien Mannes ist es, unter freiem Himmel zu pinkeln, aber diese Diskussion hatten wir ja schon!"

„Und du weißt, was sie uns eingebrockt hat."

Igor zog seinen Reißverschluss wieder zu und gab Rufus einen Klaps auf den Rücken: „Hör zu, ich mache diesem Fahrer jetzt klar, dass er per Funk seinen Kollegen ausfindig machen soll, der heute Abend diesen Bauern gefahren hat. Wenn er ihn gefunden hat, lassen wir uns exakt dorthin bringen, wo auch der Bauer ist."

„Hört sich gut an, und wie bringst du ihn dazu, das alles zu tun?" Igor schlug sein Sakko zurück und deutet auf den schimmernden Griff seiner SIG. Rufus hatte nichts anderes erwartet und sagte: „Aber ich rede." Gemeinsam schlenderten sie zum Wagen zurück. Jan Sprosser trippelte ungeduldig mit den Fingern auf seinem Kunstleder-Lenkrad und nachdem seine Fahrgäste wieder Platz genommen hatten, erkundigte er sich: „Geht's wieder? Dann kann es ja weitergehen." Er ertastete den Zündschlüssel zwischen Daumen und Zeigefinger doch bevor er ihn drehen konnte, bohrte sich ein stechender Schmerz in seinen rechten Oberschenkel und entsetzt warf er sich gegen die Fahrertür. Igor drückte seine SIG mit der Mündung auf den knochigen Oberschenkel Jan Sprossers und blickte in die weit aufgerissenen Augen des Fahrers. Die Dämmerung lag in den letzten Zügen und die Dunkelheit, die den Wald schon erfasst hatte, drang auch langsam in das Wageninnere vor. Rufus langte an Igor vorbei und schaltet, die Wageninnenbeleuchtung ein. Jan Sprosser drückte sich an die Wagentür und schaute nervös zwischen Rufus und Igor hin und her. Rufus ergriff das Wort, bevor Igor irgendetwas Unüberlegtes sagen konnte: „Bleiben sie ganz ruhig Herr Sprosser, dann passiert ihnen nichts. Sie müssen uns nur einen kleinen Gefallen tun."

„Einen Gefallen? Wenn sie Geld wollen, nehmen sie es!" Igor schüttelte den Kopf und erhöhte den Druck. Jan Sprosser traten Schweißperlen auf die Stirn. Rufus fuhr fort: „Wir wollen nicht ihr Geld. Sehen wir aus wie Diebe?" Rufus biss sich auf die Zunge. Auf diese Frage gab es nur Antworten, die Igor nicht gefallen würden, deshalb beeilte er sich fortzufahren: „Sie fragen jetzt per Funk ihre Kollegen, wer heute Abend einen Bauern aus Hude nach Bremen gefahren hat. Der Mann heißt Ludger Kleikamm und wurde exakt dort abgeholt, wo sie uns getroffen haben. Ist das klar für sie?" Jan Sprosser nickte vorsichtig. Igor löste den Druck und zog seine Pistole bis auf eine Entfernung von etwa 20 cm vom Bein des Fahrers zurück: „Sie können los legen, aber wenn sie in irgendeiner Form einen Alarm auslösen oder eine Warnung senden, schieße ich ihnen ins Bein. Wenn sie Glück haben geht die Kugel direkt durch den Muskel und anschließend in das Sitzpolster. Ein paar Fetzen ihrer Jeans gelangen in die Wunde und es gibt eine eitrige Entzündung. Wenn sie kein Glück haben, zersplittert die Kugel den Knochen, dann wird ihnen wahrscheinlich das Bein abgenommen. Wenn sie Pech haben, erwischt die Kugel die Hauptschlagader. In diesem Falle werden sie dort draußen auf dem Waldboden verbluten und wir müssen uns ihren Wagen ausleihen." Jan Sprosser hatte vollkommen verstanden. Er würde alles so machen wie gewünscht. Er mochte seinen Job zwar, aber sich für einen Kollegen aufopfern – niemals. Er nahm sein Funkgerät und begann die aufgetragene Frage zu stellen. Die einzelnen Fahrer meldeten sich bei ihm und verneinten alle samt. Er probierte weiter bis sich die Zentrale einschaltete und genervt fragte, warum er das wissen wolle. Rufus und Igor konnten alles mit anhören. Jan Sprosser blickte seine beiden Kidnapper erwartungsvoll an, bis Rufus ihm zunickte. Ihm blieb also nichts anders übrig, als sich selbst was auszudenken: „Also die Frau des Fahrgastes hat sich bei mir gemeldet und gesagt, dass er seinen Haustürschlüssel vergessen habe. Da ich in der Nähe war, habe ich ihn abgeholt. Jetzt suche ich den Mann." Mit dieser Auskunft war die Zentrale zufrieden und meldete: „Der Mann ist von Hubert abgeholt worden. Fahrtziel war Bremen." Rufus nickte dem Fahrer anerkennend zu. Jan Sprosser fühlte sich für Sekunden geschmeichelt wie ein Musterschüler, bevor ihn die Angst wieder übermannte. Er rief

170

per Funk nach Hubert Knutt, doch es meldete sich niemand. Igor wurde langsam unruhig. Rufus bemerkte, dass er auf seinem Sitz hin und her rutschte. Nachdem Jan Sprosser noch 10- oder 20-mal nach Hubert Knutt gerufen hatte, ergriff Rufus die Hand des Fahrers, die das Mikrofon hielt und sagte: „Anscheinend hat ihr Kollege sein Funkgerät ausgeschaltet. Wir warten also und alle 10 Minuten starten sie einen neuen Versuch. Igor sah Rufus an. Wie hatte sich sein Freund im Laufe dieses verrückten Tages verändert. Noch heute Morgen war er ein blutiger Anfänger, dem er die Bewältigung der Ereignisse dieses verrückten Tages nicht zugetraut hätte. Doch er hatte sich getäuscht. Rufus behielt Ruhe und Übersicht und schaffte es sogar, ihn selbst zu beruhigen und er war froh, dass er ihn bei sich hatte. Rufus hatte sich zurückgelehnt. Er ließ seinen Kopf auf die Rückenlehne sinken und schaute durch das Seitenfenster in den Nachthimmel. Zwischen den Baumwipfeln sah er die Sterne. Er fühlte sich gut und beschloss, ein wenig zu schlafen. Igor ließ den Fahrer nicht aus den Augen. Die SIG lag schwer in seiner Hand und die Mündung ruhte starr auf dem Oberschenkel des Taxifahrers. Jan Sprosser zählte die Sekunden zwischen den 10 minütigen Funkintervallen. Jedes Mal sagte er voller Hoffnungen seinen Spruch auf, aber wurde immer durch das stimmlose Rauschen aus dem Äther enttäuscht.

Nachdem Hubert Knutt seinen Fahrgast zurück in den Wagen bugsiert hatte und froh und erleichtert zur Kenntnis nahm, dass sein Gast endlich wieder zurück nach Hause wollte, schaltete er sein Funkgerät wieder ein, um der Zentrale zu melden, dass er jetzt bald wieder zur Verfügung stand. Doch noch bevor er die frohe Botschaft verkünden konnte, meldete sich sein Funkgerät und rief nach ihm.

„Wagen 18, Hubert, bitte kommen!"

„Hier Wagen 18, was gibt's"

Jan Sprosser sank bei dieser Antwort erleichtert in seinen Sitz und seine verkrampften Muskeln entspannten sich. Instinktiv haute er Igor auf die Schulter, was allerdings dazu führte, dass sich die Pistole wieder in sein Bein bohrte.

„Hier ist Wagen 21, Jan, meine Güte Hubert, wo hast du solange gesteckt?"

„Ich habe einen Dauergast, was ja wohl nicht so ungewöhnlich ist."

„Na ja, ist ja auch egal. Ich muss wissen, ob du heute einen Mann aus Hude gefahren hast, der einen Koffer bei sich hatte?"

Hubert Knutt warf fragend einen Blick auf seinen immer noch etwas weggetretenen Fahrgast. Warum interessierte sich sein Kollege für seinen Kunden? Da er den Koffer erwähnt hatte schrillten bei Hubert Knutt die Alarmglocken. Verdammt, verdammt, er hätte den Typen am Heartbreak Hotel absetzen und dann schön normal weiter Gäste am Bahnhof auflesen sollen, aber nein, er musste sich ja von diesem Bauern mit seinen muffigen Dollars verführen lassen. Was sollte er jetzt antworten? Jan Sprosser war ein netter Kerl, vielleicht hatte er ja die Polizei bei sich. Hubert Knutt entschied sich für die Wahrheit:

„Ja der sitzt hier neben mir." Igor entriss Jan Sprosser das Mikrofon, während der wieder hellwache Rufus seine Hand auf den Mund des Taxifahrers legte - nicht brutal, aber bestimmt und unzweideutig. Igor drückte die Sprechtaste und sagte: „Das ist gut und jetzt tun sie genau, was ich ihnen sage." Hubert Knutt wusste, dass sich die Polizei so nicht anhört und er bereute, dass er sich für die Wahrheit entschieden hatte.

Knapp eine halbe Stunde später tastete sich vorsichtig der Wagen von Hubert Knutt auf den schlecht einsehbaren Waldparkplatz. Es dämmerte bereits und Hubert Knutt stoppte sein Taxi ein paar Meter vor dem Wagen seines Kollegen. Er konnte Jan Sprosser hinter dem Steuer sitzen sehen. Seine Hände waren am Lenkrad gefesselt und sein Mund geknebelt. Hubert Knutts Hände wurden feucht, er reckte seinen Hals und suchte mit hastigen Blicken die Umgebung ab, aber von irgendwelchen Fahrgästen war nichts zu sehen. Das änderte sich, als plötzlich die Wagentür aufgerissen wurde und Hubert Knutt kaltes Metall an seiner Schläfe spürte. Rufus bedrohte zum ersten Mal einen Menschen mit einer Waffe und hoffte, dass er sie nicht würde benutzen müssen. Gleichzeitig bekam er eine Gänsehaut, denn er spürte einen Hauch der Macht über Leben und Tod, die ihm dieses Stück Metall verlieh. Er bedeutete dem Fahrer auszusteigen, während Igor den schläfrigen Ludger Kleikamm aus dem Wagen hievte. Igor lehnte den Mann, dem sie diese unendliche Nacht verdankten an das Taxi und presste seine linke Hand gegen seinen Brustkorb, um ihn aufrecht zu halten. „Schon wieder so ein Schwächling", dachte Igor „zuerst dieses Weichei auf dem Rastplatz und jetzt diese Elendsfigur." Rufus baute Hubert Knutt in einiger Entfernung von seinem

Wagen auf und ließ ihn dort stehen, wo er ihn gut sehen konnte. Hubert Knutt hielt immer noch die Hände in die Luft. Er hatte schon viele kleine Ganoven kennengelernt, die ihm an seine Tageseinnahmen wollten. Mit denen war er immer fertig geworden, aber diese beiden hier waren ein anderes Kaliber. Rufus ging hinüber zu Igor und zog den Bauern hinter den Wagen, wo er ihn an den Kofferraum lehnte. Hubert Knutt ließ seine Arme sinken, beobachtete die Szene und zuckte zusammen, als er bemerkte, dass sein Fahrgast den Koffer nicht mehr in den Händen hielt. Er konnte sich nicht erinnern, ob er ihn noch gehabt hatte, als er aus der Kirche kam, aber jetzt war der Koffer definitiv nicht da. Igor krallte seine Faust in das aus der Mode gekommene Hemd Ludger Kleikamms, richtete ihn auf und sagte: „Rufus, sieh dir das an. Was für eine jämmerliche Figur!" Rufus schob Igor beiseite und gab Ludger Kleikamm zwei heftige Ohrfeigen. Ludger Kleikamm öffnete die Augen zu zwei schmalen Sehschlitzen und murmelte: „Ich will nach Hause." Rufus antwortete: „Das wollen wir auch Herr Kleikamm. Es gibt da nur ein Problem: Sie haben etwas, das uns gehört und das möchten wir jetzt zurückbekommen." Ludger Kleikamm schaute auf, blickte abwechselnd Igor und Rufus an und fixierte dann Rufus, der offensichtlich zu ihm gesprochen hatte. „Was soll das sein?" Igor schnaubte, hob seine Waffe und bohrte den Lauf in Ludgers Wange. Rufus stieß Igor in die Rippen, schaute ihm streng in die Augen und hielt seinen Zeigefinger vor die geschürzten Lippen. Igor wandte sich ab und checkte mit kurzen Blicken, ob die beiden Taxifahrer noch brav waren. Rufus redete weiter ruhig auf Ludger Kleikamm

174

ein: „Es geht natürlich um unseren Koffer, Herr Klei-kamm." Bei der Erwähnung des Koffers traten kalte Schweißperlen aus Ludgers Haut, ihm wurde übel, Speichelfluss setzte ein. Er krümmte sich, schob Rufus beiseite und hastete zum Waldrand, wo er sich in einem plätschernden Schwall übergab. Igor fasste Rufus an die Schulter: „Wir haben nicht mehr viel Zeit. Soll ich ihn befragen?" „Noch nicht, Igor, noch nicht."

Ludger Kleikamm erhob sich und wischte seinen Mund im Ärmel seines Sakkos ab. Erst jetzt nahm er sich die Zeit, sich umzusehen. Dort drüben stand ein Mann, den er als seinen Chauffeur erkannte. Er selbst ging auf zwei dunkel gekleidete Männer zu, von denen einer eine Pistole in der Hand hielt. Wozu das alles? Was passierte mit ihm? Warum konnte er nicht endlich nach Hause zu seiner Mutter? Rufus ging ein paar Schritte auf Ludger zu und sprach ihn an: „Herr Klei-kamm, wo ist unser Koffer?" Ludger antwortete matt: „Ich habe ihn nicht mehr." Igor brüllte los und stürmte auf Ludger Kleikamm zu. Rufus hielt ihn nicht zurück. „WAS SOLL DAS HEISSEN, DU HAST IHN NICHT MEHR. WO IST DER VERDAMMTE KOFFER?" Mit einem kräftigen Ruck stieß er den Bauern runter auf die Knie, entsicherte seine Pistole und drückte sie auf die Stirn Kleikamms. Er war zu allem entschlossen. Die Waffe lag ruhig in seiner Hand. Was sollte ein Mord für Konsequenzen haben? Er und sein Freund Rufus waren so oder so erledigt. Wenn sie nicht getötet würden, dann würden sie wahrscheinlich nur noch als Fahrer in Sibi-eren eingesetzt werden. Rufus blieb ein wenig abseits stehen, er rechnete damit, dass jeden Moment der Kopf dieses Bauern explodieren würde. Er fühlte sich matt, wie gelähmt und würde es geschehen lassen. Der Richter würde sagen: „...den Tod eines Menschen billigend in Kauf genommen." Der erste der sich jetzt zu Wort meldete war Hubert Knutt: „Schießen sie nicht. Ich weiß, wo er diesen Koffer gelassen hat." Alle Augen richteten sich auf den Taxifahrer: „Er hat ihn in Bremen in der Propstei zurückgelassen. Ich habe ihn dort abgesetzt, er sagte, er wolle beichten und als er zurückkam hatte er den Koffer nicht mehr bei sich." Ludger lauschte diesen Worten und war froh, dass der Taxifahrer, das für ihn formuliert hatte. Er fügte nur fast flüsternd hinzu: „Ja das stimmt. Und jetzt ist der Koffer, dort wo er hingehört, in den Händen eines Gottesmannes."

„Was redest du da?" brüllte Igor und Ludger erklärte: „Der Priester, der Priester hat versprochen auf ihn aufzupassen." Dann sank Ludger in sich zusammen und fiel seitlich auf die feuchte Erde. Igor zielte immer noch auf die Schädeldecke des vor ihm liegenden Bauern. Nein er würde diese Kreatur nicht auslöschen. Das war gegen seine Ehre. Hier lag ein Mensch wehrlos wie ein Säugling und weinte nach seiner Mutter. So etwas konnte er nicht töten. Rufus registrierte erleichtert, dass Igor seine SIG zurück in den Hosenbund schob. Er wandte sich dem Taxifahrer zu und sagte: „Die Kirche heißt Propstei und liegt in Bremen?" Hubert Knutt beeilte sich zu versichern: „Ja im Zentrum, nicht zu verfehlen."

„Gut. Sie wissen von dem Koffer. Haben sie sich an seinem Inhalt bedient?" Hubert Knutt fingerte nervös die Dollarnoten aus seiner Lederjacke, die sein Fahrgast ihm zugesteckt hatte, und hielt sie Rufus hin: „Nein,

nein, nur das was er mir für die Fahrt gegeben hat." Rufus schaute kurz auf das Geld und winkte ab: „Behalten sie es und fahren sie den Mann zurück auf seinen Hof." Rufus und Igor durchsuchten sicherheitshalber Hubert Knutts Taxi und halfen ihm dann, den schlafenden Fahrgast auf dem Rücksitz zu platzieren. Igor zerstörte mit wenigen Handgriffen das Funkgerät im Taxi, dann ließen sie die beiden fahren und sahen dem Taxi nach wie es den Wald verließ. Sie gingen zurück zu ihrem Fahrer, befreiten ihn von Handfesseln und Knebel und ließen sich zurück zu ihrem Wagen bringen.

25

Nachdem Juri Nikolajewitsch genannt der Professor sicher auf dem Hamburger Flughafen gelandet war, wurde er von einem jungen Mann in der Ankunftshalle begrüßt und zu einem schwarzen Mercedes in Parkhaus Nummer 4 geführt. Der junge Mann stellte sich als Stansilav Wladimirowitsch vor und bot Juri an, ihn einfach nur Stas zu nennen. Juri nickte nur und nahm zufrieden zur Kenntnis, dass die deutsche Abteilung wenigstens nicht so einen Freak geschickt hatte. Er lehnte Stas' Angebot ab, ihm seinen kleinen Koffer abzunehmen und so erreichten sie den Wagen. Sie verließen das Parkhaus und erreichten den Autobahnzubringer und erst nachdem sie sich auf der A7 in den Verkehr eingefädelt hatten, brach Juri das Schweigen: „Was hast du für mich?" Stas hatte gehört, dass der Professor nicht viele Worte machte und so griff er in den Fußraum vor dem Beifahrer sitz, holte eine schwarze Ledermappe hervor und reichte sie dem Killer auf dem Rücksitz. Stas hatte großen Respekt vor dem Professor, denn auch hier in Deutschland erzählte man sich in der Organisation von der Gründlichkeit dieses gefürchteten Mannes. Stas selbst studierte in Hamburg Deutsch und Geschichte und erledigte nebenbei kleinere Jobs für die Firma. Seine Referenz war sein Vater, der in Minsk für den ehrenwerten Victor Ivanovitsch arbeitete. Juri öffnete die Ledermappe und überprüfte ihren Inhalt. Er ertastete den vertrauten Griff seiner „Dienstwaffe" und holte die Desert Eagle aus dem Dunkel der Mappe an das Tageslicht. Er legte sie auf seinem Schoß und fand auch Schalldämpfer und Munition in der Mappe. Mit flinken

Handgriffen fügte er sein Arbeitswerkzeug zusammen und verstaute es in den Tiefen seines Ledermantels. Stas hatte sich die Route auf einer detaillierten Karte genau eingeprägt und für den Fall von unvorhergesehenen Staus hatte er einige Ausweichstrecken auswendig gelernt. Denn er wusste, dass der Professor Ungenauigkeiten und Verzögerungen jeglicher Art hasste. Nach etwa einer Stunde und 45 Minuten passierten sie die Ausfahrt „Hude" der A28. Sie ahnten nicht, dass die Personen, wegen derer Juri den weiten Weg nach Deutschland auf sich genommen hatte, sich in diesem Moment in etwa 300m Entfernung auf einem kleinen Waldparkplatz versammelt hatten. Zehn Minuten später hielt Stas den Mercedes in Sichtweite der Einfahrt zum Hof Kleikamm und stellte den Motor ab. Mit einem kurzen „warte hier" stieg Juri aus dem Wagen und schob leise die Tür zu. Stas lehnte sich zurück, versuchte sich zu entspannen und gleichzeitig höchst wachsam zu sein. Die Morgendämmerung kroch langsam von Osten nach Westen über das Land und Juri wusste, dass er nicht viel Zeit zur Erledigung seines Auftrages hatte. Er trat durch das offen stehende Dielentor in das Bauernhaus und ging auf den kleinen Wind- und Fliegenfang zu, der offensichtlich Stall- und Wohngebäude trennte. Eine schwere Eisentür versperrte den Zugang zu den Wohnräumen. Es gab allerdings kein Zylinderschloss, sondern nur ein simples Doppelbartschloss und so konnte Juri problem- und lautlos in das Haus eindringen.

Die alte Frau lag friedlich in ihrem Bett und schlief. Juri trat lautlos an sie heran. Ihr Kopf war tief in das Kissen eingesunken und ein Fächer von spröden grauen Haaren hatte sich um den Schädel der Frau formiert. Die schrumpeligen Hände der Alten lagen wie zum Gebet gefaltet über der Brust, von da an wölbte sich das gewaltige Federbett und begrub den Rest des kleinen Körpers unter sich. Juri hatte alle Räume in dem Haus überprüft. Er hatte noch ein weiteres Schlafzimmer entdeckt, dessen Bett leer war. In einer Art Arbeitszimmer hatte er Briefe gefunden die teils an Ludger Kleikamm teils an Maria Kleikamm adressiert waren. Das bestätigte seine Informationen und gab die letzte Gewissheit, dass er hier richtig war. Schade war nur, dass Ludger Kleikamm nicht in seinem Bett lag. Das bedeutete, dass er würde warten müssen und das mochte er nicht. Die Frau röchelte und würgte Schleim hoch in ihre Mundhöhle, schmatzte dreimal und schluckte ohne die Augen zu öffnen. Sie schlief weiter und spürte nichts von dem Pistolenlauf, der 2 cm über ihrer Stirn schwebte. Juri zog die Waffe langsam wieder zurück und sah sich kurz im Zimmer um. Auf dem Nachttisch neben dem Bett stand ein Bildnis der Muttergottes und ein Glas, in dem die künstlichen Zähne der Alten in Reinigungslösung schwammen. Auf einem Stuhl in der Ecke entdeckte Juri ein Kissen. Dieses Kissen nahm er in beide Hände und wandte sich wieder der schlafenden Frau im Bett zu. Als Juri das Kissen auf das Gesicht der Alten drückte, schien ihr ganzer Körper in dem Bett abzutauchen. Die alten Eisenfedern in der Matratze knackten und quietschten, bis Juri fast sein ganzes Körpergewicht auf das Kissen gelegt hatte. Für einige Sekunden wurde es wieder still in dem Raum. Dann begann das Federbett zu beben. Die dünnen Beinchen der Alten hüpften unter der Decke auf und ab und durch die Federn der Matratze verstärkt entstand eine Art Trommelwirbel. Jetzt fielen auch die Arme in das Konzert mit ein. Sie fuchtelten und schlugen nach imaginären Insekten und schafften es doch nicht, den Tod zu verscheuchen. Nach etwa einer Minute ließ die Kraft nach. Die Muskeln entspannten sich und die Frau war tot. Juri verringerte langsam den Druck auf das Kissen und nahm es schließlich ganz weg. Die Augen der Frau starrten entsetzt an die Decke. Juri rückte den Körper wieder in seine frühere Position legte auch die Arme der Toten zurück auf die Brust und faltete ihre Hände. Was für ein schöner Anblick. Zwar hatte er schon zum zweiten Mal innerhalb von drei Tagen die „Keine-Frauen-Regel" gebrochen, aber gab es einen schöneren Tod? Wie friedlich sie dalag. Ein erfülltes Leben war mit – Juri schätzte etwa 80 Jahren – zu Ende gegangen. „Entschlafen in der Hoffnung dass sie aufersteht" – glaubten die Christen nicht daran? Wie auch immer. Juri legte das Kissen zurück auf den Stuhl, verließ den Raum und das Haus und trat vorsichtig zurück auf den Hof. Wo sollte er auf Ludger Kleikamm warten. Sein Blick fiel auf den Hähnchenstall. Er sah die Rundumleuchte der Alarmanlage des Stalles und hatte eine Idee. Das Stallgebäude war nicht verschlossen. Juri ignorierte das Warnschild, das betriebsfremden Personen aus seuchenhygienischen Gründen den Zutritt verbot und trat in den Vorraum. Hier in dem etwa 20 m² großem Raum stand ein Schreibtisch, ein Stuhl und an den Wänden neben der Eingangstür hingen einige Schaltkästen mit roten Displays, die die aktuelle Temperatur im Stall anzeigten. Juri trat vor ein großes Fenster warf einen Blick in das Stallinnere. Tausende von kleinen noch gelben Hähnchen tummelten sich auf dem mit Sägemehl eingestreuten Betonboden. Von der Decke herabhängende Futtertröge und Tränken teilten den Stall in mehrere Reihen ein, in denen die Vögel nervös umherirrten. Aus der Stalldecke ragten braune Röhren in das Stallinnere, in denen Ventilatoren für den notwendigen Luftaustausch sorgten. Juri zog die Desert Eagle aus seinem Mantel und verpasste jedem Schaltkasten eine Kugel. Rauch und der Gestank nach verbranntem Plastik erfüllte den Vorraum und draußen dröhnte eine Sirene. Juri verließ den Stall und überprüfte, ob die Warnleuchte funktionierte. Sie leuchtete und drehte sich hektisch im Rhythmus der Sirene. Die Sirene war Juri ein wenig zu auffällig und weiterer Schuss aus der Pistole brachte sie zum Schweigen. Juri ging zurück in den Vorraum. Die elektronische Klimasteuerung war getroffen, aber nicht gänzlich außer Gefecht gesetzt. Die Ventilatoren liefen auf Hochtouren und der ganze Stall schien unter einem tiefen Summen zu vibrieren. Eine Temperaturanzeige war noch in Takt und zeigte an wie die Innentemperatur stetig fiel. Juri stellte sich vor das Fenster und beobachtete wie die Küken anfingen zu sterben. Der plötzliche Temperaturabfall, der Lärm durch die dröhnenden Ventilatoren war zu viel für die empfindlichen Tiere. Sie kippten um und Juri stellte sich vor wie ein unsichtbares Maschinengewehr Salven in die Menge schoss. Das Wunder des Todes. Soviel Technik hatten sich die Ingenieure ausgedacht, um das Leben der kleinen Tierchen zu schützen und jetzt brachte genau diese Technik sie um. Schließlich schoss er noch einmal in den Schaltkasten, der die Drehzahl der Lüfter anzeigte und langsam verstummte das Summen. Er nahm den Schreibtischstuhl und betrat, das Stallinnere. Die Luft war erfüllt von dem seichten Gepiepe der sterbenden Vögel. Einige Rotlichtlampen unterstrichen die düstere Atmosphäre. Juri peilte die Stallmitte an und platzierte den Stuhl unter einem der Abluftkamine. Hier setzte er sich und wartete mit der Waffe auf dem Schoß.

Ludger Kleikamm wollte nicht bis auf den Hof gefahren werden, sondern er ließ Hubert Knutt das Taxi an der Hofeinfahrt stoppen. Man sah dem Taxifahrer die Erleichterung an, dass er das Fahrtziel dieser Nacht erreicht hatte, dass er diesen Fahrgast los wurde, dass er noch lebte. Ludger Kleikamm stieg aus. Seitdem er sich übergeben hatte, fühlte er sich wieder einigermaßen nüchtern, war aber noch verwirrt und unfähig die Ereignisse dieser Nacht zu verstehen. Er beugte sich noch einmal in das Taxi hinein: „Ich danke ihnen für alles!"

„Danken sie nicht mir, danken sie dem lieben Gott, dass sie noch leben."

„Das werde ich. Das verspreche ich."

Hubert Knutt wendete und fuhr davon. Er fuhr nach Hause, um zu schlafen und um das alles zu vergessen.

Ludger Kleikamm schlenderte langsam die Hofeinfahrt entlang. Zum ersten Mal seit langer Zeit freute er sich nach Hause zu kommen. Ja er freute sich sogar darauf seine Mutter zu sehen, sich ihr Geschimpfe und ihre Gebete anzuhören. Er hatte vom Kelch des Bösen gekostet, aber er hatte bereut, gebeichtet und kam reingewaschen nach Hause. Er würde nie mehr die Vergnügungen der Stadt suchen, er wusste jetzt endgültig, wo er zu Hause war. Ludger Kleikamm erreichte den Hof, der friedlich in der Morgendämmerung lag und ging auf das Dielentor zu. Er stellte sich schon den Duft gebratener Eier zum Frühstück vor, als seine Augen kurz den Giebel des Hähnchenstalls streiften und ruckartig am nervösen Leuchten der Alarmlampe hängenblieben. Mit einem Alarm während des Frühstadiums der Mastperiode war nicht zu spaßen und deshalb rannte Ludger auf den Stall zu. Sein Blick hing an der Signalleuchte und ihm fiel auf, dass die Sirene kaputt an ihren Kabeln baumelte. Kurz vor dem Stall stoppte er und ging jetzt langsam auf die Eingangstür zu. Warum war die Sirene zerstört? Was war hier los. Ludger Kleikamm öffnete vorsichtig die Tür. Rauch und der Gestank nach verbranntem Kunststoff schwebte ihm entgegen und brannte in seinen Lungen. Die komplette Klimaregulierung war zerstört. Ludger fühlte sich plötzlich als würde ihm ein tonnenschwerer Umhang aus Blei auf die Schultern gelegt. Er wusste hier war etwas wirklich Böses im Gange. Er öffnete die Tür zum Stallinneren und verharrte auf der Schwelle. Vor ihm tat sich die Hölle auf. Der Boden war übersät mit leblosen Hähnchenkörpern. Einige piepsten noch im Todeskampf, doch die meisten Tiere waren tot. Die Luft war voll von Staub, doch im schummrigen Rotlicht erkannte er, dass dort in der Mitte des Stalles eine dunkle Gestalt auf einem Stuhl saß. Ludger setzte langsam einen Fuß vor den anderen und bewegte sich auf den Fremden zu. Wie ein großer schwarzer Magnet zog ihn die unheimliche Gestalt an und Ludger wurde klar, dass er sich auf seinen Richter zu bewegte. Er leistete keinen Widerstand, Restalkohol und Fatalismus trieben ihn tiefer in diesen Wahn und so blieb er etwa eineinhalb Meter vor dem Fremden stehen.

Juri erhob sich und sprach seinen Gegenüber mit starkem russischen Akzent an: „Bist du Ludger Kleikamm?" Sein Opfer nickte. „Steig auf diesen Stuhl". Ludger gehorchte kommentarlos und stieg auf den Schreibtischstuhl. Juri hatte das Kabel des Ventilators am Motor abgeschnitten und aus der Deckenisolierung gerissen. So hatte er ein Ende von etwa 2 Metern. Er hatte eine Schlinge geknotet und legte sie Ludger um den Hals. Ein wenig verwunderte ihn, wie bereitwillig sein Opfer sich seinem Schicksal hingab. Er war sich bewusst, dass sein Äußeres auf viele eine entwaffnende Wirkung hatte, doch dieser Deutsche hier, schien sich ihm vollkommen freiwillig hinzugeben.

„Weißt du, warum ich hier bin?"

„Um mich zu richten."

Juri wusste nicht, ob es an seinem schlechten Deutsch lag, aber er verstand den Mann nicht. Eines seiner Prinzipien war, wenn du etwas nicht verstehst, werde es los! Daher kam er direkt zur Sache: „Wo ist der Koffer?"

„Ich habe ihn nicht mehr. Der Priester hat ihn."

Juri seufzte lautlos.

„Wo finde ich den Priester?"

„Ich weiß es nicht. Er sagte, er sei nicht aus Bremen, sondern fährt zurück in irgendein Dorf in Westfalen."

„In welches Dorf?"

„Ich glaube, es hieß Senden."

Ein Priester aus einem Dorf namens Senden. In Dörfern gab es nicht allzu viele Priester, also würde er leicht zu finden sein. Juri hatte genug gehört. Er gab dem Stuhl einen Tritt. Ludger Kleikamm taumelte und verlor den Halt. Er sah dem einäugigen Teufel ins Gesicht, als sich die Kabelschlinge um seinen Hals zusammenzog. Er wollte schreien, aber konnte es nicht, er spürte noch wie sich Darm und Blase entleerten, Bilder von seiner Mutter und seinem Vater blitzten auf vor seinen Augen. Dann umgab ihn Schwärze, er fror, dann starb er.

Als Juri wieder unter freiem Himmel stand, klopfte er sich gründlich ab und ging zurück zur Straße. Er sah Stas und den Wagen nicht, aber wenn Stas einigermaßen geschult war, sah er ihn. Er hatte richtig vermutet. Nach einer halben Minute fuhr der Wagen vor. Juri stieg hinten ein und Stas versuchte im Rückspiegel auf dem Gesicht des Killers wenigstens einen kleinen Hinweis darauf zu finden, was er hier getan hatte. Juri tastete kurz nach seinen Waffen, um zu prüfen, ob alles wieder an seinem angestammten Platz war und sagte dann: „Wir fahren in ein Dorf namens Senden. Unterwegs finde heraus, wo wir dort den Priester finden."

26

Boris hatte blendende Laune, als er sich an diesem Morgen auf den Weg zum neuen Speditionsgebäude machte. Er hatte ein gutes Gefühl, was seine Karriere anging. Er hatte dem ehrenwerten Victor gezeigt, was für ein treuer Mitarbeiter er war und wer weiß, vielleicht würde er ja Rigatschow auf seinem Sitz in der Firma nachfolgen. Tschingis Rigatschow hatte Boris einbestellt, um zu irgendeinem Treffen gefahren zu werden. Nichts besonders, alles sah nach einem der üblichen langweiligen Arbeitstage aus. Boris stellt sich vor die Eingangstür und lächelte in die unter dem Gesimse angebrachte Überwachungskamera. Ein dunkles beep öffnete die Tür und er trat ein. Im nächsten Moment spürte er einen eisenharten Griff auf der Schulter und jemand presste ihm ein Tuch auf Mund und Nase. Ein scharfer Geruch schoss ihm in Lunge und Hirn und nahm ihm das Bewusstsein.

Als er wieder erwachte, fand er sich in einem dunklen Kellerraum des Speditionsgebäudes. Er saß auf einem Stuhl und seine Hände waren hinter seinem Rücken und der Stuhllehne mit Klebeband gefesselt. Die Fessel war sehr stramm. Seine Handgelenke schmerzten und in seinen Fingerspitzen kribbelt es aufgrund der eingeschränkten Durchblutung. Über seinen Füßen hatte man seine Hosenbeine nach oben geschoben und die nackten Knöchel ebenfalls mit Klebestreifen an den Stuhlbeinen befestigt. Auch über seinem Mund klebte ein Tape, das einen Lösungsmittelgeschmack auf seine Zunge legte. Eine Bunkerleuchte an der Decke sorgte für ein fahles gelbes Licht in dem ansonsten leeren Raum. Nur etwas war da noch, das ein sehr ungutes Gefühl in Boris weckte. Unter seinem Stuhl war eine ca. sechs Quadratmeter große Plastikfolie ausgebreitet. Genau dieses Detail verriet ihm, dass sein Todesurteil bereits gefällt war. Panik stieg in ihm auf und die Adrenalin-geschwängerten Muskeln begannen an seinen Fesseln zu zerren. Er kippelte mit dem Stuhl, als plötzlich die schwere Eisentür aufgestoßen wurde und Rigatschow zusammen mit einem von Boris' Kollegen von der Security den Raum betrat. Boris hielt inne und starrte seinen Chef gebannt an.

„Boris, Boris, Boris. Du kannst dir nicht vorstellen, wie sehr du mich enttäuscht hast. War ich nicht immer wie ein Vater zu dir? Und jetzt das. Ich wollte es zuerst nicht glauben, als Wladimir Lipkow mich angerufen hat. Was? Habe ich gesagt, Boris ein Verräter? Nein das kann nicht sein! Habe ich gesagt. Aber, Boris, es stimmt. Du hast mich hintergegangen. Hast du wirklich geglaubt, Verrat öffnet dir die Tür zu einer steilen Karriere? Habe ich dir nicht beigebracht: Der Feind liebt den Verrat, aber nicht den Verräter?"

Boris wollte sich rechtfertigen, aber er bekam sehr schlecht Luft und durch das Tape vernahm man nur ein mattes Mmmh, Mmmh. Rigatschow ging näher an ihn heran, bückte sich und brachte sein Ohr direkt vor Boris' Mund.

„Was hast du gesagt? Ach ja, du kannst nicht sprechen. Das liegt daran, dass ich deine Stimme nie mehr hören möchte. Nach allem was wir wissen, bist du allein für dieses Dilemma verantwortlich. Du weißt, dass der ehrenwerte Viktor und Wladimir Lipkow in einigen

Punkten der Geschäftsführung unterschiedlicher Ansicht sind. Dein Pech ist, dass der große Alexander Sergejewitsch aus Moskau, die Ansichten Wladimirs teilt und das bedeutet, dass die Zeit unseres Victors langsam abläuft. Wie wir erfahren haben, hat Victor seinen Freund, den Professor nach Deutschland geschickt, um für Ordnung zu sorgen. Rufus und Igor und die ganze Aktion sind in Gefahr. Das ist deine Schuld, Boris. Es bricht mir das Herz, dass ich das jetzt tun muss. Aber du weißt, dass es keine andere Lösung gibt."

Mit diesen Worten streckte Rigatschow seine Hand in Richtung seines Begleiters aus, welcher ihm einen ca. 1m langen Gegenstand übergab. Boris erkannte sofort was es war: der Säbel, der im Büro in Bonn an der Wand gehangen hatte. Boris trat kalter Schweiß auf die Stirn. Rigatschow bemerkte das: "Ich sehe, du erkennst ihn wieder. Ja, ich kann mich einfach nicht von ihm trennen. Du weißt, dieser Säbel stammt aus meiner kirgisischen Heimat und ich hänge einfach an ihm und benutze ihn nur zu besonderen Anlässen." Boris begann jetzt wieder an seinen Fesseln zu zerren und röchelnde Grunzlaute quälten sich aus seinem geknebelten Mund.

"Heute ist so ein Anlass, Boris. Du verlässt uns." Mit einem metallischen Zischen zog Rigatschow den Säbel ruckartig aus der Scheide, richtete die blanke Spitze der Waffe auf Boris und rammte ihm den Säbel bis ans Heft in den Bauch. Die Klinge ging durch den Magen und an der Wirbelsäule vorbei trat sie unterhalb der Stuhllehne wieder aus Boris Körper aus. Boris spürte zunächst nur wie sich metallische Kälte in seinem Körper ausbreitete. Dann erfasste ihn der rasende Schmerz und er spürte hunderte von kleinen gefräßigen Fischen, die mit ihren spitzen Zähnen seine Eingeweide zerrissen. Sein Kopf sank auf die Brust, Zuckungen durchfuhren seine Glieder wie elektrische Schockwellen. Rigatschow zog den Säbel aus Boris' sterbendem Körper heraus, schob ihn in die Scheide zurück und wandte sich zur Tür. Bevor er den Raum verließ, nickte er seinem Begleiter zu. Er hörte nur noch das dumpfe „Plopp", verursacht durch den schallgedämpften Schuss, der das Leben Boris' des Verräters beendete.

Gerechtigkeit war so einfach in diesem Keller.

27

Rufus war eingeschlafen und erst die regelmäßigen Stöße der schlechten Fahrbahn auf der A1 zwischen Vechta und Lohne weckten ihn. Es waren dieselben Stöße, die Rufus vor noch nicht einmal zwei Tagen in diese Geschichte hinein begleitet hatten und doch kam es ihm vor als wäre das irgendwann vor langer Zeit gewesen. Der kurze Ausflug zur Propstei nach Bremen war nur eine weitere Station auf ihrer Odyssee. Sie hatten einen alten Pfarrer angetroffen, der ihnen erklärte, dass es sich nur um den Priester aus Westfalen handeln könne, der bereits auf dem Rückweg in sein Heimatdorf sei.

Weder Rufus noch Igor waren besonders erstaunt oder etwa zornig über diese Nachricht. Irgendwie hatten sie erwartet, dass die Geschichte nicht so glatt ausgehen würde.

Rufus sah aus dem Fenster. Die Südoldenburger Agrarlandschaft wirkte beruhigend auf ihn. Unzählige Mastschweine, Puten- und Hühnerställe schälten sich aus der Dämmerung huschten in Sekundenschnelle an seinen Augen vorbei und für einen Moment dachte er an nichts. Bis das Signal des Mobiltelefons seines Freundes Igor ihn aus der Gedankenlosigkeit herausriss. Igor schaute Rufus an, während er das Handy an sein Ohr führte, die Rufannahmetaste drückte und „sluschaju" in das Gerät flüsterte. Rufus lauschte angestrengt, doch sowohl Igor als auch sein Gesprächspartner sprachen mit gedämpfter Stimme, so das Rufus sich voll und ganz auf das Minenspiel Igors konzentrierte, um zu erahnen, ob die Nachrichten eher positiv oder negativ waren. Für einen Augenblick erinnerte ihn die Situation an einen Urlaubsflug, während dem es starke Turbulenzen gab. Rufus beobachtete intensiv die Mimik der Stewardessen, denn er war sich sicher, dass die Flugbegleiterinnen nur bei tatsächlich ernsthaften Schwierigkeiten nervös werden würden. Endlich verabschiedete sich Igor mit einem knappen „paka" und atmete tief aus. Rufus platzte vor Neugier: „Erzähl schon! Was ist los?"

„Also das war Rigatschow. Boris ist tot. Er hat Rigatschow, Lipkow und uns verraten und den ehrenwerten Victor gegen uns aufgebracht."

„Boris? Der Boris, der mich zum Flughafen gebracht hat?"

„Genau der."

„Ich dachte, er sei Rigatschows Leibwächter?"

„War er ja auch. Und als Leibwächter hört und sieht er alles."

„Dass dein Onkel Wladimir und der ehrenwerte Victor sich nicht so gut verstehen, habe ich ja mitbekommen. Aber was hat das mit uns zu tun?"

„Victor hat durch Boris von unseren Schwierigkeiten hier erfahren. Da er unseren Fähigkeiten misstraut, hat er den Professor geschickt, um die Sache ins Reine zu bringen."

Rufus hatte von dem Professor schon gehört. Igor hatte ihm ein paar Schauergeschichten über diesen Killer erzählt. Er bekam eine Gänsehaut und fragte:

„Wie soll er die Sache ins Reine bringen?"

„Rufus, wie naiv bist du? Meinst du er trifft sich mit uns auf einen Kaffee, übernimmt den Koffer, wir unterhalten uns noch ein wenig über das Wetter und dann verschwindet er wieder?"

Rufus schwieg und schüttelte nur leicht den Kopf. Igor fuhr fort: „Wir wissen nicht, wie viel er bereits weiß, aber wir müssen davon ausgehen, dass er uns auf den Fersen ist und wir früher oder später mit ihm zusammentreffen werden."

Rufus fühlte sich elend. Ein bleierner Geschmack lag auf seiner Zunge und er wünschte sich einen Becher Kaffee. Er spürte, dass Igor nicht weiter sprechen wollte, aber Rufus sagte schließlich doch die zwei Worte, die von der Atmosphäre im Wagen praktisch aus ihm herausgesogen wurden: „Und dann?"

„Er wird uns töten und alle, die irgendwie mit dem Koffer zu tun hatten." Rufus ertappte sich dabei, wie er seinen Hosenbund nach der Pistole abtastete. Er fand sie und seine Hand umklammerte den Griff.

„Wir haben Waffen."

„Richtig und die werden wir benutzen. Das ist unsere einzige Chance." Sie passierten den Tecklenburger Wald. Der Sonnenaufgang verschwand hinter dunklen Wolken. Es begann zu regnen und Igor schaltete den Scheibenwischer ein. In Rufus Kopf jagten sich Gedanken und Visionen von dem möglichen Zusammentreffen mit dem Killer. Er heftete seinen Blick an die Scheibenwischer und der Takt ihrer Bewegungen gab ihm ein wenig Ruhe zurück. Igors Blick war starr auf die Fahrbahn gerichtet und auch er war ruhig und konzentriert.

28

Als Martin Akelei an diesem Morgen aufwachte, fühlte er sich frisch und ausgeruht. Er war nachts aus Bremen zurückgekommen und da er nur sehr selten weite Strecken mit seinem Wagen fuhr, hatte er die 180 Kilometer lange Fahrt als anstrengend und ermüdend empfunden. Er schwang sich aus seinem Bett und ging in seine kleine Küche, um seinen Morgenkaffee aufzusetzen. Danach schlüpfte er in seine Pantoffeln und ging die Treppe hinunter zur schweren Eingangstür des Pastoratsgebäudes, um sich seine Zeitung aus dem Zeitungsrohr zu holen. Die untere Wohnung bewohnte der Pastor, der Oberhirte der St. Laurentius Gemeinde, während das kleinere Apartment im ersten Stock für die im vierjährigen Rhythmus wechselnden Kapläne bestimmt war. Zurück in seiner Wohnung verriet ihm der aromatische Duft, den die fauchende Kaffeemaschine verströmte, dass sein Kaffee fertig war und gut gelaunt setzte Martin Akelei sich an seinen Küchentisch, um einen ersten Blick in die „Westfälischen Nachrichten" zu werfen. Als er sich setzte, stieß sein Fuß gegen etwas Hartes. Martin Akelei sah unwillkürlich unter den Tisch und erblickte diesen Koffer, den er in der Nacht nach seiner Ankunft, unschlüssig, wo er ihn abstellen sollte, hierher gestellt hatte. Der Koffer strahlte irgendetwas Beunruhigendes aus. Martin Akelei konnte nicht beschreiben, was es war, aber die Umstände, unter denen ihm der Koffer anvertraut worden war, waren mehr als mysteriös. Aber die Bitte eines reuigen Sünders weist man nicht ab. Bestimmt würde der Mann schon bald vorbeikommen und sich den Koffer wieder abholen.

Was sollte er auch sonst mit dem Koffer machen. Zur Polizei gehen? Nein das kam nicht in Frage, der Koffer fiel unter das Beichtgeheimnis. Schließlich entschloss sich Martin Akelei dazu, den Koffer mit in die Kirche zu nehmen und dort zu lagern. Er wollte sich zwar solche Gedanken nicht eingestehen, aber unterbewusst glaubte er, dass die bösen Kräfte des Koffers in der Kirche am besten aufgehoben waren. Nach seinem Morgenkaffee, räumte Martin den Tisch ab, machte sein Bett, rasierte sich und schlüpfte in seine schwarze Soutane. Dann machte er sich auf den Weg zur Kirche, die nur einen zweiminütigen Fußmarsch vom Pastorat entfernt lag. Er passierte die über eintausend Jahre alte Eiche vor dem Pastoratsgebäude, nahm den gepflasterten Weg unter den hohen Kastanienbäumen und ging direkt auf das Hauptportal der St. Laurentiuskirche zu. Den Koffer trug er in der rechten Hand. Der pflichtbewusste Kirchenschweizer hatte die rechte Tür des Hauptportals wie jeden Tag für frühe Gläubige um acht Uhr aufgeschlossen. Er nahm den Koffer in die linke Hand, um mit der rechten die schwere Eichentür zu öffnen, dann trat er ein. Er tauchte seine Finger in eines der Weihwasserbecken, von denen im Innern der Kirche je eines direkt neben den Eingangstüren befestigt war und zeichnete mit dem kühlen, heiligen Wasser kleine Kreuzzeichen auf Stirn, beide Schultern und Brust. Er betrat die große Säulenhalle der Kirche, stellte sich unter den Orgelboden und stand so genau dem Altar am anderen Ende des Kirchenschiffes gegenüber. Der Grundriss der Kirche entsprach einem Kreuz. Zwei Seitenschiffe bildeten den Querbalken, der vertikale Balken schloss an der Spitze mit dem Altarraum und am Fußende mit Orgelempore und dem Hauptportal unterhalb des mächtigen Turmes ab. Martin Akelei atmete tief ein und ließ die Luft aus seinen Lungen langsam wieder in die heiligen Hallen gleiten. Er war wieder zu Hause. Er ging gemächlich auf den Altar zu, bereit sich vor den Stufen, die hinauf zum Altarraum führten, hinzuknien und nochmals zu bekreuzigen – Rituale gaben Sicherheit. Das war auch ein Grund, warum er Priester geworden war. Nirgendwo gab es so feierliche Rituale wie in der katholischen Kirche. Noch bevor er die Stufen erreichte, erschreckte ihn ein dunkler Pfeifton der Kirchenorgel. Der Ton war schwach, denn es war nur noch wenig Luft im Körper der gewaltigen Orgel seitdem am Vorabend gespielt worden war und der Ton klang wie das Ausatmen eines müden Riesen. Martin Akelei hatte sich abrupt umgedreht und versuchte auf dem Orgelboden irgendetwas Ungewöhnliches zu entdecken. Die Kirchenmäuse waren in der Regel nicht so kräftig, dass sie die Tasten der Orgel herunterdrücken geschweige denn Töne erzeugen konnten. Also war entweder eine Kerze oder ein Notenheft auf die Taste gefallen oder aber jemand Unbefugtes hielt sich auf dem Orgelboden auf. Beides war schon vorgekommen. Manchmal vertrieben sich Kinder die Zeit in der Kirche. So steuerte Martin Akelei von der ersten Schrecksekunde erholt, auf den Eingang des Treppenhauses zu, das auf dem Weg in den Glockenturm auch zum Orgelboden führte. Die Tür war unverschlossen, was einen herabfallenden Gegenstand als Ursache für den Pfeifton als alleinige Ursache leider ausschloss. Wahrscheinlich würde er also dort oben auf einen Besucher treffen. Das enge Treppenhaus wurde von gelben 40 Wattbirnen matt erleuchtet und nach zweieinhalb Windungen des schmalen Aufganges erreichte er die Türöffnung, die auf den Orgelboden führte. Martin Akelei schickte ein vorsichtiges „Hallo" voraus. Aber es verhallte in den Weiten des Gotteshauses, ohne jegliche Erwiderung. Vorsichtig bewegte er sich jetzt Schritt für Schritt vorwärts, bis er einen ersten Blick auf die Empore wagen konnte. Nichts. Erleichtert setzte Martin Akelei weitere Schritte auf den Holzfußboden, der unter den 75 kg des Priesters gemütlich knarrte. Den Koffer hielt er immer noch völlig unbewusst in der Hand. Er ging hinüber zur Orgel und setzte sich auf den Hocker. Offensichtlich war alles in bester Ordnung. Nichts war heruntergefallen. Die zwei Kerzen links und rechts vom Notenhalter standen aufrecht in ihren Haltern und auch auf dem Boden vor der Orgel lag nichts, was hätte herabgestürzt sein können. Über dem Notenhalter war ein Spiegel, groß wie ein DIN A4 Blatt, angebracht. Er war auf den Altarraum gerichtet, und ermöglichte es dem Organisten, heimliche Handzeichen vom Priester, der die heilige Messe zelebrierte, zu empfangen. Als Martin Akelei nun ohne besondere Absicht in diesen Spiegel schaute, erstarrte er. Er blickte in das durch eine einglasige Brille entstellte Gesicht eines kahlköpfigen Mannes, dessen eines Auge ihn über den Spiegel kalt und emotionslos fixierte. Gleichzeitig spürte Martin Akelei etwas kaltes Stählernes in seinem Nacken und er ahnte worum es sich handelte.

Juris Kalkulation war komplett aufgegangen. Als sie die Kleinstadt Senden erreicht hatten, hatte er Stas einfach den Kirchturm anfahren lassen. Die Kirche war trotz der frühen Morgenstunde geöffnet, und wo gab es einen besseren Ort, um auf einen Priester zu warten als in der Kirche selbst? Da der Orgelboden eine perfekte Übersicht über den Innenraum des Gebäudes bot, hatte er sich hier auf die Lauer gelegt. Und wie so oft, wenn es ums Töten ging, spielte ihm das Schicksal in die Hände und schickte den Priester mit dem gesuchten Koffer zum ihm herauf. Eben dieser Koffer war Martin Akelei aus der verschwitzten Hand geglitten. Juri hob ihn behutsam auf und löste den Druck des Pistolenlaufes vom Nacken des Pfarrers. Juri durchsuchte seinen schmalen deutschen Wortschatz und sagte: „Ich trete jetzt ein paar Schritte zurück. Sie werden nicht schreien." Martin Akelei schüttelte zaghaft den Kopf. Juri bewegte sich lautlos auf eine der für den Chor bereitgestellten Bänke zu, legte den Koffer dort ab und öffnete ihn. Martin Akelei sah, dass der Koffer mit Geldscheinen gefüllt war. Unbewusst bewegten sich seine Hände aufeinander zu und falteten sich zum Gebet. Das war für ihn der einzige Trost und vielleicht der einzige Ausweg in dieser Situation. In seinem Hirn tosten die Gedanken. Angst, Hoffnung und Vorwürfe lieferten sich eine stürmische Hetzjagd. Wie konnte er so blauäugig sein, einen mysteriösen Koffer von einem Fremden anzunehmen. Hatte der Fremde nicht von Teufel und Böse im Zusammenhang mit dem Koffer geredet? Was hatte er sich nur dabei gedacht, diesen Koffer mit nach Hause zu nehmen. Er hatte das Böse in seine Gemeinde gebracht. Wie würde er es wieder loswerden?

Juri schloss den Koffer zufrieden und fixierte erneut den Priester. Der Mann musste sterben, aber nicht hier auf dem Orgelboden. Der Holzfußboden hatte feine Risse und Lücken. Blut würde auf den Marmorboden der Kirche tropfen und möglicherweise würde alles zu früh entdeckt. Er beschloss, sein Opfer in den Turmaufgang zu führen. Dort würde er ihn liquidieren. Er hob die Desert Eagle und zielte auf die Brust des Priesters. Martin Akelei schloss die Augen, rutschte vom Hocker, erhob die gefalteten Hände und kniff die Augen in Erwartung des tödlichen Schusses zusammen. Juri amüsierte dieser Anblick. Geistliche hatten auf der ganzen Welt diese gewisse Theatralik, wenn es ums Sterben ging. In diesem Moment wurde die schwere Eingangstür des Gotteshauses geöffnet und mit einem lauten Krachen schlug sie wieder zu. Martin Akelei öffnete die Augen. Er war hin und her gerissen zwischen der Hoffnung auf Rettung und der Furcht, dass Unbeteiligte Schaden nehmen könnten. Juri blieb ruhig. Er bedeutet dem Priester mit einem Wink der Waffe sich wieder zu setzen. Er selbst schob sich mit vorsichtigen geräuschlosen Schritten zur Brüstung des Orgelbodens. Wenn jemand die Kirche betrat, um zu beten, würde er irgendwann unter dem Orgelboden hervortreten und auf den Altar oder die Pieta im rechten Seitenschiff zu gehen. Er wartete geduldig, wobei sein Blick zwischen Priester und Innenraum der Kirche pendelte. Martin Akelei hatte eine innere Lähmung erfasst. Er schwieg und gab sich ganz in Gottes Hände.

29

Rufus und Igor verließen die A1 am Kreuz Münster Süd und wechselten auf die A43. Schon die nächste Ausfahrt kündigte Senden an und so näherten sie sich der hoffentlich letzten Station ihrer Odyssee von Norden her. Schon vor der Ortsgrenze sahen sie den Turm der Kirche und ohne nach dem Weg fragen zu müssen, stoppte Igor den BMW schließlich auf dem Kirchplatz. Ein paar Hausfrauen mit Einkaufskörben überquerten den Platz in Richtung der angrenzenden Fußgängerzone, ansonsten war niemand unterwegs.

„Siehst du Igor? Wir sind in Westfalen. Hier kann man sich darauf verlassen, dass die Kirche mitten im Ort steht."

Igor nickte anerkennend und sagte: „Ja das ist einfach. Was meinst du? Wo würde ein russischer Killer, der einen Priester sucht, mit der Suche beginnen?"

„Genau hier." Rufus holte seine Walther PPK hervor und stieg aus. Sie gingen zur nächstgelegen Tür des Gotteshauses, fanden sie unverschlossen und traten ein. Die Tür schien sich langsam hinter ihnen zu schließen, aber plötzlich beschleunigte sie und fiel mit einem lauten Krachen ins Schloss. Igor drehte sich zu Rufus um, ließ die Pupillen kreisen und legte seinen linken Zeigefinger auf die gekräuselten Lippen. Seine Rechte hielt bereits seine durchgeladene SIG. Sie standen in einem Vorraum der einer kleinen Kapelle glich. Links und rechts standen schwarze eiserne Tische, auf denen die Gläubigen Opferkerzen für 20 Pfennige das Stück zum Andenken an ihre verstorbenen Angehörigen entzünden konnten. Zwei Marmorstufen führten hinauf in das

Hauptschiff des Gotteshauses und in einer Ecke war in einer steinernen Säule eine Tür eingelassen, die offen stand und den Blick auf eine steinerne Wendeltreppe freigab. Auf leisen Sohlen tasteten sie sich weiter vor, stiegen die zwei Stufen hoch und standen nun unterhalb einer hölzernen Empore. In der Säulenhalle und den Bänken der Kirche war niemand zu sehen. Igor der bisher vorausgegangen war, schaute sich um zu seinem Freund und hob unschlüssig die Schultern. Rufus erwiderte die Geste. Im selben Moment stand über ihnen nicht einmal vier Meter entfernt der Professor, immer noch halb über die Brüstung gebeugt. Allmählich verlor er seine charakteristische Ruhe. Irgendetwas beunruhigte ihn. Warum bekam er niemanden zu Gesicht? Warum hörte er nichts? Der Priester saß brav auf seinem Hocker und rührte sich nicht. Er allerdings konnte nicht ewig in dieser unbequemen Haltung verharren. Sein linkes Bein kündigte mit einem leichten Kribbeln an, dass es kurz davor war einzuschlafen. Er musste sein Gewicht verlagern. Er setzte sein rechtes Bein einen halben Schritt vor, drehte sich blitzschnell um 180 Grad, verlagerte sein Gewicht auf das rechte und entlastete das linke Bein. Alles ging sehr schnell, nur für einen Bruchteil einer Sekunde war die Desert Eagle nicht auf den Priester gerichtet. Martin Akelei registrierte die ganze Szene nur deshalb, weil in dem Moment, als der Killer wieder die gewünschte Position erreicht hatte, ein deutlich hörbares Knacken verriet, dass der Holzfußboden trotz der Schnelligkeit des Mörders den Positionswechsel bemerkt und nicht verziehen hatte. Das Knacken bewirkte, dass Igor und Rufus für einen Moment zu Stein erstarrten. Rufus spürte, wie sich seine Nackenhaare aufrichteten und ein kalter Schauer seinen Körper mit einer Gänsehaut überzog. In der Kirche herrschte absolute Stille und Rufus fragte sich, ob das einer dieser berüchtigten Momente der Ruhe vor dem Sturm war. Er suchte den Blick seines Freundes, ihre Augen fanden sich und Igor deutete mit einer Kopfbewegung auf den Treppenaufgang und leise stiegen sie die schmalen Steinstufen empor.

Juri hielt still seine Position, doch innerlich raste er vor Wut. Wurde er tatsächlich alt? Ausgerechnet jetzt verursachte er dieses verräterische Knacken. Selbst in dem blassen Gesicht des Priesters, meinte er einen Hauch von Hoffnung, wenn nicht sogar Schadenfreude, zu entdecken und er bekam große Lust, ihn gleich auf der Stelle zu erschießen. Das wichtigste war jetzt wieder ruhig zu werden und sich zu konzentrieren. Er senkte seinen Blick wieder nach unten als er am Rande seines Blickfeldes Bewegungen registrierte. Ruckartig schwenkte er seinen Arm mit der Waffe in Richtung des Treppenhauses und beugte reflexartig den Zeigefinger. Ein Schuss löste sich mit lautem Knall. Juri wunderte sich. Er benutzte einen Schalldämpfer, doch noch bevor er sich fragen konnte woher der Knall kam, drang eine Kugel unter seinem Arm durch die Achselhöhle in seinen Brustkorb ein, durchschoss seine Lunge und bohrte sich von innen in sein Brustbein.

Rufus verstand nicht, was geschehen war. Er war hinter Igor die Wendeltreppe hinaufgestiegen. Dann hatte Igor durch eine schmale Öffnung das Treppenhaus verlassen. Er hatte geschossen und sich hingeworfen. Rufus hatte sich reflexartig ebenfalls auf den Boden geworfen. Dabei war er mit seinem Oberkörper auf die

Beine seines Freundes gefallen und hatte seine Pistole verloren. Er richtete sich jetzt vorsichtig auf und kroch über Igor hinweg, um den Ort des Geschehens einsehen zu können. Links von ihm klomm eine Wand von silbrig grauen Orgelpfeifen in die Höhe, hinter einigen Bänken sah er einen Mann an der Brüstung lehnen. Es war eine dunkle Gestalt im schwarzen Ledermantel. Seine rechte Körperseite war rot von Blut. Er hielt eine Pistole in der Hand, die ihm in diesem Moment entglitt und polternd zu Boden fiel. Der Mann schwankte und fiel mit dem Gesicht voraus um. Rufus stand auf. Er wusste jetzt, dass das der gefürchtete Professor war. Der berüchtigte Auftragsmörder, der gewissenlos tötete. Rufus' Blick wurde klar und wie Nebel in der Abenddämmerung breitete sich Gewissheit in ihm aus. Das, was er zu tun hatte, stand plötzlich wie in Stein gehauen vor seinem inneren Auge. Ruhig und entschlossen ging er auf den am Boden liegenden Professor zu und nahm dessen Waffe auf. Mit einem Fußtritt drehte er den Körper des Killers auf den Rücken. Er atmete noch. Rufus baute sich mit gespreizten Beinen über dem Mann auf und erst jetzt warf er einen Blick auf die Waffe, die er in der Hand hielt. Es war eine Desert Eagle Kaliber 44 Magnum. Ein Schauer der Erinnerung durchfuhr ihn. War es ein Déjà-vu oder war dies tatsächlich die Waffe mit der alles angefangen hatte? Wegen dieser Waffe hatte Rigatschow ihn in die Bonner Speditionszentrale bestellt. Diese Waffe war der Schlüssel in sein neues Leben gewesen und jetzt hielt er sie in den Händen, um seine Metamorphose zu vollenden. Ein Röcheln riss ihn aus den Gedanken und er spürte, dass der Professor etwas sagen wollte. Juri hüstelte und ein blutiger Speichelfaden legte sich über sein Kinn. Das eine sichtbare Auge des Killers funkelte Rufus an.

„Du bist Rufus Bloch oder?" Rufus nickte.

„Was willst du jetzt tun? Ist dein Freund, Igor, tot? Dann rufe meinen Fahrer, er bringt uns hier raus. Nach Hamburg, nach Hause. Dort sehen wir, wie es weiter geht und was du in Zukunft tun wirst." Rufus warf einen Blick auf Igor. Er lag reglos da, Blut sickerte aus einer Wunde an der rechten Schulter. Er konnte nicht sehen, ob er atmete. Wut stieg in ihm auf. Er nahm die Desert Eagle in beide Hände und richtete sie auf die Brust des Professors. „Hör zu Professor, Igor ist mein Freund und ich werde mit ihm gleich von hier verschwinden. Hältst du mich für so dumm, für so feige, für so ehrlos, dass ich meinen Freund im Stich lasse, um dich zu retten?" Das verbliebene Auge des Killers starrte Rufus an. Die Pupille kreiste wie ein Suchscheinwerfer über Rufus' Gesicht. Juri versuchte Anzeichen von Angst oder Unsicherheit in den Gesichtszügen des Deutschen zu entdecken, aber er fand nichts. Anfänger waren in der Regel schnell zu durchschauen und machten einem erfahrenen Mörder wie ihm nichts vor. Aber er fand nichts in dem Blick des Deutschen. Hatte er tatsächlich seinen Richter gefunden? War heute der Tag? Ihm wurde kalt. Eisige Gewissheit durchströmte ihn wie ein lähmendes Gift. Ein letztes Lächeln erstreckte sich über seine Lippen. Er flüsterte: „Dann tu es doch!"

Rufus zielte auf das Herz des Killers. Dort 20 Zentimeter unter der Mündung der Pistole schlug ein Herz. Vielleicht hatte der Professor Blutgruppe A Rhesus negativ. Vielleicht schlug dort das Herz, auf das Matilda und er gewartet hatten. Doch es war zu spät, jetzt war es zu spät. Eine Träne lief Rufus über die Wange, tropfte von der Nasenspitze ab und zerplatzte auf dem Mantel des Professors. Rufus' Zeigefinger krümmte sich kaum spürbar. Seine Hände waren zunächst überrascht von dem starken Rückschlag, aber die Muskeln kontrahierten rechtzeitig und fingen die Waffe ab. Die Kugel durchschlug die Brust des Professors, durchbohrte das Herz, verließ den toten Körper und blieb im Holzboden stecken. Rufus ließ die Waffe sinken und beobachtete wie der letzte Hauch des Lebens aus dem Killer entwich. Rufus war vollkommen ruhig und seine Muskeln entspannten sich. Er fühlte sich, als ob er erfolgreich Rache geübt hätte. Rache am Leben. Das Leben hatte ihm seine Liebe genommen und jetzt hatte er ein Leben ausgelöscht. Quid pro Quo. Er spürte die Gewissheit, dass er Wut und Trauer von nun an kontrollieren und überwinden konnte. Dann schlug er mit der linken Hand den Mantel des Professors auseinander, um sicherzugehen, dass er nicht irgendwelche Sprengladungen am Körper trug. Er durchsuchte die Taschen des Mantels und fand eine Rolle Klebeband und ein Bündel mit Dollarnoten. Rufus tippte, dass es sich ungefähr um knapp 10000 Dollar handeln musste – eine großzügige Reisekasse. Er stopfte das Geldbündel in die Innentasche seiner Lederjacke und sah, dass der Priester auf ihn zukam. Rufus hatte ihn schon vorher auf dem Organistenhocker sitzen sehen, ihm aber keine weitere Beachtung geschenkt. Martin Akelei hockte sich neben den Toten, zeichnete ihm mit dem Daumen ein unsichtbares Kreuz auf die Stirn. Rufus ging zu dem immer noch reglos daliegenden Igor und sagte: „Kümmern sie sich lieber um die noch Lebenden". Rufus durchsuchte Igors Jackett nach dem Handy und den Wagenschlüsseln. „Haben sie einen Schlüssel für die Kirchentüren?"

„Natürlich."

„Gut dann gehen sie jetzt und schließen alle Türen ab. Gibt es hier irgendwo Verbandszeug?"

„Ja in der Sakristei gibt es einen Erste Hilfe Koffer."

„Gut, holen sie ihn". Martin Akelei erhob sich und machte sich eiligen Schrittes auf den Weg zur Sakristei. Unterwegs schloss er die einzige unverschlossene Tür der Kirche ab. Rufus fand das Handy, fand den Eintrag Rigatschow im Namensspeicher und drückte die Wähltaste. In kurzen Worten erklärte er die Situation. Rigatschows Reaktion schwankte zwischen Erstaunen und Begeisterung. Die beiden Anfänger hatten tatsächlich den Koffer zurückbekommen und noch dazu den Professor ausgeschaltet. Er sagte Rufus, dass er in der Kirche warten und Igor am Leben halten solle. Für alles andere würde er sorgen. Martin Akelei kehrte mit einem Verbandskasten zurück. Sie hoben Igor an und drehten ihn auf den Rücken. Rufus legte den Kopf seines Freundes auf seine Knie, während der Priester dem Verletzten das Jackett abstreifte und begann die Wunde zu versorgen. Die Kugel hatte Igor anscheinend noch im Fallen erwischt. Sie war knapp unterhalb der Schulter eingedrungen, hatte das Schlüsselbein zerschlagen und die Hauptschlagader nur knapp verfehlt. Unterhalb des Schulterblattes gab es eine Austrittswunde, die stark blutete. Rufus war überrascht wie geschickt der Priester einen Druckverband anlegte. Als letztes schnitt Martin Akelei die Mullbinde durch und befestigte das lose Ende mit einer Klammer. Er räumte den Verbandskasten wieder zusammen, verschloss ihn, und setzte sich auf den Fußboden. Dort steckt er seinen Kopf zwischen die angezogenen Knie, so dass sein Gesicht in der schwarzen Soutane verschwand und fing an zu weinen. Die gesamte Anspannung der letzten Stunden schien sich zu verflüssigen und als Tränen aus ihm herauszufließen. Rufus formte aus Igors Jackett ein Kissen und bettet den Kopf seines immer noch bewusstlosen Freundes darauf. Dann setzte er sich auf die Bank, auf der der Koffer lag. Er fasste den Griff des Koffers, hob ihn an und stellte ihn neben seine Füße ab. Martin Akeleis Tränenstrom verebbte langsam und er sah auf. Er schaute auf den Koffer und fragte: „Das ist also ihr Koffer?

„Nein, das ist nicht unser Koffer. Wir transportieren ihn nur. Er ist uns verloren gegangen und jetzt haben wir ihn, Gott sei Dank, zurückbekommen."

„Oh bitte lassen sie Gott aus dem Spiel!" Martin Akelei bekreuzigte sich unwillkürlich.

„Wieso sollte ich. Da wir schon einmal hier sind, sollten wir Gott danken, dass wir leben und dieser Mistkerl dort tot ist." Bei diesen Worten zeigte Rufus mit dem Daumen hinter sich auf den toten Professor. „Sieht doch ganz so aus, als ob es Gottes Wille sei, dass wir leben und der da tot ist."

Martin Akelei schüttelte den Kopf und erwiderte: „Nein so einfach ist das nicht. Der Mann da hat seine Sünden bezahlt, während wir weiter mit ihnen leben müssen."

„Wollen sie mit ihm tauschen? Seien sie doch froh, dass sie vollkommen unversehrt aus dieser Sache herauskommen!"

„Unversehrt? Ich habe mit diesem Koffer Unheil über meine Gemeinde, meine Kirche und meine Seele gebracht. Ich trage die Schuld an diesem Desaster. Ich bin für den Rest meines Lebens gezeichnet!" Rufus verzweifelte. Dieser weinerliche Pfaffe war für rationale Argumente nicht zugänglich. Aber Rufus beschloss ein wenig beruhigend auf den Mann einzureden. Schließlich hatten sie ja doch einiges Chaos angerichtet. „Wie ist ihr Name?"

„Martin Akelei"

„Gut Martin - haben sie etwas dagegen, wenn ich Martin sage?" Der Priester schüttelte den Kopf. „Also ich weiß zwar nicht, unter welchen Umständen sie diesen Koffer bekommen haben und warum sie ihn hierher mitgenommen haben, aber ich gehe davon aus, dass sie sich nicht den Inhalt des Koffers für sich behalten wollten." Martin Akelei antwortete sichtlich entrüstet: „Selbstverständlich nicht. Ein verstörter Mann hat ihn mir während der Beichte in Bremen anvertraut und angekündigt, dass er ihn bei Gelegenheit abholen wolle."

„Schon gut, verschonen sie mich mit den Details. Ich habe diesen Typen selbst kennengelernt. Demnach ist es doch vollkommen offensichtlich, dass sie nur mit den besten Motiven in dieses Schlamassel hineingeraten sind. Sie trifft überhaupt keine Schuld an irgendetwas."

„Ich glaube nicht, dass sie in der Position sind, mir meine Verfehlungen zu vergeben!" Rufus musste Grinsen.

„Stimmt, das müssen sie mit ihrem obersten Chef abmachen." Jetzt schlich sich auch ein Lächeln auf die Lippen des Priesters und Rufus war zufrieden. Er stand auf und schüttelte seine Beine aus. Sein Körper fühlte sich an wie nach einem 5000 Meterlauf. Er spürte die Desert Eagle schwer in der Innentasche seiner Jacke baumeln. Wenn nichts mehr schief ging, müsste es bald an der Kirchentür pochen. Igor würde versorgt werden, der tote Professor verschwinden und er selbst war gespannt, welche Pläne Rigatschow und Lipkow mit ihm hatten.

30

Igor saß am Flussufer seines Heimatdorfes und angelte. Seine Hände hielten die aus einem Birkenzweig gefertigte Angelrute. Im trüben Wasser des Flusses schwamm der aus einer Blechbüchse geformte Schwimmer und kämpfte gegen die Strömung. Igor sah auf seine Hände. Er sah die schmutzigen Finger eines Achtjährigen. Seine Füße steckten in einem zerlumpten Paar Filzstiefeln und neben ihnen streckten sich die langen Beine eines Erwachsenen ins Gras. Igor schaute neben sich und blickte in das strahlende Gesicht seines Vaters. Er saß dort gut gelaunt, so wie er ihn in Erinnerung hatte. Sein etwas schiefes Lächeln gab den Blick auf seine Zähne frei von denen die meisten durch stählerne Prothesen ersetzt worden waren. Beweisstücke der Improvisationskunst russischer Zahnärzte. Plötzlich verschwand das Lächeln vom Gesicht seines Vaters. Sein Blick verdüsterte sich, Tränen traten aus den schwarzen Augenhöhlen und Igor begann sich zu fürchten. Dann riss irgendetwas an seiner Angelrute. Er schaute ins Wasser und sah, dass die Strömung dunkelrote Wolken von Blut durch das Flussbett schob. Das ganze Wasser verfärbte sich blutrot und jetzt sah Igor, was dort an seiner Angelschnur zerrte. Eine blasse Hand krallte sich um den Schwimmer seiner Angel und zog ihn immer wieder ruckartig unter Wasser. Igor sprang auf, ließ die Angelrute fallen und stolperte in Panik die Böschung hinauf. Sein Vater war verschwunden. Er war allein. So weit sein Auge reichte, sah er nur die öde Landschaft der Taiga. Doch dort am Horizont gab es ein Licht und er lief darauf zu. So schnell er konnte.

Dann endlich öffnete er seine Augen.

Ein stechender Schmerz in seiner Schulter ließ ihn aufstöhnen. Rufus drehte sich sofort zu seinem Freund herum und auch der Priester sprang auf. Beide hockten sich neben den Verletzten und Rufus sprach seinen Freund an: „Igor, hörst du mich?" Igor antwortete flüsternd, aber doch klar und deutlich: „Natürlich höre ich dich. Was ist mit dem Professor?" Rufus fuhr sich mit dem ausgestreckten Daumen an der Kehle entlang und erntete dafür einen bösen Blick des Priesters. Igor nickte mit einem Lächeln auf den Lippen: „Das hast du gut gemacht, Rufus Bloch." Er schloss die Augen. Rufus war erleichtert. Igor würde es schaffen. In diesem Moment wurde gegen die Kirchentür geschlagen. Rufus stand auf und hielt dem Priester seine geöffnete Hand entgegen: „Geben sie mir den Schlüssel. Wir checken aus."

Rufus hastete die Wendeltreppen hinunter und eilte zur Eingangstür. Er drehte den Schlüssel im Schloss herum und noch bevor er die Klinke herunterdrücken konnte, wurde die Tür schon aufgezogen und ein Mann mit einem weißen Leinenoverall wie ihn Maler tragen, nickte ihm zu und schob ihn zur Seite. Drei weitere Männer im selben Outfit folgten ihm. Sie trugen Putzeimer, Plastiksäcke und eine Trage. Rufus warf einen Blick aus der Tür nach draußen. Vor der Kirche stand ein weißer Mercedes Sprinter. Vollkommen unscheinbar. Der Fahrer schloss gerade die Hecktüren, aber Rufus konnten noch ein kurzen Blick in das Wageninnere werfen und sah, dass der Transporter wie ein Krankenwagen eingerichtet war. Er schloss die Tür wieder ab und ging zurück zum Orgelboden. Als er die hölzerne Empore wieder betrat, lag Igor bereits auf der Trage.

Ein Mann hielt eine Infusionsflasche in die Höhe. Ein anderer – offensichtlich ein Arzt – fixierte die Braunüle auf Igors Handrücken. Die beiden anderen Männer hievten den toten Professor in einen Plastiksack, der mit einem Reißverschluss geschlossen wurde. Rufus warf einen letzten Blick auf das ausdruckslose erblasste Gesicht des Professors und horchte in sich hinein. Er stöberte in seinen Gedanken und Gefühlen nach so etwas wie Reue, aber er fand sie nicht, sondern nur leise Genugtuung. Nachdem der Professor verpackt war, reinigten die zwei Männer den Boden, besprühten alles mit einem feinen Nebel aus einer blauen Flasche und wischten und wienerten Holzboden und Bänke. Martin Akelei beobachtete die Szene sprachlos und wurde hin und wieder sachte zur Seite gestoßen, wenn er im Weg stand. Nach nicht einmal 10 Minuten sah der Orgelboden wieder sauber und unberührt aus. Der Reinigungstrupp bugsierte den stöhnenden Igor durch das schmale Treppenhaus und sammelte sich vor der Kirchentür. Keiner der Männer hatte mit Rufus gesprochen. Rufus ging davon aus, dass sie nur Russisch sprachen, andererseits erforderte die Situation auch keine Gespräche. Mit einem Kopfnicken wurde ihm zu verstehen gegeben, dass er die Tür öffnen solle. Rufus tat wie ihm geheißen und warf einen Blick nach draußen. Außer dem Transporter war der Kirchplatz leer. Der Fahrer öffnete den Sprinter und die weißen Gestalten huschten unbemerkt hinein. Rufus drückte Igor noch einmal die Hand. Sein Freund lächelte ihn an, froh noch am Leben zu sein und voller Stolz auf seinen deutschen Freund. Der Sprinter verschwand. Rufus stand allein vor der St. Laurentius Kirche. Es war still in Senden. Rufus fragte sich wo die Bewohner dieser Kleinstadt waren, als er einen Mann im dunklen Anzug auf sich zukommen sah. Rufus spürte, dass das kein Sendener war. Er fühlte immer noch die Desert Eagle schwer an seiner Brust, aber er zögerte danach zu greifen.

Stas, Juris Fahrer, war am Telefon kurz von Rigatschow aufgeklärt worden, was passiert war. Er hatte es in seinem Wagen nicht mehr ausgehalten und entschieden, zur Kirche zu gehen. Vielleicht konnte er irgendwie behilflich sein. Als er jetzt diesen Mann vor der Kirche stehen sah, vermutete er richtig, dass er zur Firma gehörte. Deshalb ging er auf ihn zu und hob beide Hände auf Hüfthöhe und streckte dem Mann die Handflächen entgegen. Rufus deutete die Geste richtig und lächelte den Fremden an. Stas stellte sich vor Rufus und streckte ihm die Hand entgegen: „Stanislav Wladimirovitsch, sie können mich Stas nennen."

„Rufus Bloch."

„Ich weiß, der Mann, der den Professor ausgeschaltet hat. Respekt. Ich habe ihn hierher gefahren. Wie haben sie das geschafft?" Stas war gut einen Kopf kleiner als Rufus. Er blickte mit leicht geneigtem Kopf zu ihm auf. Rufus konnte nicht leugnen, dass er sich geschmeichelt fühlte: „Ich möchte nicht darüber reden. Seit wann fahren sie ihn?"

„Ich habe ihn in Hamburg vom Flughafen abgeholt und bin direkt zu diesem Landwirt gefahren. Danach sind wir hierhergekommen."

„Was ist mit dem Bauern geschehen?"

Stas schaute Rufus in die Augen und schüttelte bedächtig den Kopf.

„Verstehe und seine Mutter?"

Stas zuckte die Achseln. Rufus dachte einen Moment an die gottesfürchtige Alte. Wenn der Professor sie nicht getötet hatte, so würde sie bestimmt den Rest ihres Lebens betend vor ihrem Zimmer-Altar verbringen.

„Wo wart ihr noch? Habt ihr auch noch eine Familie dort oben besucht?"

„Familie? Von einer Familie steht nichts auf meiner Liste. Nach dem Besuch beim Bauern sind wir direkt hierhergekommen."

Rufus atmete erleichtert aus und fragte: „Wie lauten jetzt deine Befehle?"

„Wenn du mich irgendwie brauchst, soll ich helfen, ansonsten fahre ich zurück nach Hamburg, wo sie übrigens auch deinen Freund hinbringen. Rigatschow hat angekündigt, dass er dich neu instruieren wird."

„Gut Stas, ich brauche dich nicht. Fahr nach Hause!"

„Nach Hause, wo ist das?" Stas schüttelte Rufus die Hand und ging zurück zum Parkplatz. Er fühlte sich gut und war dem Deutschen dankbar, dass er jetzt allein zurückfahren konnte. Es berührte ihn in keiner Weise, dass der Mann, den er vor wenigen Stunden hierher gefahren hatte, jetzt tot war. Solche Männer gehen nicht in Rente, sie sterben.

Rufus fühlte in seiner rechten Hosentasche nach dem Autoschlüssel, den er Igor abgenommen hatte und machte sich auf den Weg zum Wagen. Nach ein paar Metern blieb er stehen und schaute sich um. Er blickte noch einmal auf die Kirche, in der so viel geschehen war. Dann sah er, dass sich die Tür leicht öffnete und in dem Spalt der Kopf des Priesters erschien. Ihre Blicke trafen sich. Rufus verharrte. Sie waren ca. 80 Meter voneinander entfernt und dennoch blickten sie sich tief in die Augen, als wenn ein dünnes Seil zwischen ihren Pupillen gespannt wäre. Rufus sah, dass er sich um den Priester keine Sorgen machen musste. Martin Akelei sah, dass mit diesem Mann auch das Böse aus seiner Gemeinde verschwinden würde. Sie verstanden sich. Rufus ließ sich zu einem unscheinbaren Winken hinreißen, dann schloss sich die Tür.

Martin Akelei schloss die Tür hinter sich ab. Der Schlüssel steckte noch immer im Schloss. Er trat in den Mittelgang der Kirche und schloss die Augen. Er breitete seine Arme aus und horchte. Es war wieder Stille um ihn herum. Nur ein schwacher Wind säuselte um den Kirchturm. Zuversicht erfüllte ihn. Alles Geschehene erschien ihm wie ein böser Traum. Wie eine Prüfung, die der Herr ihm auferlegt hatte und die er zwar mit Blessuren, aber letztendlich doch überstanden hatte. Er öffnete die Augen und sog einen kräftigen Strom der Kirchenluft durch die Nasenlöcher in seine Lungen. Er ließ die Arme langsam sinken, schritt den Mittelgang entlang bis zu den Stufen, die zum Altar hinaufführten. Dort kniete er nieder und bekreuzigte sich. Er stand auf und ging ins rechte Seitenschiff zu seiner geliebten Pieta. Er kniete sich auf die Gebetsbank, stützte sein Kinn auf seine gefalteten Hände und betrachtete die um ihren gekreuzigten Sohn trauernde Maria und wurde eins mit seiner Profession.

31

Als die Tür zu seinem Büro aufging, saß Wladimir
Lipkow auf seinem Drehstuhl und spielte mit einem goldenen Kugelschreiber auf der ledernen Schreibunter-
lage. Er hatte wirklich gute Laune und die wurde noch
verstärkt, durch den Anblick der schönen Nadja, die ihn
mit ihren stahlblauen Augen anstrahlte und ihm eingeklemmt zwischen Mittel- und Zeigefinger eine kleine
Tonbandkassette hinhielt. Wladimir nickte ihr mit einem Lächeln zu und nahm die Kassette entgegen. Er beobachtete noch wie Nadjas hübscher Hintern aus dem
Büro hinaus schwebte, dann öffnete er die oberste
Schreibtischschublade. Sie enthielt ein Diktiergerät sowie eine Makarow Pistole. Er legte beides vor sich auf
den Schreibtisch. Zunächst prüfte er die Makarow. Das
Magazin war gefüllt. Er lud die Pistole durch, überprüfte den Sicherungshebel und schob sich die Waffe in
den Hosenbund. Anschließend schob er die Kassette in
das Diktiergerät und hörte sich das Band an. Er wusste
bereits, was darauf gespeichert war. Es handelte sich um
den Mitschnitt zweier Telefonate. Der erste Teil war ein
Ausschnitt aus einem Telefonat zwischen Rigatschow
und Igor und enthielt die Mitteilung, dass Boris als Verräter enttarnt und liquidiert worden war. Der zweite Teil
gab ein Gespräch zwischen Rufus Bloch und Rigatschow wieder und man spürte deutlich die freudige
Überraschung in Rigatschows Stimme, als er sich nochmals bei dem Deutschen versicherte, dass der Professor
tatsächlich tot war. Wladimir Lipkow schob das Diktiergerät in seine Jackentasche und stand auf. Er ging in
das Vorzimmer zu Nadja. Nadja registrierte, dass das

Lächeln auf dem Gesicht ihres Chefs verloschen war. Er sah jetzt ernst und entschlossen aus und sie wusste aus Erfahrung, dass dieses Gesicht keine neugierigen Fragen mochte. Lipkow sah Nadja an und sagte: „ Ich statte dem ehrenwerten Victor einen Besuch ab. Wenn ich nicht in 20 Minuten zurück bin, informieren sie Rigatschow in Deutschland. Er weiß, was zu tun sein wird." Er wartete nicht auf eine Reaktion Nadjas, sonder verließ den Raum und ging auf den Fahrstuhl zu.

Victor Iwanowitsch stand am Fenster und starrte hinaus auf den Platz des Sieges. Schweißperlen drängelten sich auf seiner glänzenden Stirn und er fühlte sich schwach und müde. Sein Herz pochte schmerzend in seiner Brust und dunkle Gedanken umfingen sein Hirn. Sein Freund Juri war überfällig. Er hatte sich nicht wie verabredet gemeldet und das war ein sicheres Zeichen dafür, dass irgendetwas schief gegangen war. Juri war nicht nur seine rechte Hand, die die Drecksarbeit für ihn erledigte. Nein er war sein Stützkorsett, das dafür sorgte, dass er aufrecht durch den Wandel der Zeit marschieren konnte ohne seine Autorität zu verlieren. Einsätze in Deutschland waren nicht ungefährlich. Einerseits gab es zwar nie große Probleme mit den Zielpersonen, denn kaum einer war bewaffnet oder verfügte über einen effizienten Personenschutz. Andererseits konnte bereits eine einfache Verkehrskontrolle oder Geschwindigkeitsübertretung ein gesamtes Unternehmen zu Fall bringen. Die deutschen Polizeibeamten waren sehr kleinlich und so gut wie nicht zu bestechen. Und genau an diesem Punkt stieß sein System an Grenzen. Der Stoff, der seine Organisation zusammenhielt, war

Geld. Geld war das pochende Herz mit dem er seine Firma aufgebaut hatte und genauso wie sein verfetteter Herzmuskel nun dahinsiechte, so schien auch der Blutkreislauf seines Machtapparates den Druck zu verlieren.

Ein Summen riss ihn aus diesen düsteren Gedanken und er hob den Hörer des Apparates, der interne Anrufe vermittelte. Seine Sekretärin meldete Wladimir Lipkow an. Victor raunte ein knappes „Da" in den Hörer und ließ sich erschöpft in seinen Sessel sinken. Wladimir Lipkow betrat selbstbewusst mit lockerem Gang den weiten Raum. Er schien völlig entspannt und ging auf den großen Schreibtisch des ehrenwerten Victor Iwanowitsch zu. Seine Miene war ernst und fast erschrak er ein wenig, als er in das müde Gesicht des einst so mächtigen Mannes blickte. Victors Augen waren gezeichnet von Müdigkeit und Verachtung. Er hob seinen Blick und schaute Lipkow erwartungsvoll an.

„Wladimir, was führt dich zu mir?" Lipkow baute sich vor dem Schreibtisch auf. Wie immer gab es keine Sitzgelegenheit, da Victor es liebte, dass jeder wie ein Bittsteller vor ihm stehen musste.

„Ich bin gekommen, um Dir etwas vorzuspielen." Victor hob eine Augenbraue und fragte: „Vorspielen, was soll das sein? Theater? Musik?" Wladimir überhörte den Spott, griff in seine Jackentasche und holte das Diktiergerät hervor und drückte auf Play. Victor Iwanowitsch hörte den Gesprächsmitschnitten aufmerksam zu. Er schien zu versteinern und verharrte mit starrem Blick auch als Lipkow das Gerät bereits wieder ausgestellt hatte. Lipkow wartete auf eine Reaktion. Dann stützte er sich mit beiden Händen auf dem Schreibtisch ab und schob seinen Kopf dicht an das Ohr des alten

Mannes. Er flüsterte: „Victor, es ist vorbei. Deine Zeit ist abgelaufen. Juri, die letzte Stütze deiner Macht ist tot. Ich möchte es modern formulieren: Du wirst pensioniert."

Stille. Victor zog langsam seinen Kopf zurück, drehte ihn ein wenig seitlich, um ihn dann hervorschnellen zu lassen. Seine Stirn prallte seitlich auf Lipkows Schädel. Lipkow taumelte ein paar Schritte zurück, fing sich aber recht schnell und zückte seine Makarow. Victor schaute Lipkow in die Augen.

„Niemand spricht so mit mir. Meine Macht mag schwinden, aber so viel Ehre muss sein."

„Du sprichst von Ehre? Jedes Bündnis, jede Absprache, jeder Vertrag galt für Dich nur, solange sich dein Profit mehrte. Du hast gestohlen, verraten und gemordet und dabei nur eins im Sinn gehabt: Geld. Aber jetzt stehst du da, allein, dein einziger Getreuer ist tot. Alle anderen Menschen von denen du umgeben bist, hast du mit Geld an dich gebunden. Aber diese Verbindung ist brüchig. Sie ist nur ein Hauch, nur ein Flüstern und wie schnell bietet jemand mehr."

Diese Worte Lipkows brachten Victors Kreislauf in Wallung. Schweißperlen begannen wieder sich auf seiner Stirn zu drängeln und sein krankes Herz pochte schmerzend in seiner Brust. Er stemmte sich hoch aus seinem Sessel, doch der stechende Schmerz in seiner Brust drückte in tonnenschwer zurück und er ließ sich fallen, lehnte den Kopf zurück und atmete stöhnend ein und aus. Wladimir Lipkow ging wieder dichter an den Schreibtisch heran. Ja er war zornig, aber er empfand auch tiefes Mitleid mit diesem Mann, der das Ende seiner Tage erreicht hatte.

„Victor Iwanowitsch, ich weiß, du hasst meine Art die Dinge anzugehen. Aber siehst du denn nicht, dass mein Weg, die Zukunft ist? Alle Männer, die ich mit meiner Methode zu uns hole, fragen nie nach Geld. Sie arbeiten gerne für mich, sie sind absolut loyal und ich kann mich voll und ganz auf sie verlassen." Victor gab ein gequältes Grunzen von sich, drehte seinen Kopf nach hinten und blickte hoch auf die große rote Fahne der Sowjetunion. Wladimir Lipkow folgte seinem Blick und sagte: „Ja, du hast ehrenvoll gekämpft für den Ruhm der Sowjetarmee, bevor du deine Seele im Morast aus Korruption und Verbrechen ertränkt hast. Du hasst meine Methoden, du hasst meine Männer. Aber bedenke, ein harmloser Deutscher, ohne Kampfausbildung, ohne Erfahrung, hat den Professor, deinen letzten Verbündeten erschossen und damit dich erledigt." Victor schnaufte und presste seine Hände auf die Brust. Wladimir Lipkow wich zurück. Wahrscheinlich war jetzt der Zeitpunkt gekommen, um einen Arzt zu rufen. Aber er tat es nicht. Victor erhob seinen rechten Arm, spreizte seinen Zeigefinger ab und fragte gequält: „Ist das die Makarow, die ich dir einst geschenkt habe?" Lipkow schaute auf den Griff der Pistole, die hinter seinem Ledergürtel hervor lugte und nickte. „Gib sie mir." Wladimir Lipkow beugte sich noch einmal zum ehrenwerten Victor hinunter und sagte: „Ja sie ist es und nur für dich, habe ich sie mitgebracht. Das Magazin ist leer, aber im Lauf steckt eine Kugel." Er nahm die Hand Victors und drückte die Waffe hinein. „Ich weiß, dass noch ein Funken Ehrgefühl in dir steckt. Ich gehe jetzt. Dos Vidanja, Victor Iwanowitsch." So verließ Wladimir Lipkow den Raum. Erreichte den Fahrstuhl, gab den

Code für sein Stockwerk ein. Noch bevor sich die Türen des Aufzugs schlossen, vernahm er den Schuss. Er schloss die Augen für einen kurzen Moment. Dann sah er seine Uhr: Knapp 18 Minuten hatte er für seine letzte Unterredung mit dem Patriarchen benötigt. Ein gutes Timing. Die Zukunft konnte beginnen.

32

Schon kurz nach seiner Abfahrt aus Senden hatte Rigatschow angerufen. Rufus fuhr allein nach Groningen zur Übergabe des Koffers. Anschließend sollte er nach Hamburg fahren, wo für ihn ein Flugticket nach Minsk bereitliegen würde. Alles Weitere würden dann Rigatschow und Lipkow mit ihm in Minsk besprechen. Die Überquerung der deutsch-niederländischen Grenze bereitete Rufus ernsthafte Sorgen. Er hatte einen Koffer voll von Dollars und zwei Pistolen bei sich, was den Grenzpolizisten wohl nicht gefallen würde. Aber Rigatschow versicherte ihm, dass er im Falle einer Kontrolle nach einem Offizier namens van de Kerkhoff fragen solle. Zu Rufus Erleichterung war das aber nicht nötig, da an der Grenze keine Uniformierten zu sehen waren. Kurz vor Groningen hielt Rufus an einer Raststätte, trank einen Kaffee, den er glücklicherweise mit D-Mark bezahlen konnte und setzte sich in den Wagen, um den Inhalt des Koffers zu überprüfen. Es dauerte fast eine Stunde bis er das Geld gezählt hatte und er musste feststellen, dass fast 6000 Dollar fehlten. Der unglückselige Bauer hatte knapp 1000 ausgegeben, fehlten also noch 5000. Dafür gab es nur eine Erklärung – der dämliche Familienvater, der den Koffer über den Zaun geschleudert hatte, hatte sich offensichtlich einen kleinen Finderlohn gegönnt. Rufus lächelte und beschloss, dieser kleinen Familie einen Besuch abzustatten. Er füllte den Kofferinhalt aus der Reisekasse des verstorbenen Professors auf und setzte die Fahrt fort.

In Groningen lief alles wie Rigatschow ihm erklärt hatte. Er hatte den Koffer auf dem Rücksitz abgelegt.

Dann hielt er wie verabredet vor dem Stadtmuseum, wo plötzlich die rechte hintere Tür geöffnet wurde und sich ein unbekannter schwarz gekleideter Fremder mit Sonnenbrille auf den Rücksitz schwang. Er murmelte ein heiseres „dobry djen", zog den Koffer zu sich heran, öffnete ihn, warf einen kurzen Blick hinein und schloss ihn wieder. Dann haute er Rufus auf die Schulter, hielt ihm die Hand hin, sagte „spasibo" und ein Lächeln enthüllte eine breite Reihe von Goldzähnen. Rufus schüttelte ihm die Hand und keine 20 Minuten später befand er sich bereits wieder auf der holländischen A7 in Richtung deutsche Grenze.

Es wurde bereits dunkel als Rufus Bloch die A28 an der Ausfahrt Ganderkesee Ost verließ. Er hatte sich von Rigatschow die genaue Adresse der Familie geben lassen und stellte erleichtert fest, dass das Neubaugebiet sich nicht weit von der Autobahnausfahrt befand. Er fand das Haus von Max und Anita Porling, fuhr daran vorbei, bog am Ende der Straße rechts ab, fuhr an der nächsten Kreuzung wieder rechts und hielt in der Parallelstraße in einer Parkbucht. Der BMW wirkte etwas fehl am Platze, aber in dieser von jungen Familien bewohnten Neubausiedlung, war mit einsetzender Dämmerung niemand mehr auf den Straßen zu sehen. Rufus schraubte die Rückenlehne zurück in eine bequeme Position und programmierte den Wecker des Handys auf 3.30 Uhr. Wie hatte Igor einmal gesagt: „Willst du jemanden überraschen, dann komm zwischen 3 und 4 Uhr. Um die Zeit erwischt du sie immer mit heruntergelassenen Hosen." Rufus legte sich hin und bemerkte, dass er sich darauf freute, die Familie zu besuchen, die in ihm bei ihrer ersten Begegnung auf dem Rastplatz so viele positive Emotionen und Erinnerungen geweckt hatte. Dann schlief er ein. Summend und piepsend riss ihn das Handy um genau halb vier aus dem Schlaf. Rufus schraubte den Sitz wieder hoch und zupfte seine Lederjacke zurecht. Dabei spürte er, dass die Desert Eagle immer noch schwer in seiner Innentasche lag. Er nahm sie heraus und verstaute sie im Handschuhfach. Seine Walther PPK aber beließ er im Hosenbund. Er stieg aus, schob die Tür leise zu und betätigte die Zentralverriegelung. Er stand auf dem Gehweg vor dem Haus, das an die Rückseite des Grundstücks der Porlings grenzte. Der Pflanzenbewuchs in den noch jungen Gärten war noch nicht sehr hoch, deshalb konnte er von hier aus bereits die Veranda der Porlings sehen. Helles Mondlicht sorgte für eine gute Sicht, bedeutete aber auch, dass er leicht gesehen werden konnte. Er stieg mit einem großem Schritt über die nur kniehohe Hecke und überquerte rasch die frisch gemähte Rasenfläche der Grundstücksnachbarn der Porlings. Das Grundstück der Porlings war mit einem hüfthohen Metallzaun eingerahmt, den Rufus ebenfalls mühelos überwand. Da im Haus kein Licht brannte, ging er ohne weitere Umwege auf die Veranda und stellte zu seiner Erleichterung fest, dass die schwere vollverglaste Schiebetür nicht geschlossen war und einen knapp 10cm breiten Spalt freigab. Rufus lächelte über so viel Sorglosigkeit und schob die Tür leise auf. Bevor er seinen Fuß auf das Parkett setzte, schüttelte er kurz die grünen Rasenreste von seinen Schuhen. Dann trat er ein. Er befand sich anscheinend im Wohnzimmer des Hauses. Vorsichtig probierte er, ob das Parkett unter seinen Schritten knackte. Aber alles blieb ruhig. Er sah, dass die Tür zur Küche aufstand. Eine weitere Tür führte auf einen Flur. An den Flur grenzten drei weitere Räume und das Treppenhaus. Alle Türen standen auf, so dass Rufus sich jeweils mit einem schnellen Blick um die Ecke einen Überblick verschaffen konnte. Er passierte Badezimmer und Gästetoilette und verharrte vor dem letzten Zimmer, bei dem es sich offensichtlich um das Kinderzimmer handelte. Rufus vernahm regelmäßige Atemzüge und trat in den Raum, der mit einem dunklen Teppich ausgelegt war. In einem zweistöckigen Bett lagen zwei Kinder. Das mussten die beiden Jungs sein, die er auf dem Rastplatz gesehen hatte. Rufus genoss ein paar Sekunden das friedliche Bild, dann drehte er sich um und trat auf einen kleinen Gummiball, der daraufhin laut und schrill quietschte. Rufus erstarrte augenblicklich und allerlei Möglichkeiten von Reaktionen rauschten ihm durch den Kopf: Es handelte sich um das Spielzeug eines Hundes, der jetzt laut kläffend das Kinderzimmer stürmen würde oder die Kinder wachten auf und schlugen Alarm oder aber er hätte Glück. Und genau danach sah es aus. Der Junge der oben lag, drehte sich zwar im Bett um, aber ansonsten schliefen beide weiter. Da es im Erdgeschoss keine weiteren Räume gab, ging Rufus davon aus, dass die Eltern oben schliefen und er bemerkte, dass es langsam Zeit wurde, dass er sich überlegte, wie er denen den Grund seines Kommens erklären würde.

Als Vater zweier Kinder entwickelt man ein empfindliches Gehör, gerade wenn man in einer Ehe lebt, in der die Frau nach dem Stillen beschließt, dass sie ihren Teil der Nachtschichten erledigt hat und von da an der

Vater für die Erledigung der verschiedenen nächtlichen Wünsche des Nachwuchses verantwortlich ist. Deshalb wachte Max Porling auch sofort auf, nachdem sein Ohr dem Gehirn Quietschgeräusche aus dem Kinderzimmer gemeldet hatte.

Wahrscheinlich waren Tim oder Tom aufgewacht und auf dem Weg zur Toilette auf den Quietschball getreten. Das bedeutete, dass sie das Licht nicht eingeschaltet hatten und spätestens auf dem Rückweg laut nach Papa rufen würden, da es offensichtlich zu dunkel und unheimlich war, um wieder alleine ins Bett zurückzufinden. Max streckte sich und hievte seinen Körper, der gerade beim Aufstehen in der Magengegend immer noch von den Schlägen auf dem Rastplatz schmerzte, aus dem Ehebett. Seine Frau Anita schlief friedlich weiter und ihr monströser Bauch hob und senkte sich regelmäßig im Takt ihrer tiefen Atemzüge. Max warf einen Blick in den Spiegel, der an der Wand neben seinem Bett hing und fragte sich, ob es eine gute Idee war, sich im Dunklen seinen Söhnen zu nähern. Sein Gesicht sah schrecklich aus. Das rechte Auge wurde von der Schwellung über seinem Jochbein fast zugedrückt und die ganze Gesichtshälfte begann sich blau-grünlich zu verfärben. Schließlich ging er doch mit steifen Schritten die Holztreppe hinunter, die wie immer bei der vierten Stufe von oben laut knackte.

Genau dieses Geräusch sorgte dafür, dass Rufus Bloch sich blitzartig hinter die noch immer offen stehende Tür des Kinderzimmers schob und seine Pistole aus dem Hosenbund zog. Max Porling erreichte die letzte Treppenstufe und bog links auf den unteren Flur. Dabei warf er routinemäßig einen schnellen Blick nach rechts und blieb abrupt stehen. Irgendetwas stimmte nicht. Er ließ seine Augen prüfend durch das Wohnzimmer kreisen und registrierte, dass die Schiebetür zur Veranda einen Spalt offen stand. Ein wenig zu weit, stellte er irritiert fest und dann entdeckte er einen feuchten Fußabdruck auf dem Parkett sowie einige kurze grüne Grashalme. Jemand war in ihr Haus eingedrungen und hielt sich wahrscheinlich noch irgendwo im Haus auf. Vielleicht war es der Eindringling, der im Kinderzimmer auf den Quietschball getreten war. Max wurde von wilder Panik gepackt. Ein Einbrecher im Kinderzimmer – wehe ihm, wenn er seine Jungs anrührte. Max hatte sich schon oft mit dem Albtraum auseinandergesetzt, wie es wäre, wenn irgendein Perversling sich an seinen Jungs vergriffe und stets war er zu der spontanen Überzeugung gekommen, dass er alle seine liberalen Lebensgrundsätze vergessen und mit aller ihm möglichen Entschlossenheit und Brutalität gegen diesen Unmenschen vorgehen würde. Jetzt war dieser Moment gekommen und Max entschied sich dafür, schnell in die Küche zu schleichen, sich ein Fleischermesser aus der Schublade zu holen, um dann seinen Jungs zur Hilfe zu kommen. Da der Eindringling die Kinder anscheinend noch nicht geweckt hatte, musste er mit äußerster Vorsicht agieren. Auf dem Weg zur Küche setzte er vorsichtig Fuß vor Fuß auf das Parkett. Helles Mondlicht tauchte den Raum in ein bläuliches Licht als plötzlich ein kleiner Lichtstrahl Max ins Auge traf. Max Kopf zuckte zur Seite und wieder blieb er regungslos stehen, als ihn eine spontane Eingebung zu einer Richtungsänderung veranlasste. Der Lichtstrahl war eine Reflexion von einem metallischen Gegenstand an der Wand, der Max nun gegenüberstand. Er erinnerte sich, dass er nur widerwillig und auf Anitas eindringliches Bitten hin gleich nach ihrer Ankunft aus dem Urlaub das Paket ihres Bruders von der Post abgeholt und dieses kitschige Samuraischwert ausgepackt und an der Wand montiert hatte. Anita hatte ihm keine andere Wahl gelassen, als es sofort aufzuhängen. Er erinnerte sich, dass es für ein Souvenir sehr schwer in den Händen lag und relativ echt wirkte. Max wusste genau, was er zu tun hatte. Mit schnellen Schritten huschte er zur Wand, nahm das Schwert herunter und umklammerte den Griff fest mit beiden Händen. Dann machte er sich entschlossen auf den Weg ins Kinderzimmer. Zwar hatte er keinen konkreten Plan, was er mit dem Schwert in der Hand im Kinderzimmer unternehmen würde, aber in seinem Kopf gab es nur einen Gedanken: „Niemand vergreift sich an meinen Jungs!"

Rufus wartete geduldig hinter der Tür. Sein Atem ging ruhig, kein Geräusch würde ihn verraten. Er versuchte sich an den Mann zu erinnern, den Igor auf dem Rastplatz zusammengeschlagen hatte. Er hatte ihn nicht als großen Kämpfer in Erinnerung, aber seine Reaktion damals – das Wegwerfen des Koffers vor den Augen des wütend auf ihn zu stampfenden Igor – hatte ihn verwirrt. Rufus beschloss weiter ruhig abzuwarten und die Waffe in seiner Hand zunächst nicht zu entsichern - schließlich befand er sich in einem Kinderzimmer. Max Porling trat behutsam über die Schwelle ins Zimmer. Das Schwert hielt er vor seinem Körper in einem Winkel von etwa 45° mit der Spitze auf Augenhöhe. Er peilte das Etagenbett an, da er unbedingt einen prüfenden Blick auf seine Söhne werfen wollte. Deshalb schenkte er der halb aufstehenden Tür keine weitere Beachtung. Tim und Tom schliefen fest. Er atmetet erleichtert aus, bevor ihm die Frage durch den Kopf schoss: „Wo ist der Eindringling?". Die Antwort kam prompt in Form eines metallischen Gegenstandes, der sich zwischen seine Schultern bohrte. Rufus war aus seinem Versteck herausgetreten und platzierte sich genau hinter Max Porling. Das Samuraischwert in den Händen des Familienvaters beeindruckte ihn tatsächlich, aber die Vorgehensweise des Mannes war wie damals auf dem Parkplatz stümperhaft.

Immer noch waren nur die Schlafgeräusche der Kinder zu hören, als Rufus mit leiser Stimme fragte: „Max, wollten sie mir tatsächlich mit diesem Schwert den Bauch aufschlitzen und ihre Kinder dabei zusehen lassen, wie ich vor ihrem Bett verblute?"

Max Porling war geschockt. Er zitterte. Angst und Verzweiflung überkamen ihn, nicht mal seinen eigenen Kindern konnte er Schutz bieten! Er schluckte und brachte ein zaghaftes: „Nicht wirklich" heraus.

„Gehen wir in die Küche. Wir müssen reden."

Rufus packte Max an der Schulter und drehte ihn herum. Max hatte das Schwert bereits sinken lassen und übergab es wortlos. Dann ging er mit hängenden Schultern voran in die Küche. Rufus folgte ihm und schob die Pistole zurück in seinen Hosenbund.

„Schalten sie das Licht ein und machen sie uns einen Kaffee!" Max betätigte den Lichtschalter und erkannte in dem Eindringling einen der Männer vom Rastplatz wieder. Erleichtert stellte er fest, dass es sich nicht um den Schläger handelte, sondern um den Mann, der ihn mehr oder weniger gerettet hatte. Er beruhigte sich ein wenig und da der Mann die Waffe weggesteckt hatte, wagte er zu fragen: "Was um alles in der Welt wollen sie von uns?"

„Sie wissen was ich will." Rufus setzte sich auf einen Stuhl an den Tisch und sah zu, wie Max Porling mit noch immer zittrigen Fingern die Kaffeemaschine bediente. Max Porling verstreute Kaffeepulver auf Arbeitsplatte und Fußboden und als die Maschine mit ächzenden Geräuschen begann das Wasser zu erhitzen, kam er endlich zum Tisch und setzte sich Rufus gegenüber.

„Also ich weiß wirklich nicht, warum sie hier sind, " sagte Max und versuchte möglichst entschlossen und selbstbewusst zu wirken.

„Max, sie sitzen mir im Pyjama gegenüber, spielen sie also nicht den harten Mann."

Soviel zum Thema Entschlossenheit, dachte Max. Dann stand er auf, ging zum Bücherregal, suchte mit den Augen die Borten ab, bis er den Dostojewski entdeckte. Zwischen den knapp 900 Seiten fiel das Geldbündel kaum auf. Er nahm es heraus und als sein Blick den Buchtitel streifte musste er tatsächlich schmunzeln als er dachte: „Der Idiot - was für eine Ironie!"

Er ging zurück in die Küche und warf es vor Rufus auf den Tisch. Rufus warf einen kurzen Blick auf das Bündel, rührte es aber nicht an.

„Sehen sie Max, so einfach ist das: Sie haben etwas genommen, was uns gehört und ich hole es jetzt wieder ab. Das ist die ganze Geschichte." Max nickte matt und ging hinüber zur Kaffeemaschine, die stöhnend den

Brühvorgang abgeschlossen hatte, nahm zwei Tassen aus dem Schrank und schenkte ein.

Anita wachte auf, als sie unten aus der Küche Stimmen hörte. An sich waren Stimmen mitten in der Nacht nichts Ungewöhnliches, solange es sich um die Stimmen ihrer Kinder handelte. Im Moment waren es aber eindeutig Männerstimmen, die sie hörte. Ein Blick zur Seite bestätigte, dass zumindest einer dieser Männer ihr Mann war. Aber wen hatte er da zu Besuch? Schwerfällig erhob sie sich aus dem Bett, warf sich den pinken Morgenmantel über und stieg die Treppe hinab. Rufus und Max hörten die schweren Schritte auf der Treppe und blickten erwartungsvoll in Richtung Flur. Anita brauchte ein paar Sekunden, bis sich ihre Augen an das Licht gewöhnt hatten. Dann versuchte sie einzuordnen, was sich da vor ihren Augen tat. Ihr Mann saß mit einem Fremden am Tisch und trank Kaffee. Auf dem Tisch lag ein Bündel Banknoten. Hinter dem Fremden an der Wand lehnte ein Schwert. Ein kurzer Blick an die Wohnzimmerwand bestätigte ihr, dass es sich um das Samuraischwert handelte, dass ihr Bruder aus Japan geschickt hatte. Viele offene Fragen schwebten durch ihr Gehirn und viele offene Fragen bündelten sich bei ihr gewöhnlich zu einer simplen Emotion: Wut. Sie stemmte die Hände in die Hüften und starrte mit funkelnden Augen ihren Mann an: „Kannst du mir bitte erklären, was hier vorgeht?"

Max räusperte sich verlegen und Rufus stellt erstaunt fest, dass dieser Mann sich von seiner Frau mehr in Verlegenheit bringen ließ als von seiner Pistole!

„Ähm, dieser Herr hier ist gekommen, um das Geld abzuholen."

„Ach und das muss mitten in der Nacht sein? Und überhaupt, welches Geld?"

„Na du weißt schon, das Geld, das wir uns aus dem Koffer – ähm – ausgeliehen haben".

Anita verstand. Es war tatsächlich einer der Gangster gekommen. Nicht zu fassen, wegen so ein paar Kröten. Sie hatte erwartet, dass sie es bei den Schlägen für ihren Mann belassen. Ihr Selbstbewusstsein bröckelte ein wenig, aber sie fuhr fort: „Ach und das Schwert will er bei der Gelegenheit auch gleich mitnehmen?" Sie schaute immer noch ihren Mann an, als Rufus sich zu Wort meldete.

„Entschuldigen sie bitte, wenn ich mich einmische, aber das Schwert hat absolut nichts zu bedeuten. Max und ich haben lediglich die Geschichte mit dem Geld geklärt und das war es auch schon." Rufus stand auf und zog den Reißverschluss seiner Lederjacke zu. „Wissen sie, mein Kollege und ich wir haben eine Menge verrückter Sachen erlebt, seit sie den Koffer dummerweise an sich genommen haben. Irgendwie hatte ich einfach das Bedürfnis, sie kennenzulernen. Ich bin sicher, es war nicht die Idee ihres Mannes, einen kleinen Finderlohn einzubehalten." Rufus musterte noch einmal kurz Max Porling, der in seinem Pyjama neben dem Küchentisch stand. Dann fuhr er fort:

„Er hat zwar Mut, aber ihm fehlt es an Durchsetzungskraft. Ich wette es war ihre Idee." Er ging langsam in Richtung Verandatür, kam an Anita Porling vorbei und schaute sie an. Eine hübsche Frau, mit einem gewaltigen Bauch. Rufus dreht sich noch einmal um. „Betrachten sie das Geld als eine Art Starthilfe für ihr drittes Kind. Und bitte seien sie nicht so streng zu ihrem Mann.

Er liebt ihre Söhne und ich bin fest davon überzeugt, dass er ein guter Vater ist." Er zwinkerte Max Porling zu und schlüpfte durch den Türspalt auf die Veranda. Dann verschwand er in der Morgendämmerung. Anita Porling ging wortlos auf ihren Mann zu und nahm ihn fest in den Arm. „Entschuldige bitte" hauchte sie ihm ins Ohr und Tränen rannen über ihre Wangen. Auf dem Weg zurück zu seinem Wagen blieb Rufus einen Moment lang stehen. Er schaute in den klaren Sternenhimmel und betrachtete den silbrig-blauen Mond. Manche Momente schenkt einem der liebe Gott, dachte er und fühlte sich gut, richtig gut.

33

Rufus Bloch erreichte das Hamburger Flughafengelände gegen halb sieben. Er fuhr zum Parkhaus 1 wie es ihm von Rigatschow aufgetragen worden war. Er parkte im Erdgeschoss und stellte sich neben die Parkautomaten am Eingang. Schon nach 10 Minuten tauchte Stas auf und übergab ihm das Ticket. Rufus warf einen kurzen Blick darauf und bemerkte, dass es sich nur um einen Hinflug über Warschau nach Minsk handelte.

„Kein Rückflug?" Stas zuckte die Achseln:" Ich weiß nur, sie warten auf dich." Er legte ihm die Hand auf die Schulter und sah ihm in die Augen: „Du machst Karriere, viel Glück". Dann drehte er sich um und ging. Rufus hatte kein Gepäck. Er war vollkommen frei und machte sich gut gelaunt auf den Weg zum Terminal.

Er war ohne Angst.

.

MIX

Papier | Fördert
gute Waldnutzung

FSC® C083411

Zeitfracht Medien GmbH
Ferdinand-Jühlke-Straße 7
99095 Erfurt, Deutschland
produktsicherheit@kolibri360.de